全国语文特级教师推荐书系

把栏杆拍遍

梁衡◎著　陈秀征◎注

北京联合出版公司
Beijing United Publishing Co.,Ltd.

图书在版编目（CIP）数据

把栏杆拍遍 / 梁衡著. -- 2版. -- 北京：北京联
合出版公司，2017.12（2025.7 重印）

ISBN 978-7-5596-1088-1

Ⅰ.①把… Ⅱ.①梁… Ⅲ.①阅读课 – 中学 – 课外读
物 Ⅳ.①G634.333

中国版本图书馆CIP数据核字（2017）第250935号

把栏杆拍遍

作　　者：梁　衡

选题策划：梁霄羽

责任编辑：王　巍

封面设计：尚世视觉

版式设计：尹　鹏

北京联合出版公司出版

（北京市西城区德外大街83号楼9层　100088）

北京市十月印刷有限公司　新华书店经销

字数：210千字　　787毫米×1092毫米　1/16　　印张：19

2017年12月第1版　　2025年 7月第30次印刷

ISBN：978-7-5596-1088-1

定价：35.00元

编 委 会

编者的话

梁衡先生的《把栏杆拍遍》最早于 2006 年由上海东方出版中心出版，九年来本书已连续印行了三十多次，大受广大师生、家长和青少年的欢迎。这次又经作者重新增删修订，由天津市语文特级教师陈秀征点评，交由本社出版。这次改版主要侧重新作的点评。

现在看来，由特级教师解读名家作品是一种成功的尝试，本书开了一个很好的先例。以后我们将陆续组织出版一批名家散文解读，相信这对提高学生的阅读和作文能力，提高教师和家长的教学、辅导能力，会有较大的帮助。

序

追求一个境界

季羡林

　　最近几年，我在几篇谈散文的文章中，提出了一个看法：在中国散文坛上有两个流派。一个流派主张（或许是大声地主张），散文之妙就在一个"散"字上，信笔写来，松松散散，随随便便，用不着讲什么结构，什么布局，我姑且称此派为"松散派"。另一个是正相反，他们的写作讲究谋篇布局，炼字铸句，我借用杜甫的一句话："意匠惨淡经营中"，称此派为"经营派"，都是杜撰的名词。我还指出，在中国文学史上，散文大家的传世名篇无一不是"惨淡经营"的结果。

　　我窃附于"经营派"。我认为，梁衡也属于"经营派"，而且他的"经营"无论思想内容还是艺术表现都非同寻常。即以他的写人物的散文来说，一般都认为，写人物能写到形似，已属不易，而能写到神似者则不啻为上乘。可是梁衡却不以神

1

似为满足，他追求一种更高的水平，异常执着地追求。但是他追求什么呢？我想了好久，也想不出一个恰当的名词。我曾想用"境地"，觉得不够；又曾想用"意境"，也觉得不够；也曾想用"意韵""韵味"；等等，都觉得不够。想来想去，我突然想到王国维的"境界"，自认得之矣。"境界说"是王国维论词的新发明，《人间词话》有很多地方讲到"境界"：

> 词以境界为最上。有境界则自成高格，自有名句。
> 境非独谓景物也，喜怒哀乐亦人心中之一境界。
> 故能写真景物、真感情者谓之有境界，否则谓之无境界。

"境界"，同"性灵""神韵"等一些文艺理论名词一样，是有一定的模糊性的，颇难以严格界定其含义，但是统而观之，我们是能够理解的。这是一个富有启迪性、暗示性、涵盖性的名词，上举《人间词话》最后几句话可以给我们一些启迪。现在从梁衡散文中举出一个例子来。他的名作《觅渡，觅渡，渡何处？》是写瞿秋白的。瞿秋白这个人才华横溢，性格中和行动中有不少矛盾。梁衡想写这样一个人，构思了六年，三访瞿秋白纪念馆，迟迟不敢下笔。他忽然抓住了"觅渡"这个概念，于是境界立出，运笔如风，写成了这篇名作。

梁衡是一位肯动脑、很刻苦，又满怀忧国之情的人。他到我这里来聊天，无论谈历史、谈现实，最后都离不开对国家、民族的忧心。难得他总能将这一种政治抱负化作美好的文学意境。在并世散文家中，能追求，肯追求这样一种境界的人，除梁衡以外，尚无第二人。

目 录

第一单元 阅读伟人

把栏杆拍遍 / 3

最后一位戴罪的功臣 / 14

一个永恒的范仲淹 / 26

武侯祠前的沉思 / 32

乱世中的美神 / 38

读柳永 / 58

读韩愈 / 66

觅渡，觅渡，渡何处？ / 74

大无大有周恩来 / 83

这思考的窑洞 / 105

二死其身的彭德怀 / 114

第二单元　感悟生命

追寻那遥远的美丽 / 127

青山不老 / 137

热　炕 / 142

母亲石 / 152

康定情歌背后的故事 / 156

说兴趣 / 163

教材的力量 / 167

怎样区分低俗、通俗和高雅 / 173

第三单元　享受自然

晋　祠 / 179

吴县四柏 / 184

冬日香山 / 188

在印度看乞讨 / 192

夏　感 / 198

草原八月末 / 202

长岛读海 / 207

天星桥，桥那边有一个美丽的地方 / 215

雨中明月山 / 222

乌梁素海，带伤的美丽 / 226

榆林红石峡记 / 234

万里长城一红柳 / 238

第四单元　行走人生

忽又重听走西口 / 249

书与人的随想 / 262

佩莱斯王宫记 / 267

匠人与大师 / 273

石头里有一只会飞的鹰 / 277

普京独行在空旷的大街上 / 281

邓小平认错 / 287

做人如写字，先方后圆 / 292

第一单元

阅读伟人

伟人是历史的坐标，引领着我们前进的方向。

把栏杆拍遍

中国历史上由行伍出身，以武起事，而最终以文为业，成为大诗词作家的只有一人，这就是辛弃疾。这也注定了他的词及他这个人在文人中的唯一性和在历史上的独特地位。

在我看到的资料里，辛弃疾至少是快刀利剑地杀过几次人的。他天生孔武高大，从小苦修剑法。他又生于金宋乱世，不满金人的侵略蹂躏，二十二岁时他就拉起了一支数千人的义军，后又与耿京为首的义军合并，并兼任书记长，掌管印信。一次义军中出了叛徒，将印信偷走，准备投金。辛弃疾手提利剑单人独马追贼两日，第三天提回一颗人头。为了光复大业，他又说服耿京南归，南下临安亲自联络。不想就这几天之内又变生肘腋，当他完成任务返回时，部将叛变，耿京被杀。辛大怒，跃马横刀，只率数骑突入敌营生擒叛将，又奔突千里，将其押解至临安正法，并率万人南下归宋。说来，他干这场壮举时还只是一个英雄少年，正血气方刚，欲为朝廷痛杀贼寇，收复失地。

但世上的事并不能心想事成。南归之后，他手里立即失去了钢刀利剑，就只剩下一支羊毫软笔，他也再没有机会奔走沙场，血溅战袍，而只能笔走龙蛇，泪洒宣纸，为历史留下一声声悲壮的呼喊、遗憾的叹息和无奈的自嘲。

应该说，辛弃疾的词不是用笔写成，而是用刀和剑刻成的。他是以一个沙场英雄和爱国将军的形象留存在历史上和自己的诗词中。时隔千年，当今天我们重读他的作品时，仍感到一种凛然杀气和磅礴之势。比如这首著名的《破阵子》：

> 醉里挑灯看剑，梦回吹角连营，八百里分麾下炙，五十弦翻塞外声。沙场秋点兵。
>
> 马做的卢飞快，弓如霹雳弦惊。了却君王天下事，赢得生前身后名。可怜白发生。

我敢大胆说一句，这首词除了武圣岳飞的《满江红》可与之媲美外，在中国上下五千年的文人堆里，再难找出第二首这样有金戈之声的力作。虽然杜甫也写过"射人先射马，擒贼先擒王"，诗人卢纶也写过"欲将轻骑逐，大雪满弓刀"，但这些都是旁观式的想象、抒发和描述，哪一个诗人曾有他这样亲身在刀刃剑尖上滚过来的经历？"列舰层楼""投鞭飞渡""剑指三秦""西风塞马"，他的诗词简直是一部军事辞典。他本来是以身许国，准备血洒大漠，马革裹尸的。但是南渡后他被迫脱离战场，再无用武之地。像屈原那样仰问苍天，像共工那样怒撞不周，他临江水，望长安，登危楼，拍栏杆，只能热泪横流。

> 楚天千里清秋，水随天去秋无际。遥岑远目，献愁供恨，玉簪螺髻。落日楼头，断鸿声里，江南游子，把吴钩看了，栏杆拍遍，无人会，登临意。

《水龙吟》

谁能懂得他这个游子，实际上是亡国浪子的悲愤之心呢？这是他登临建康城赏心亭时所作。此亭遥对古秦淮河，是历代文人墨客赏心雅兴之所，但辛弃疾在这里发出的却是一声悲怆的呼喊。他痛拍栏杆时一定想起过当年的拍刀催马，驰骋沙场，但今天空有一身力、一腔志，又能向何处使呢？我曾专门到南京寻找过这个辛公拍栏杆处，但人去楼毁，早已了无痕迹，唯有江水悠悠，似词人的长叹，东流不息。

　　辛词比其他文人更深一层的不同，是他的词不是用墨来写，而是蘸着血和泪涂抹而成的。我们今天读其词，总是清清楚楚地听到一个爱国臣子，一遍一遍地哭诉，一次一次地表白。总忘不了他那在夕阳中扶栏远眺、望眼欲穿的形象。

　　辛弃疾南归后为什么这样不为朝廷喜欢呢？他在一首《戒酒》的戏作中说："怨无大小，生于所爱；物无美恶，过则成灾。"这首小品正好刻画出他的政治苦闷。他因爱国而生怨，因尽职而招灾。他太爱国家、爱百姓、爱朝廷了。但是朝廷怕他、烦他、忌用他。他作为南宋臣民共生活了四十年，倒有近二十年的时间被闲置一旁，而在断断续续被使用的二十多年间又有三十七次频繁调动。但是，每当他得到一次效力的机会，就特别认真，特别执着地去工作。本来有碗饭吃便不该再多事，可是那颗炽热的爱国心烧得他浑身发热。四十年间无论在何地何时任何职，甚至赋闲期间，他都不停地上书，不停地唠叨，一有机会还要真抓实干，练兵、筹款、整饬政务，时刻摆出一副要冲上前线的样子。你想这怎能不让主和苟安的朝廷心烦？

他任湖南安抚使，这本是一个地方行政长官，他却在任上创办了一支两千五百人的"飞虎军"，铁甲烈马，威风凛凛，雄镇江南。建军之初，造营房，恰逢连日阴雨，无法烧制屋瓦。他就令长沙市民，每户送瓦二十片，立付现银，两日内便全部筹足。其施政的干练作风可见一斑。后来他到福建任地方官，又在那里招兵买马。闽南与漠北相隔何远，但还是隔不断他的忧民情、复国志。他这个书生、这个工作狂，实在太过了，"过则成灾"，终于惹来了许多的诽谤，甚至说他独裁、犯上。皇帝对他也就时用时弃。国有危难时招来用几天，朝有谤言，又弃而闲几年，这就是他的基本生活节奏，也是他一生最大的悲剧。别看他饱读诗书，在词中到处用典，甚至被后人讥为"掉书袋"，但他至死，也没有弄懂南宋小朝廷为什么只图苟安而不愿去收复失地。

辛弃疾名弃疾，但他那从小使枪舞剑、壮如铁塔的五尺身躯，何尝有什么疾病？他只有一块心病，金瓯缺，月未圆，山河碎，心不安。

郁孤台下清江水，中间多少行人泪。西北望长安，可怜无数山。青山遮不住，毕竟东流去。江晚正愁余，山深闻鹧鸪。

这是我们在中学课本里就读过的那首著名的《菩萨蛮》，他得的是心郁之病啊。他甚至自嘲自己的姓氏：

烈日秋霜，忠肝义胆，千载家谱。得姓何年，细参辛字，一笑君听取。艰辛做就，悲辛滋味，总是辛酸辛苦。更十分，向人辛辣，椒桂捣残堪吐。世间应有，芳甘浓美，不到吾家门户。

《永遇乐》

你看"艰辛""酸辛""悲辛""辛辣"，真是五内俱焚。世上许多甜美之事，顺达之志，怎么总轮不到他呢？他要不就是被闲置，要不就是走马灯似的被调动。1179年，他从湖北调湖南，同僚为他送行时他心情难平，终于以极委婉的口气叹出了自己政治的失意，这便是那首著名的《摸鱼儿》：

铺陈四个"辛"词，沉痛，有力。

更能消几番风雨，匆匆春又归去。惜春长，怕花开早，何况落红无数。春且住，见说道，天涯芳草无归路。怨春不语。算只有殷勤画檐蛛网，尽日惹飞絮。

长门事，准拟佳期又误。蛾眉曾有人妒。千金纵买相如赋，脉脉此情谁诉？君莫舞，君不见，玉环飞燕皆尘土。闲愁最苦。休去倚危栏，斜阳正在，烟柳断肠处。

据说宋孝宗看到这首词后很不高兴。梁启超评曰："回肠荡气，至于此极，前无古人，后无来者。""长门事"，是指汉武帝的陈皇后遭忌被打入长门宫里。辛以此典相比，一片忠心、痴情和着那许多辛酸、辛苦、辛辣，真是打翻了五味坛子。今天我们读时，每一个字都让人一惊，直让你觉得就是一滴血，或者是一行泪。确实，古来文人的惜春字字血泪，回应前文，前后勾连。用两句反问，以美人相思来衬托其忧愤之深。

同是君王不用，以柳永的放纵声色来反衬辛弃疾的执着。

之作，多得可以堆成一座纸山。但有哪一首，能这样委婉而又悲愤地将春色化入政治、诠释政治呢？美人相思也是旧文人写滥了的题材，有哪一首能这样深刻贴切地寓意国事，评论正邪，抒发忧愤呢？

但是南宋朝廷毕竟是将他闲置了二十年。二十年的时间让他脱离政界，只许旁观，不得插手，也不得插嘴。辛在他的词中自我解嘲道："君恩重，且教种芙蓉！"这有点像宋仁宗说柳永："且去浅斟低唱，何要浮名？"柳永倒是真的去浅斟低唱了，结果唱出一个纯粹的词人艺术家。辛与柳不同，你想，他是一个大碗喝酒、大块吃肉、痛拍栏杆、大声议政的人。报国无门，他便到赣东北修了一座带湖别墅，咀嚼自己的寂寞。

带湖吾甚爱，千丈翠奁开。先生杖履无事，一日走千回。凡我同盟鸥鹭，今日既盟之后，来往莫相猜。白鹤在何处，尝试与偕来。

破青萍，排翠藻，立苍苔。窥鱼笑汝痴计，不解举吾杯。废沼荒丘畴昔，明月清风此夜，人世几欢哀。东岸绿荫少，杨柳更须栽。

《水调歌头》

这回可真的应了他的号："稼轩"，要回乡种地了。一个正当壮年又阅历丰富、胸怀大志的政治家，却每天在山坡和水边踱步，与百姓聊一聊农桑收成之类的闲话，再对着飞鸟游鱼自言自语一番，真是"闲愁最苦"，"脉脉此情谁诉"？

说到辛弃疾的笔力多深，是刀刻也罢，血写也罢，其实他的追求从来不是要做一个词人。郭沫若说陈毅，"将军本色是诗人"。辛弃疾这个人，词人本色是武人，武人本色是政人。他的词是在政治的大磨盘间磨出来的豆浆汁液。他由武而文，又由文而政，始终在出世与入世间矛盾，在被用或被弃中受煎熬。作为封建知识分子，对待政治，他不像陶渊明那样浅尝辄止，便再不染政；也不像白居易那样长期在任，亦政亦文。对国家民族，他有一颗放不下、关不住、比天大、比火热的心；他有一身早练就、憋不住、使不完的劲。他不计较"五斗米折腰"，也不怕谗言倾盆。所以随时局起伏，他就大忙大闲、大起大落、大进大退。稍有政绩，便招谤而被弃；国有危难，便又被招而任用。他亲自组练过军队，上书过《美芹十论》这样著名的治国方略。他是贾谊、诸葛亮、范仲淹一类的时刻忧心如焚的政治家。他像一块铁，时而被烧红锤打，时而又被扔到冷水中淬火。有人说他是豪放派，继承了苏东坡，但苏的豪放仅止于"大江东去"，山水之阔。苏正当北宋太平盛世，还没有民族仇、复国志来炼其词魂，也没有胡尘飞、金戈鸣来壮其词威。真正的诗人只有被政治大事（包括社会、民族、军事等矛盾）所挤压、扭曲、拧绞、烧炼、锤打时才可能得到合乎历史潮流的感悟，才可能成为正义的化身。诗歌，也只有在政治之风的鼓荡下，才能飞翔，才能燃烧，才能炸响，才能振聋发聩。学诗工夫在诗外，诗歌之效在诗外。我们承认艺术本身的魅力，更承认艺术加上思想的爆发力。

有人说辛词其实也是婉约派，多情细腻处不亚于柳永、

"他的词是在政治的大磨盘间磨出来的豆浆汁液"，比喻精妙，既写出了辛词之美，又写出了其心之苦及深受昏聩政治的反复折磨。

用类比，以及"挤压、扭曲、拧绞、烧炼、锤打"等有力的动词，来赞扬辛弃疾的经受磨练与在诗词上的百炼成钢。

李清照。

近来愁似天来大，谁解相怜？谁解相怜？又把愁来做个天。都将今古无穷事，放在愁边。放在愁边，却自移家向酒泉。

《丑奴儿》

少年不识愁滋味，爱上层楼。爱上层楼，为赋新词强说愁。而今识尽愁滋味，欲说还休。欲说还休，却道天凉好个秋。

《丑奴儿》

柳李的多情多愁仅止于"执手相看泪眼""梧桐更兼细雨"，而辛词中的婉约言愁之笔，于淡淡的艺术美感中，却含有深沉的政治与生活哲理。真正的诗人，最善以常人之心言大情大理，能于无声处炸响惊雷。

我常想，要是为辛弃疾造像，最贴切的题目就是"把栏杆拍遍"。他一生大都是在被抛弃的感叹与无奈中度过的。当权者不使为官，却为他准备了锤炼思想和艺术的反面环境。他被九蒸九晒，水煮油炸，千锤百炼。历史的风云，民族的仇恨，正与邪的搏击，爱与恨的纠缠，知识的积累，感情的浇铸，艺术的升华，文字的锤打，这一切都在他的胸中、他的脑海，翻腾、激荡，如地壳内岩浆的滚动鼓胀，冲击积聚。既然这股能量一不能化作刀枪之力，二不能化作施政之策，便只有一股脑地注入诗词，化作诗词。他并不想当词人，但武途政路不通，历史歪打正着地把他逼向了词人之道。终于他被修炼得连叹一口气，也是一首好词了。

　　说到底，才能和思想是一个人的立身之本。像石缝里的一棵小树，虽然被扭曲、挤压，成不了旗杆，却也可成一条遒劲的龙头拐杖，别是一种价值。但这前提，你必须是一棵树，而不是一棵草。从"沙场秋点兵"到"天凉好个秋"；从决心为国弃疾去病，到最后掰开嚼碎，识得辛字含义；再到自号"稼轩"，同盟鸥鹭；辛弃疾走过了一个爱国志士、爱国诗人的成熟过程。诗，是随便什么人就可以写的吗？诗人，能在历史上留下名的诗人，是随便什么人都可以当的吗？"一将成名万骨枯"，一员武将的故事，还要多少持刀舞剑者的鲜血才能写成。那么，有思想光芒而又有艺术魅力的诗人呢？他的成名，要有时代的运动，像地球大板块的冲撞那样，他时而被夹其间感受折磨，时而又被甩在一旁被迫冷静思考，所以积三百年北宋南宋之动荡，才产生了一个辛弃疾。

　　总结由武到文的经历、原因，回顾全文，以"爱国志士、爱国诗人"来综合评价辛弃疾和结束全文。

阅读指导

本文是梁衡 "写大事、大情、大理" 的代表作，发表在《新华文摘》二零零零年九月号第二百六十一期。作为历史人物散文，作者并没有按照传统人物传记的写法，按时间顺序一一写生平事件，而是抓住词人最为动人心魄的闪光点进行勾勒。开篇明言，全文要探索的是辛弃疾怎样从一个爱国志士成为爱国词人的，以及这个过程是如何决定了他的词、他本人在文学史上的唯一性和独特地位的。是把辛弃疾放在中国历史的大背景下，抓住他的 "以武起事，而最终以文为业" 的特点，来探究 "他的词及他这个人在文人中的唯一性和在历史上的独特地位"。这是全文的总起，也是作者经营全文的巧妙角度。

文章的主体部分，以辛词的三个 "不是，而是" 来建构纵行的框架："辛弃疾的词不是笔写成，而是用刀和剑刻成的"；"他的词不是用墨来写，而是蘸着血和泪涂抹而成的"；"刀刻也罢，血写也罢，其实他的追求从来不是要做一个词人"。将丰富的资料、作品以及丰富的联想和想象，归置在一个大的框架下，使文章结构匀称、浑然一体。

同时，文章的主体部分又将对辛弃疾的人生遭际的介绍，与他的心路历程，以及对他的诗词创作的评价三线交错起来，作为全文的横行框架来写。他的充满神奇色彩的行伍经历，他的或被闲置或被频繁调动的为官经历，他的从渴望收复失地到悲怆的忧国问天的心路历程，他的词作内容、情感、风格的追求，三线交错而行，写出了一代武人被迫成为文人的时代悲剧。南归后不为朝廷喜欢的种种原因（太爱国爱民，太工作认真，太爱提意见），恰恰是他崇高人格的体现，宋朝特定的历史背景和个人特殊的

12

人生历程与执着追求，再加上才能和思想，成就了一位千古爱国词人。

作者行文的主要特色是情理并重，以评带传，尤其是作者在介绍辛弃疾的人生遭际时穿插引用了他的八首词作代表，既没有一引了之，也没有详加赏析，而是结合人物的命运，从词作的内容和读者感受的角度做了精当的点评。如引《破阵子》时作者说："感到一种凛然杀气和磅礴之势"，引《水龙吟》时作者说："辛弃疾在这里发出的却是一声声悲怆的呼喊"，引《菩萨蛮》时作者解说道："他只有一块心病：金瓯缺，月未圆，山河碎，心不安"，等等，寥寥数言，一语中的。

结尾以精当生动的评价为本文巧妙的纵横交织完美收口，首尾照应，使全文结构严谨、新颖，妙手天成。文章要当钻石磨，才能精美绝伦。

本文选择富有特色的意象，通过"把栏杆拍遍"这一极具包蕴性的动作，传神地描述了词人扶栏远眺、望眼欲穿的英雄形象，一方面表现他渴望率兵过江、收复失地的决心，一方面表现他报国无门、不被重用的愤慨，并把全文的主旨凝结在这一意象，既是标题又是文眼，有百鸟朝凤的艺术效果。

最后一位戴罪的功臣

开篇以"功与罪"定位在林则徐身上，突出了人物命运的悲剧性。瞬间交织产生了一个意想不到的结果，设置了悬念。

既然中国近代史是从一八四〇年鸦片战争算起，禁烟英雄林则徐就是近代史上第一人。可惜这个第一英雄刚在南海点燃销烟烈火，就被发往新疆接受朝廷给他的处罚。功与罪在瞬间便交织在一个人身上，将其扭曲再造，像原子裂变一样，产生出一个意想不到的结果。

封建皇帝作为最大的私有者，总是以天下为私。道光帝在禁烟问题上本来就犹豫，大臣中也分两派。我推想，是林则徐那篇著名的奏折，指出若再任鸦片泛滥，几十年后中原将"无可以御敌之兵"，"无可以充饷之银"，狠狠地击中了他的私心。他感到家大卜难保，所以就鞭打快牛，顺手给了他一个禁烟钦差。林眼见国危民弱，出以公心，勇赴重任，表示"若鸦片一日未绝，本大臣一日不回，誓与此事相始终"。他太天真，不知道自己"回不回"，鸦片"绝不绝"，不是他说了算，还得听皇上的。果然他上任只有一年半，一八四〇年九月，就被革职贬到镇海。第二年七月，又被"从重发往伊犁，效力赎罪"。就在林赴疆就罪的途中，黄河泛滥，在军机大臣王鼎的保荐下，林则徐被派赴黄河戴罪治水。他是一个见害就除，见民有难就救的人，不管是烟害、夷害还是水害都挺着身子去堵。半年后治水完毕，所有的人都论功行赏，唯独他得到的却是"仍往伊犁"的谕旨。众情难平，须发皆白的王鼎伤心

"不管是烟害、夷害还是水害都挺着身子去堵"，形象地说明了林则徐是个"见害就除，见民有难就救的人"。

14

得泪如滂沱。林则徐就是在这样一而再、再而三的打击下西出玉门关的。他以诗言志："苟利国家生死以，岂因祸福避趋之，谪居正是君恩厚，养拙刚于戍卒宜。"这诗前两句刻画出他的铮铮铁骨，刚直不阿，后两句道出了他的牢骚与无奈。给我一个谪贬休息的机会，这是皇上的大恩啊，去当一名戍卒正好养拙。你看这话是不是有点像柳永的"奉旨填词"和辛弃疾的"君恩重，且教种芙蓉"。但不同的是，柳被弃于都城闹市，辛被闲置在江南水乡，林却被发往大漠戈壁。辛、柳只是被弃而不用，而林则徐却被钦定为一个政治犯。

但是，自从林则徐开始西行就罪，随着离朝廷渐行渐远，朝中那股阴冷之气也就渐趋淡弱，而民间和中下层官吏对他的热情却渐渐高涨，如离开冰窖走进火炉。这种强烈的反差不仅是当年的林则徐没有想到，就是一百五十年后的我们也为之惊喜。

林则徐在广东和镇海被革职时，当地群众就表达出了强烈的愤懑。他们不管皇帝老子怎样说，怎样做，纷纷到林则徐的住处慰问，人数之众，阻塞了街巷。他们为林则徐送靴，送伞，送香炉、明镜，还送来了五十二面颂牌，痛痛快快地表达着自己对民族英雄的敬仰和对朝廷的抗议。林则徐治河有功之后又一次遭贬，中原立即发起援救高潮，开封知府邹鸣鹤公开宣示："有人能救林则徐者酬万金。"林则徐自中原出发后，一路西行，接受着为英雄壮行的洗礼。不论是各级官吏还是普通百姓都争着迎送，好一睹他的风采，都想尽力为他做一点事，以减轻他心理和身体上的痛苦。山高皇帝远，民心任表达。一八四二年八月二十一日，林离开西安，"自将军、院、司、道、府以及州、县、营员送于郊外者三十余人"。抵兰州时，督抚亲率文职官员出城相迎，武官更是迎出十里之外。过甘肃古浪县时，县知事到离县三十里外的驿站恭迎。林则徐西行的沿途茶食住行都安排得无微不至。

进入新疆哈密，办事大臣率文武官员到行馆拜见林，又送坐骑一匹。到乌鲁木齐，地方官员不但热情接待，还专门为他雇了大车五辆、太平车一辆、轿车两辆。一八四二年十二月十一日，经过四个月零三天的长途跋涉，林则徐终于到达新疆伊犁。伊犁将军布彦泰立即亲到寓所拜访，送菜、送茶，并委派他掌管粮饷。这哪里是监管朝廷流放的罪臣啊，简直是欢迎凯旋的英雄。林则徐是被皇帝远远甩出去的一块破砖头，但这块砖头还未落地就被中下层官吏和民众轻轻接住，并以身相护，安放在他们中间。

现在等待林则徐的是两个考验。

一是恶劣环境的折磨。从现存的资料看，我们知道林则徐虽有民众呵护，还是吃了不少苦头。由于年老体弱，路途颠簸，林一过西安就脾痛，鼻流血不止。当他从乌鲁木齐出发取道果子沟进伊犁时，大雪漫天而落，脚下是厚厚的坚冰，无法骑马坐车，只好徒步，踏雪而行。陪他进疆的两个儿子，于两旁搀扶老爹，心痛得泪流满面，遂跪于地上对天祷告：若父能早日得赦召还，孩儿愿赤脚蹚过此沟。林则徐到伊犁后，"体气衰颓，常患感冒"，"作字不能过二百，看书不能及三十行"。历史上许多朝臣就是这样死在被发配之地，这本来也是皇帝的目的之一。林则徐感到一个无形的黑影向他压来，他在日记中写道："深

以一块破砖头为喻，写出了林则徐被朝廷流放，却深受民众和中下层官吏热烈欢迎的场景。

"两个考验"，引起下文。

发配流离而死，是朝廷险恶目的之一。

16

觉时光可惜，暮景可伤。""频搔白发惭衰病，犹剩丹心耐折磨。"他是以心力来抵抗身病的啊！

二是脱离战场的寂寞。林是一步一回头离开中原的。当他走到酒泉时，听到清政府签订《南京条约》的消息，痛心疾首，深感国事艰难。他在致友人书中说："自念一身休咎死生，皆可置之度外，唯中原顿遭蹂躏，如火燎原，侧身回望，寝馈皆不能安。"他赋诗感叹："小丑跳梁谁殄灭，中原揽辔望澄清，关山万里残宵梦，犹听江东战鼓声。"他为中原局势危机，无人可用而急。果然是中原乏人吗？人才被一批一批地撤职流放。这时和他一起在虎门销烟的邓廷桢，已早他半年被贬新疆。写下名句"我劝天公重抖擞，不拘一格降人才"的龚自珍，为朝廷提出许多御敌方略，但就是不为采用。本来封建社会一切有为的知识分子，都希望能被朝廷重用，能为国家民族做一点事，这是有为臣子的最大愿望，是他们人生价值观的核心。现在剥夺了这个愿望就是剥夺了他的生命，就是用刀子慢慢地割他的肉。虎落平川，马放南山，让他在痛苦和寂寞中毁灭。

> "用刀子慢慢地割他的肉"，比喻朝廷对像林则徐一样有为的，却英雄无用武之地的知识分子的折磨，也写出了林则徐的痛苦和寂寞。

"羌笛何须怨杨柳"，"西出阳关无故人"。玉门关外风物凄凉，人情不再，实在是天设地造的折磨罪臣身心的好场所。当我们现在行进在大漠戈壁时，我真感叹于当年封建专制者这种"流放边地"的发明。你走一天是黄沙，再走一天还是黄沙；你走一天是冰雪，再走一天还是冰雪。不见人，不见村，不见市。这种空虚与寂寞，与把你关在牢中目徒四壁，没有根本区别。马克思说，"人是各种社会关系的总和"。把你推到大漠戈壁里，一下子割断你的所有关系，你还是人吗？呜呼，人将不人！特别是对一个

> "好场所""发明"，反语，批评朝廷折磨功臣的险恶用心。

博学而有思想的人，一个曾经有作为的人，一个有大志于未来的人。

　　腊雪频添鬓影皤，春醪暂借病颜酡。三年漂泊居无定，百岁光阴已去多。
　　新韶明日逐人来，迁客何时结伴回？空有灯光照虚耗，竟无神诀卖痴呆。

《除夕书怀》

　　他一人这样过除夕。

　　雪月天山皎夜光，边声惯听唱伊凉。
　　孤村白酒愁无赖，隔院红裙乐未央。

《中秋感怀》

　　他一个人这样过中秋。

　　谪居权作探花使。忍轻抛，韶光九十，番风二十四。寒玉未消冰岭雪，氄幕偏闻花气。算修了，边城春禊。怨绿愁红成底事，任花开花谢皆天意。休问讯，春归来。

《金缕曲·春暮看花》

　　他在季节变换中咀嚼着春的寂寞。
　　当权者实在聪明，他就是要让你在这个环境里无事可做，消磨掉理想意志，不管你怎样地怒吼、狂笑、悲歌，那空旷的戈壁瞬间就将这一切吸收得干干净净，这比有回音的囚室还可怕。任你是怎样的人杰，在这里也要成为常人、庸人、废人，失魂落魄。林则徐是一个有经天纬地之才的良臣，是可以作为历史坐标点的人物。禁烟的烈火仍在胸中燃烧，南海的涛声还在耳边回响，万里之外朝野上下还在与英国人作无奈的抗争，而他只能面对这大漠的寂寞。兔未死而狗先烹，鸟未尽而弓先藏，"何日穹庐能解脱，宝刀盼上短辕车"。他是一个被捆绑悬于壁上的壮士，心急如焚，而无可用力。

怎么摆脱这种状况？最常规的办法是得过且过，忍气苟安，争取朝廷早点召回。特别是不能再惹是非，自加其罪。一般还要想方设法讨好皇帝，贿赂官员。像韩愈当年发配南海，第一件事就是向皇帝上一篇谢恩表，不管心中服不服，嘴上先要讨个好。这时内地林的家人和朋友正在筹措银两，准备按清朝法律为他赎罪。林则徐却断然拒绝，他写信说："获咎之由，实与寻常迥异"，"此事定须终止，不可渎呈"。他明确表示，我没有任何错，这样假罪真赎，是自认其咎，何以面对历史？如今这些信稿还存在伊犁的纪念馆里，翰墨淋漓，正气凛然。当我以十二分的虔诚拜读文物柜中的这些手稿时，顿生一种仰望泰山、遥对长城的肃然之敬，不觉想起林公那句座右铭："海纳百川，有容乃大；壁立千仞，无欲则刚。"他没有一点私欲，不必向任何人低头，为了自己抱定的主义，他能容得下一切不公平。他选择了上对苍天，下对百姓，我行我志，不改初衷，继续为国尽力。

一个爱国臣子和封建君王的本质区别是，前者爱国爱民，以天下为己任；后者爱自己的权位，以天下为己有。

当这两者暂时统一，就表现为臣忠君贤，上下一心，并且在臣子一方常将爱国统一于忠君。当这两者不能一致时，就表现为忠臣见逐，弃而不用。在臣子一方或谨遵君命，孤愤而死，如贾谊、岳飞；或暂置君于一旁，为国为民办点实事，如韩愈、辛弃疾、林则徐。他们能摆脱权力高压和私利荣辱，直接对历史负责，所以也被历史所接受，所记录。

从爱国臣子和封建帝王的本质区别，和历史规律的视野，来彰显和评价林则徐的精神。

林则徐看到这里荒地遍野，便向伊犁将军建议屯田固边，先协助将军开垦城边的二十万亩荒地。垦荒必先兴水利，但这里向无治水习惯与经验，林带头示范，捐出自己的私银，承修了一段河渠。历时四个月，用工二百一十万人。这被后人称为"林公渠"的工程，一直使用了一百二十多年，直到一九六七年新渠建成才得以退役。就像当年韩愈发配南海之滨带去中原先进耕作技术一样，林则徐也将内地的水利种植技术推广到清王朝最西北的边陲。他还发现并研究了当地人创造的特殊水利工程"坎儿井"，并大力推广。皇帝本是要用边地的恶劣环境折磨他，他却用自己的意志和才能改造了环境；皇帝要用寂寞和孤闷郁杀他，他却在这亘古荒原上爆出一声惊雷。自古罪臣被流放边地的结局有两种，大部分屈从命运，于孤闷中凄惨地死于流放地；只有少数人能挽命运狂澜于既倒，重新放出生命和事业的光芒。从周文王被拘羑里而演《周易》，到越王勾践被吴所俘后卧薪尝胆，直至邓小平"文革"被贬江西而思考中国特色的社会主义，这是生命交响曲中最强的一支，林则徐就属此支此脉。

以"林公渠""坎儿井"为例，以皇帝"以天下为己有"为反衬，来写林则徐的"以天下为己任"的信念与坚韧。

林则徐在北疆伊犁修渠垦荒卓有成效，但就像当年治好黄河一样，皇帝仍不饶他，又派他到南疆去勘察荒地。北疆虽僻远，但雨量较多，农业尚可。南疆沙海无垠，天气燥热，人烟稀少，语言不通。且北疆南疆天山阻隔，雪峰摩天。这无疑又是对林则徐的一场更大更苦的折磨。现在南北疆已有公路可行，汽车可乘，去年八月盛夏我过天山时，仍要爬雪山，穿冰洞。可想当年林则徐是怎样以赢弱之躯担当此苦任的。对皇帝而言，这是对他的进一步惩罚，而在他，则是在暮年为国为民再尽一点力气。

一八四五年一月十七日，林则徐在三儿聪彝的陪伴下，由伊犁出发，在以后一年内，他南到喀什，东到哈密，勘遍东、南疆域。他经历了踏冰而行的寒冬和烈日如火的酷暑，走过"车箱簸似箕中粟"的戈壁，住过茅屋、毡房、地穴，风起时"彻夕怒号"，"毡庐欲拔"，"殊难成眠"，甚至可以吹走人马车辆。林则徐每到一地，三儿与随从搭棚造饭，他则立即伏案办公，"理公牍至四鼓"，只能靠第二天在车上假寐一会儿，其工作紧张、艰辛如同行军作战。对垦荒修渠工程他必得亲验土方，查看质量，要求属下必须"上可对朝廷，下可对百姓，中可对僚友"。别人十分不理解，他是一戍边的罪臣啊，何必这样认真，又哪来的这种精神。说来可怜，这次受旨勘地，也算是"钦差"吧，但这与当年南下禁烟已完全不同。这是皇帝给的苦役，活得干，名分全无。他的一切功劳只能记在当地官员的名下，甚至连向皇帝写奏折、汇报工作、反映问题的权利也没有，只能拟好文稿，以别人的名义上奏，这和治黄有功而不上褒奖名单如出一辙。林则徐在诗中写道："羁臣奉使原非分"，"头衔笑被旁人问。"这是何等的难堪，又是何等的心灵

照应前文当年治黄有功仍被发配，现在北疆有功却仍被派南疆去勘察荒地，并以作者过天山的艰难来衬托，表达了对皇帝昏聩的愤慨，对林则徐不惜最后一点力气为国为民的高度赞扬。

21

从路途艰险、工作紧张、亲力亲为、无名无分、被人耻笑等艰难的角度，来突出林则徐"以罪臣之分，而行忠臣之事"的胸怀和功绩。

折磨啊！但是他忍了，他不计较，只要能工作，能为国出力就行。整整一年，他为清政府新增六十九万亩耕地，极大地丰盈了府库，巩固了边防。林则徐真是干了一场"非分"之举。他以罪臣之分，而行忠臣之事。

而历史与现实中也常有人干着另一种"非分"的事，即凭着合法的职位，用国家赋予的权力去贪赃营私。如王莽、杨国忠、秦桧直至林彪、康生、成克杰。原来社会上无论是大奸、巨贪还是小人，都是以合法的名分而行分外之奸、分外之贪、分外之私的。当然，他们最后也被历史所记录。陈毅有诗："手莫伸，伸手必被捉。"他们被历史捉来，钉在了耻辱柱上。可知，世上之事，相差之远者莫如人格之分了。有人以罪身而忍辱负重，建功立业；有人以功位而鼠窃狗盗，自取其耻，自取其罪。确实，"分"这个界限就是"人"这个原子的外壳，一旦外壳破而裂变，无论好坏，其力量都特别的大。

从反面来衬托林则徐干"非分"之举的伟大。

林则徐还有一件更加"分外"的事，就是大胆进行了一次"土地改革"。当勘地工作将结束，返回哈密时，路遇百余官绅商民跪地不起，拦轿告状。原来这里山高皇帝远，哈密土王将辖区所有土地及煤矿、山林、瓜园、菜圃等皆霸为己有。汉、维群众无寸土可耕，就是驻军修营房拉一车土也要交几十文钱，百姓埋一个死人也要交银数两。土王大肆截留国家税收，数十年间如此横行竟无人敢管。林则徐接状后勃然大怒："此咽喉要地，实边防最重之区，无田无粮，几成化外。"立判将土王所占一万多亩耕地分给当地汉、维农民耕种，并张出布告："新疆与内地均在皇舆一统之内，无寸土可以自私。民人与维吾尔人均在圣恩并育之中，无一处可以异视。必须互相和睦，畛域无分。"为防有变，他还将此布告刻制成碑，"立于城关大道之旁，俾众目共瞻，永昭遵守"。布告一出，各族人民奔走相告，不但有了生计，且民族和睦，边防巩固。要知道他这是以罪臣之身又多管了一件"闲事"啊！恰这时清廷赦令亦下，林则徐在万众感激和依依不舍的祝愿声中向关内走去。

以罪臣之身又多管了一件"闲事"，又举例说明林则徐的不计较和一心为国为民。

一百五十年后，我又来细细寻觅林公的踪迹。当年的惠远城早已毁于沙俄的入侵，在惠远城里我提出一定要谒拜一下当年先生住的城南东二巷故居。陪同说，原城已无存，现在这个城是在清一八八二年，比原城后撤了七公里重建的。这没有关系，我追寻的是那颗闪耀在中国近代史上空的民族魂，至于其载体为何无关本质。共产党夺天下前的最后一个农村指挥部，我们现在瞻仰的西柏坡村，不也是从山下上撤几十里重建的吗？我小心地迈进那条小巷，小院短墙，瓜棚豆蔓。旧时林公堂前燕，依然展翅迎远客。我不甘心，又驱车南行去寻找那个旧城。穿过一个村镇，沿着参天的白杨，再过一条河渠，一片茂密的玉米地旁留有一堵土墙，这就是古惠远城。夕阳下沉重的黄土划开浩浩绿海，如一条大堤直伸到天际。我感到了林公的魂灵充盈天地，贯穿古今。

"一定要谒拜"，写出了作者的崇敬。

林则徐是皇家钦定的、中国古代最后的一位罪臣，又是人民托举出来的、近代史开篇的第一位功臣。

扣住标题和开篇，在对比中进一步赞扬人物为国为民的精神和忠诚坚毅的品格。

23

阅读指导

本文是梁衡红色经典历史系列中影响较大的篇目之一，发表在二〇〇一年《人民文学》第九期。

他写"大事、大情、大理"，笔下也多是一些"大人物"："这些人物都是我喜欢的，第一，他们在事业上都有所成就；第二，他们都有独立的人格；第三，他们大都有悲剧色彩，都为后人留下一点遗憾。"梁衡的"悲剧情结"："复杂的背景，跌宕的生活，严酷的环境，悲剧式的结局更能考验和拷问一个人的人格。""基本是悲剧人物，都是处在逆境中而又奋起，而且我的切入点也是选他们最困难的时候。""写文章，切入点要新颖独特，与众不同，一定要抓住国家、民族、社会这条主线，并把责任感融入其中，才能引起现代人的共鸣。"为了写林则徐，作者三去新疆，甚至还不顾"身份"和"体面"，翻墙跳窗寻觅历史遗迹。

他终于寻到了好的角度，描述林则徐在虎门销烟后被削职发配新疆的一段历史，将其置身于政治沉浮中，抓住"功臣""戴罪"这一对矛盾来选材组材，紧扣"以罪臣之名""行忠臣之事"两个角度来行文。这样就能既抓住传主的业绩和品格，选择丰富典型的史料，通过叙述、描写、评议，揭示其特有的精神风貌；又能在客观、公正地评价的同时，融入作者浓郁的情感，使传主的精神更好地感染读者。"吹去尘埃，只见人性"，能透过历史的风云去勾画人物的心灵脉动，透过人物的遭遇和命运去探究其人格结构，在悲剧沉浮中深刻地剖析了人物人性中最富有生命价值和精神力量的人格魅力。

林则徐，"刚在南海点燃销烟的烈火，就被发往新疆接受朝廷给他的处罚"。途中仍然不忘赴黄河戴罪治水，后经长途跋涉，终于到达新疆伊犁。写林则徐面对两个考验：一是恶劣环境的折磨，二是脱离战场的寂寞。即便如此，他仍"上对苍天，下对百姓，我行我志，不改初衷，为国尽力"。充军伊犁期间，仍"在这亘古荒原上爆出一声惊雷"：建议屯田固边，协助垦荒；捐出私银，承修河渠；推广内地的水利、种植技术；推广"坎儿井"。一路流放，在严酷的环境中，还忍受心灵折磨，但仍能以"戴罪"之身为国出力，"世上之事，相差之远者莫如人格之分了。有人以罪身忍辱负重，建功立业；有人以功位而鼠窃狗盗，自取其耻，自取其罪"，写出了林则徐为国为民不计个人得失、时刻不忘建功立业的高贵灵魂，"壁立千仞，无欲则刚"的崇高人格。

为揭示人物形象的意义，作者多次使用对比、衬托、比较等手法，如第二段写朝廷罪臣被弃用流放，与后文各地隆重迎接形成反衬；第三段"就像当年韩愈发配南海之滨带去中原先进耕作技术一样，林则徐也将内地的水利、种植技术推广到清王朝最西北的边陲"，运用比较；第四段详细描写环境的恶劣和林则徐的艰苦行程，也是反衬。使用多种手法来写林则徐的高贵品质和丰功伟绩。

一个永恒的范仲淹

山东青州为中国最古老的行政区之一。当年大禹治水后将中国分为九州，即有青州，禹贡图上有记。现在人们到青州来，主要是两件事，一是上山"拜寿"，二是到城里凭吊范仲淹。

出青州城南五里，有一山名云门山。自山脚下遥望山顶，崖上隐隐有一寿字，这就是人们要来看的奇迹。一条石阶小路折转而上，两边一色翠柏，枝枝蔓蔓，撒满沟沟壑壑。树并不很粗，却坚劲挺拔，都生在石上。树根缘石壁而行，如闪电裂空；树干破石而出，如大纛迎风。偶有一两株树直挡路中，那是修路时不忍斫损，特意留下的，树皮已被游人摸得油光。环视四周，让人感到往日岁月的细密。片刻我们爬到半山望寿阁，在这里小憩，山顶石壁上的大红寿字已历历在目。回望山下，街市远退，田园如织。再鼓余勇，直迫山顶，这时再仰观那寿字犹如一艘多桅巨船，挟云裹雾，好像就要压到头上。同行的一个小伙子贴身字上，还没有寿下"寸"字的一竖高。这是世界上最大的寿字，是书法的精品、极品，日本的书道专家还常渡海西来顶礼膜拜呢。这是明代嘉靖三十九年，青州衡王为自己祝寿时所刻，距今已四百多年。山上残雪未消，我在料峭春风中，细细端详这个奇迹。这字高七点五米，宽三点七米，也不知当初怎样写上去、刻出来，却又这样不失间架结构，点画笔意。这衡王创造了奇迹，但他当时的目的并不为艺术，正如古墓中出土的魏碑，今天我们看作书法精品，当年不过是死者身边一块普通的石头。衡王刻字希冀自己长寿百岁，同时也向老百姓摆摆皇族的威风。但是数代之后衡王府就被抄家，命不能永存，威风也早风吹雨打去。倒是这个有艺术价值的寿字，寿到如今。

从寿字前左行，进一洞，洞如城门。回望门外云气蒸腾，这是云门山的由来。由门折上山巅，如鲤鱼之背，稍平，上有石阶、有亭、有庙、有佛窟。扶栏远眺，海风东来，云霭茫茫，山川河流，远城近乡，都渺渺如画。遥想当年大禹治水，从这里东去导流入海，天下才得从漫漫洪水中解救出来，有此青州。从此，人们在这里男耕女织，一代一代地繁衍作息。范仲淹曾来这里为官，李清照曾在这里隐居，衡王在这里治自己的小天地。人们在这石山上摩崖刻字，凿窟造像，唧唧喳喳，忙忙碌碌。唯有这山默默无言。我想当年云门山神看着那个花钱刻字、顶礼求寿的衡王，肯定轻蔑地哼了一声便继续打坐入定了。我环山走着、看着这些从唐至明的遗迹，看着山下缭绕的云雾，真为云门山而骄傲，它蔑风雨而抗雷电，渺四野而越千年。林则徐说山："壁立千仞，无欲则刚。"它无求无欲，永存于世。

从山上下来，到青州城西去谒范公祠。这是人们为纪念北宋名臣范仲淹所修，千年来香火不绝。这祠并不大，大约就是两个篮球场大的院子。院心有一井，名范公井，传为范公所修。这井水也不一般，清冽有加，传范仲淹公余用此水调成一种"青州白丸药"，治民痼疾，颇有奇效。如同情人的信物，这井成了后人怀念范公的依托。宋人有

写衡王刻巨"寿"，一是作者游踪所至，二是为了衬托范仲淹，求寿之人转瞬即逝，忧国忧民之人获得永恒。

借山神轻蔑这个幻想，来讽刺衡王不懂为民谋利只求个人之欲的浅薄。点出获得永恒的条件：无个人之欲。

点出游踪，引出下文。到山上是看奇迹，到城西是为了拜谒，前后比较，一个"谒"字写出了作者的崇敬之情。

27

诗云："甘清汲取无穷已，好似希文昔日心"（范仲淹字希文）。现在这井还水清如镜。正东有祠堂，有范公像及其生平壁画。祠堂左右供欧阳修和富弼，他们都是当年推行庆历新政时的主持。院南有竹林一片，翠竹千竿，蔚然秀地灵之气。竹后有碑廊，廊中刻有范公的名文《岳阳楼记》。院心有古木三株，为唐楸宋槐，可知这祠的久远。树之北有冯玉祥将军的隶书碑联："兵甲富胸中，纵教他虏骑横飞，也怕那范小老子；忧乐观天下，愿今人砥砺振奋，都学这秀才先生。"这两句话准确地概括了范公的一生。

冯玉祥的碑联概括了范仲淹军事上的指挥才能和政治上的治国才能。一古一今，一怕一学，对比中盛赞范仲淹伟大的一生。

范仲淹从小丧父，家境贫寒。他发愤读书，早起煮一小盆粥，粥凉后划为四块，这就是他一天的饭食。以后他科举得官，授龙图阁大学士，为政清廉，且力图革新。后来，西夏频频入侵，朝中无军事人才，他以文官身份统兵戍边，大败敌寇。西夏人惊呼"他胸中自有雄兵百万"，边民尊称为"龙图老子"。连皇帝都按着地图说，有仲淹在，朕就不愁了。后又调回朝中主持庆历新政的改革，大刀阔斧地除旧图新，又频繁调各地任职，亲自推行地方政治的革新。无论在边防、在朝中、在地方，他总是"进亦忧，退亦忧"。其忧国忧民之心如炽如焰。范仲淹是一个诸葛亮、周恩来式的政治家，一生主要是实践。他按自己认定的处世治国之道，鞠躬尽瘁地去做，将全部才华都投身到处理具体政务、军务中去，并不着意为文。不是没有文才，是没有时间。

以诸葛亮、周恩来进行类比，赞扬范仲淹不仅是改革的设计师，还是终生的实践家。

宋仁宗皇祐三年（公元一〇五一年）范仲淹到青州任知府，这是他的官宦生涯，也是人生旅途的最后一站。第二年即病逝了。《岳阳楼记》是他去世前7年，因病从前线调内地任职时所作。正如《出师表》一样，这是一个伟人后期的作品，也是他一生思想的结晶。我能想见，一个老人在这小院中，在井亭下、竹林中是怎样地焦虑徘徊，自责自求，忧国忧民。他回忆着"人不寐，将军白发征夫泪"的戍边生活；回忆着"居庙堂之上"，伴君勤政的艰辛；回忆赈灾放粮，所见到的平民水火之苦。他总历代先贤和自己一生的政治阅历，终于长叹一声："先天下之忧而忧，后天下之乐而乐。"这声大彻大悟的慨叹如名刹大庙里的钟声，浑厚沉远，震悟大千。这一声长叹悠悠千年，激励着多少志士仁人，匡正了多少仕人官宦。《岳阳楼记》并不在岳阳楼上所作，洞庭湖之大观当时也不在先生眼前。可以说这是一篇借题发挥之作。范公将他对人生、对社会的理解，将他一生经历的政治波涛，将他胸中起伏的思潮，一起借洞庭湖的万千气象倾泻而出，然后又顿然一收，总成这句名言，化为彩虹，横跨天际，光照千秋。

　　春风拂动唐楸宋槐的新枝，翠竹摆动着嫩绿的叶片，这古祠在岁月长河中又迈入新的一年。范公端坐祠内，默默享受这满院春光。我院中徘徊，面对范公、欧阳公和富公的神位，默想千年古史中，如他们这样职位的官员有多少，如他们这样勤勉治事的人又有多少，但为什么只有范仲淹才教人千年永记，时时不忘呢？我想一个人只有辛苦地实践，诚实地牺牲还不行，这些只能随寿而终，只能被同时代的人理解。更重要的是，他要能创造一种精神，能提炼出一种符合民心、符合历史规律的思想，是那句"先天下之忧而忧，后天下之乐而乐"的名言，是这种进步的忧乐观使范仲淹得到了永恒。

以衡王的刻字修门楼来反衬用生命去捐动历史车轮的范仲淹的伟大，呼应了全文。

走出范公祠，上车出城。路边闪过两个高大的石牌楼，突兀兀地在寒风中寂寞。人说这是当年衡王府的旧址，多么威风的皇族，现在只剩下这路边的牌楼和山上的寿字。遥望云门，雾霭中翠柏披拂，奇峰傲立。在山上刻字的人终究留不住，留下的是这默默无言的山；把门楼修得很高的人还是存不住，长存的是那些曾用生命去捐动历史车轮的人。

阅读指导

　　本文评价了北宋名臣范仲淹，叙议了他在军事上和政治上的贡献。用井水调药，治民痼疾；赈灾放粮，救民水火；统兵戍边，大败敌寇；主持并推行政治革新。盛赞他是"永恒"的，首先是无欲、无一己之私，其次是他勤勉治事，勤政爱民，更重要的是第三点，他创造了一种精神，提炼出"先天下之忧而忧，后天下之乐而乐"这一符合民心、符合历史规律的思想的忧乐观。

　　文章构思独特，前文写衡王刻"寿"字，既是游踪所至，记奇记趣，也是以其意图长寿和永恒的目的及其在人间转瞬即逝的下场，来反衬范仲淹的事迹和精神，通过对比突出范仲淹的永恒，说明只有像范仲淹这样为国为民做出贡献的人，其生命和精神才能永恒。

　　本文语言典雅而又豪放，体现了梁衡政治散文的语言特色。写上山小石路，抓住景物特点，一词传神，"两边一色翠柏，枝枝蔓蔓，撒满沟沟壑壑"，有色有形，有点有面。"树并不很粗，却坚劲挺拔，都生在石上。树根缘石壁而行，如闪电裂空；树干破石而出，如大纛迎风"，树的形态、精神，以两个比喻形象毕现。

武侯祠前的沉思

开篇由面到点，衬托出了武侯祠的意义。

中国历史上有无数个名人，但很少有人像诸葛亮这样引起人们长久不衰的怀念；中国大地上有无数座祠堂，但没有哪一座能像成都武侯祠这样，让人生出无限的崇敬、无尽的思考和深深的遗憾。这座带有传奇色彩的建筑，令海内外所有的崇拜者一提起它就产生一种神秘的向往。

介绍武侯祠的位置、布局，渲染庄严肃穆之感。

武侯祠坐落成都市区略偏南的闹市。两棵古榕为屏，一对古狮拱卫，当街一座朱红飞檐的庙门。你只要往门口一站，一种尘世暂离而圣地在即的庄严肃穆之感便油然而生。进门是一庭院，满院绿树披道，杂花映目，一条50米长的甬道直达二门，路两侧各有唐代、明代的古碑一座。这绿阴的清凉和古碑的幽远先叫你有一种感情的准备，我们将去造访一位一千七百年前的哲人。进二门又一座四合庭院，约五十米深，刘备殿飞檐翘角，雄踞正中，左右两廊分别供着二十八位文臣武将。过刘备殿，下十一阶，穿过庭，又一四合院，东西南三面以回廊相通，正北是诸葛亮殿。由诸葛亮殿顺一红墙翠竹夹道就到了祠的西部——惠陵，这是刘备的墓，夕阳抹过古冢老松，叫人想起遥远的汉魏。由诸葛亮殿向东有门通向一片偌大的园林。这些树、殿、陵都被一线红墙环绕，墙外车马喧，墙内柏森森。诸葛亮能在一千七百年后享此祀地，并前配天子庙，右依先帝陵，千多年来香火不绝，这气象也真绝无仅有了。

交代武侯祠"前配天子庙，右依先帝陵"的独特气象，引起下文。

公元二三四年，诸葛亮在进行他一生的最后一次对魏作战时病死军中。一时国倾梁柱，民失相父，举国上下莫不痛悲，百姓请建祠庙，但朝廷以礼不合，不许建祠。于是每年清明节，百姓就于野外对天设祭，举国痛呼魂兮归来。这样过了三十年，民心难违，朝廷才允许在诸葛亮殉职的定军山建第一座祠，不想此例一开，全国武侯祠林立。成都最早建祠是在西晋，以后多有变迁。先是武侯祠与刘备庙毗邻，诸葛祠前香火旺，刘备庙前车马稀。明朝初年，帝室之胄朱椿来拜，心中很不是滋味，下令废武侯祠，只在刘备殿旁附带供诸葛亮。不想事与愿违，百姓反把整座庙称武侯祠，香火更甚。到清康熙年间，为解决这个矛盾，干脆改建为君臣合庙，刘备在前，诸葛亮在后，以后朝廷又多次重申，这祠的正名为昭烈庙（刘备谥号昭烈帝），并在大门上悬以巨匾。但是朝朝代代，人们总是称它为武侯祠，直到今天。"文化大革命"曾经疯狂地破坏了多少文物古迹，但武侯祠却片瓦未损，至今每年还有两百万人来拜访。这是一处供人感怀、抒情的所在，一个借古证今的地方。

以一千多年来武侯祠建祠变迁及风波，来介绍阐释其独特，以民心胜过朝廷的严令来突出武侯祠在人们心目中的重要地位。结尾句的"借古证今"意蕴丰富。

我穿过一座又一座的院落，悄悄地向诸葛亮殿走去。这殿不像一般佛殿那样深暗，它合为丞相治事之地，殿柱矗立，贯天地正气，殿门前敞，容万民之情。诸葛亮端坐在正中的龛台上，头戴纶巾，手持羽扇，正凝神沉思。往事越千年，历史的风尘不能掩遮他聪慧的目光，墙外车马的喧闹也不能把他从沉思中唤醒。他的左右是其子诸葛瞻、其孙诸葛尚，瞻与尚在诸葛亮死后都为蜀汉政权战死沙场。殿后有铜鼓三面，为丞相当初治军之用，已绿锈斑驳，却

描写诸葛亮的塑像，突出其智慧。

33

余威尚存。我默对良久，隐隐如闻金戈铁马声。殿的左右两壁书着他的两篇名文，左为《隆中对》，条分缕析，预知数十年后天下事；右为《出师表》，慷慨陈词，痛表一颗忧国忧民心。我透过他深沉的目光，努力想从中发现这位东方"思想家"的过去。我看到他在国乱家丧之时，布衣粗茶，耕读山中；我看到他初出茅庐，羽扇轻轻一挥，八十万曹兵灰飞烟灭；我看到他在斩马谡时那一滴难言的浊泪；我看到他在向后主自报家产时那一颗坦然无私的心。记得小时读《三国》，总希望蜀国能赢，那实在不是为了刘备，而是为了诸葛亮。这样一位才比天高、德昭宇宙的人不赢，真是天理不容。但他还是输了，上帝为中国历史安排了一出最雄壮的悲剧。

假如他生在古周、盛唐，他会成为周公、魏征；假如上天再给他十年时间（活到六十三岁不算老吧），他也许会再造一个盛汉；假如他少一点愚忠，真按刘备的遗言，将阿斗取而代之，也许会又建一个什么新朝。我胸中四海翻腾做着这许多的"假如"，抬头一看，诸葛亮还是那样安静地坐着，目光更加明净，手中的羽扇像刚刚挥过一下。我不觉可笑自己的胡思乱想。我知道他已这样静坐默想一千七百年，他知道天命不可违，英雄无法再造一个时势。

一千七百年前，诸葛亮输给了曹魏，却赢了从此以后所有人的心。我从大殿上走下，沿着回廊在院中漫步。这个天井式的院落像一个历史的隧道，我们随手可翻检到唐宋遗物，甚至还可驻足廊下与古人、故人聊上几句。杜甫是到这祠里做客次数最多的，他的名句"出师未捷身先死，长使英雄泪满襟"，唱出了这个悲剧的主调。院东有一块唐碑，正面、背面、两侧或文或诗，密密麻麻，都与杜甫作着悲壮的唱酬。唐人的碑文说："若天假之年，则继大汉之祀，成先生之志，不难矣。"元人的一首诗叹道："正统不惭传千古，莫将成败论三分。"明人的一首诗简直恨历史不能重写了："托孤未付先君望，恨入岷江昼夜流。"南面东西两廊的墙上嵌着岳飞草书的前后《出师表》，笔走龙蛇，倒海翻江，黑底白字在幽暗的廊中如长夜闪电，我默读着"临表涕零，不知所云"，读着"汉贼不两立，王业不偏安"，看那墨痕如涕如泪，笔锋如枪如戟，我听到了这两位忠臣良将遥隔九百年的灵魂共鸣。

这座天井式的祠院一千七百年来就这样始终为诸葛亮的英气所笼罩，并慢慢积聚而成为一种民族魂。我看到一个个的后来者，他们在这里扼腕叹息、仰天长呼或沉思默想。他们中有诗人，有将军，有朝廷的大臣，有封疆大吏，甚至还有割据巴蜀的草头王。但不管是什么人，不管来自什么出身，负有什么使命，只要在这个天井小院里一站，就受到一种庄严的召唤。人人都为他的凛然正气所感召，都为他的忠义之举而激动，都为他的淡泊之志所净化，都为他的聪明才智所倾倒。人有才不难，历史上如秦桧那样的大奸也有歪才；有德也不难，天下与人为善者不乏其人，难得是德才兼备，有才又肯为天下人兴利，有功又不自傲。

历史早已过去，我们现在追溯旧事，也未必对"曹贼"那样仇恨，但对诸葛亮却更觉亲切。这说明诸葛亮在那场历史斗争中并不单纯地为克曹灭魏，他不过是要实现自己的治国理想，是在实践自己的做人规范，他在试着把聪明才智发挥到极限，蜀、魏、吴之争不过是这三种实验的一

列举碑文廊诗，赞扬诸葛亮赢得了后人的敬仰与共鸣。点出"民族魂"的文眼。

运用排比，赞扬诸葛亮的德才兼备。

35

个载体，他借此实现了作为一个人，一个历史伟人的价值。
史载公元三四七年，"桓温征蜀，犹见武侯时小吏，年百
余岁。温问曰：'诸葛丞相今谁与比？'答曰：'诸葛在
时，亦不觉异，自公没后，不见其比。'"此事未必可信，
但诸葛亮确实实现了超时空的存在。古往今来有两种人，
一种人为现在而活，拼命享受，死而后已；一种人为理想
而生，鞠躬尽瘁，死而后已。一个人不管他的官位多大，
总要还原为人；不管他的寿命多长，总要变为鬼；而只有
极少数人才有幸被百姓筛选，历史擢拔为神，享四时之祀，
得到永恒。

我在祠中盘桓半日，临别时又在武侯像前伫立一会儿，
他还是那样，目光如泉水般的明净，手中的羽扇轻轻抬起，
一动也不动。

阅读指导

诸葛亮，中国大众最熟悉的历史人物之一，如何将诸葛亮写出新意，这是作者要解决的问题。作者抓住了武侯祠 "前配天子庙，右依先帝陵"的独特布局，抓住诸葛亮"最雄壮的悲剧"，来思考武侯祠千多年来香火不绝的原因，由此来赞扬"民族魂""实现了作为一个人，一个历史伟人的价值"的诸葛亮精神。作者由一座祠堂，一种民间习俗，剖析了一个人，分析和赞扬了中华民族的一种传统文化心理。角度独特，立意巧妙。

这位东方"思想家"，在国乱家丧之时，布衣粗茶，耕读山中；他初出茅庐，羽扇轻轻一挥，八十万曹兵灰飞烟灭；蜀魏苦争之际，斩马谡时那一滴浊泪含有难言隐痛；在向后主自报家产时一颗心坦然无私。最后虽然输给了曹魏，但其凛然正气、忠义之举、淡泊之志、聪明才智，他的"德才兼备，有才又肯为天下人兴利，有功又不自傲"，他的"为理想而生，鞠躬尽瘁，死而后已"，感召、净化、倾倒了无数仁人志士。诸葛亮确实实现了超时空的存在，他在治国、做人、聪明才智方面都"实现了作为一个人，一个历史伟人的价值"，获得国人永恒的祭祀和敬仰。

文章第二段是很值得借鉴模仿的说明文段落。从外到里，由前到后，以中轴线为说明立足点，按游踪为线索，来介绍武侯祠的位置、布局、景点。并在平实的介绍中，数笔素描，来渲染庄严肃穆之感。

介绍景点，手法多样。如介绍诸葛殿，采用虚实结合，实写眼前所见，虚写作者联想到的这位东方"思想家"的过去。又用一个排比概述了诸葛亮一生的功绩。整段以自己的观感为线索，使介绍充满情感。并进一步以假设和幻觉描写来书抒发感慨，使文章可读性强，有情感冲力。

乱世中的美神

李清照是因为那首著名的《声声慢》被人们所记住的。那是一种凄冷的美，特别是那句"寻寻觅觅，冷冷清清，凄凄惨惨戚戚"，简直成了她个人的专有品牌，彪炳于文学史，空前绝后，没有任何人敢于企及。于是，她便被当作了愁的化身。当我们穿过历史的尘烟咀嚼她的愁情时，才发现在中国三千年的古代文学史中，特立独行、登峰造极的女性也就只有她一人。而对她的解读又"怎一个愁字了得"。

其实李清照在写这首词前，曾经有过太多太多的欢乐。

李清照于宋神宗元丰七年（一〇八四年）出生于一个官宦人家。父亲李格非进士出身，在朝为官，地位并不算低，是学者兼文学家，又是苏东坡的学生。母亲也是名门闺秀，善文学。这样的出身，在当时对一个女子来说是很可贵的。官宦门第及政治活动的濡染，使她视界开阔，气质高贵。而文学艺术的熏陶，又让她能更深切细微地感知生活，体验美感。因为不可能有当时的照片传世，我们现在无从知道她的相貌，但据这出身的推测，再参考她以后诗词所流露的神韵，她该天生就是一个美人胚子。李清照几乎一懂事，就开始接受中国传统文化的审美训练。又几乎是同时，她一边创作，一边评判他人，研究文艺理论。她不但会享受美，还能驾驭美，一下就跃上一个很高的起点，而这时

针对李清照被视为"愁的化身"的世人观点，作者提出新的视角，对这位女性的解读不能"一个愁字了得"。

一入手就写"欢乐"，确实非同凡响。两个"太多"，暗示愁从乐来。

她还是一个待字闺中的少女。

请看下面这三首词：

绣面芙蓉一笑开，斜飞宝鸭衬香腮。眼波才动被人猜。
一面风情深有韵，半笺娇恨寄幽怀，月移花影约重来。

《浣溪沙》

坦荡春光寒食天，玉炉沉水袅残烟，梦回山枕隐花钿。
海燕未来人斗草，江梅已过柳生绵，黄昏疏雨湿秋千。

《浣溪沙》

蹴罢秋千，起来慵整纤纤手。露浓花瘦，薄汗轻衣透。
见客入来，袜划金钗溜。和羞走，倚门回首，却把青梅嗅。

《点绛唇》

一个天真无邪的少女，秀发香腮，面如花玉，情窦初开，春心萌动，难以按捺。她躺在闺房中，或者傻傻地看着沉香袅袅，或者起身写一封情书，然后又到后园里去与女伴斗一会儿草。

官宦人家的千金小姐，享受着舒适的生活，并能得到一定的文化教育，这在数千年封建社会中并不奇怪。令人惊奇的是，李清照并没有按常规初识文字，娴熟针绣，然后就等待出嫁。她饱览了父亲的所有藏书，文化的汁液将她浇灌得不但外美如花，而且内秀如竹。她在驾驭诗词格律方面已经如斗草、荡秋千般随意自如，而品评史实人物，却胸有块垒，大气如虹。

唐开元天宝间的"安史之乱"及其被平定是中国历史上的一个大事件，后人多有评论。唐代诗人元结作有著名的《大唐中兴颂》，并请大书法家颜真卿书刻于壁，被称为"双绝"。与李清照同时的张文潜，是"苏门四学士"之一，诗名已盛，也算个大人物，曾就这道碑写了一首诗，感叹：

> 天遣二子传将来，高山十丈摩苍崖。
>
> 谁持此碑入我室，使我一见昏眸开。

这诗转闺阁，入绣户，传到李清照的耳朵里，她随即和一首道：

> 五十年功如电扫，华清花柳咸阳草。
>
> 五坊供俸斗鸡儿，酒肉堆中不知老。
>
> 胡兵忽自天上来，逆胡亦是奸雄才。
>
> 勤政楼前走胡马，珠翠踏尽香尘埃。
>
> 何为出战则披靡，传置荔枝多马死。
>
> 尧功舜德本如天，安用区区记文字。
>
> 著碑铭德真陋哉，乃令神鬼磨山崖。

诗文气势，豪放惊人。"少女李清照静静地享受着娇宠和才气编织的美丽光环"，小结了前文两个要点：欢乐得有点任性。

你看这诗的气势哪像是出自一个闺中女子之手。铺叙场面，品评功过，慨叹世事，不让浪漫豪放派的李白、辛弃疾。李父格非初见此诗不觉一惊，这诗传到外面更是引起文人堆里好一阵躁动。李家有女初长成，笔走龙蛇起雷声。少女李清照静静地享受着娇宠和才气编织的美丽光环。

爱情是人生最美好的一章。它是一个渡口，一个人将从这里出发，从少年走向青年，从父母温暖的翅膀下走向

40

独立的人生，包括再延续新的生命。因此，它充满着期待的焦虑、碰撞的火花、沁人的温馨，也有失败的悲凉。它能奏出最复杂，最震撼人心的交响，许多伟人的生命都是在这一刻放出奇光异彩的。

当李清照满载着闺中少女所能得到的一切幸福，步入爱河时，她的美好人生又更上层楼，为我们留下了一部爱情经典。她的爱情不像西方的罗密欧与朱丽叶，也不像东方的梁山伯与祝英台，不是那种经历千难万阻，要死要活之后才享受到的甜蜜，而是起步甚高，一开始就跌在蜜罐里，就站在山顶上，就住进了水晶宫里。夫婿赵明诚是一位翩翩少年，两人又是文学知己，情投意合。赵明诚的父亲也在朝为官，两家门当户对。更难得的是，他们二人除一般文人诗词琴棋的雅兴外，还有更相投的事业结合点——金石研究。在不准自由恋爱，要靠媒妁之言、父母之意的封建时代，他俩能有这样的爱情结局，真是天赐良缘，百里挑一了。就像陆游的《钗头凤》为我们留下爱的悲伤一样，李清照为我们留下了爱情的另一端——爱的甜美。这个爱情故事，经李清照妙笔的深情润色，成了中国人千余年来的精神享受。

请看这首《减字木兰花》：

卖花担上，买得一枝春欲放。泪染轻匀，犹带彤霞晓露痕。

怕郎猜道，奴面不如花面好。云鬓斜簪，徒要教郎比比看。

"为我们留下了一部爱情经典"，转入欢乐的第二方面："爱的甜蜜"。

"一开始就跌在蜜罐里，就站在山顶上，就住进了水晶宫里"，运用比喻兼排比，极言其爱情起点高：美少年、文学知己、门当户对、共同的雅兴与事业追求，在任何年代，这都是爱情的最高境界。

这是婚后的甜蜜，是对丈夫的撒娇。从中也透出她对自己美丽的自信。

再看这首送别之作《一剪梅》：

红藕香残玉簟秋，轻解罗裳，独上兰舟。云中谁寄锦书来，雁字回时，月满西楼。

花自飘零水自流，一种相思，两处闲愁。此情无计可消除，才下眉头，却上心头。

离愁别绪，难舍难分，爱之愈深，思之愈切，另是一种甜蜜的偷偷地咀嚼。

更重要的是，李清照绝不是一般的只会叹息几句"贱妾守空房"的小妇人，她在空房里修炼着文学，直将这门艺术炼得炉火纯青，于是这种最普通的爱情表达竟变成了夫妻间的命题创作比赛，成了他们向艺术高峰攀登的记录。

请看这首《醉花阴·重阳》：

薄雾浓云愁永昼，瑞脑销金兽。佳节又重阳，玉枕纱橱，半夜凉初透。东篱把酒黄昏后，有暗香盈袖。莫道不消魂，帘卷西风，人比黄花瘦。

这是赵明诚在外地时，李清照寄给他的一首相思词，彻骨地爱恋，痴痴地思念，借秋风黄花表现得淋漓尽致。史载，赵明诚收到这首词后，先为情所感，后更为词的艺术力所激，发誓要写一首超过妻子的词。他闭门谢客，三日得词五十首，将李词杂于其间，请友人评点，不料友人

新婚撒娇是一种自信，小别离愁也是一种甜蜜。爱情的甜蜜都让李清照享受了。

42

说只有三句最好:"莫道不消魂,帘卷西风,人比黄花瘦。"赵自叹不如。这个故事流传极广,可想他们夫妻二人是怎样在相互爱慕中享受着琴瑟相和的甜蜜,这也令后世一切有才有貌却得不到相应爱情质量的男女感到一丝的悲凉。李清照自己在《金石录后序》里追忆那段生活时说:"余性偶强记,每饭罢,坐归来堂烹茶,指堆积书史,言某事在某卷第几页第几行,以中否胜负,为饮茶先后。中即举杯大笑,至茶倾覆怀中,反不得饮而起。"这是何等的幸福,何等的欢乐,怎一个"甜"字了得。这蜜一样的生活,滋养着她绰约的风姿和旺盛的艺术创造。

但上天早就发现了李清照更博大的艺术才华,如果只让她这样去轻松地写一点闺怨闲愁,中国历史、文学史将会从她的身边白白走过。于是宇宙爆炸,时空激荡,新的人格考验,新的命题创作一起推到了李清照的面前。

宋王朝经过一百六十七年"清明上河图"式的和平繁荣之后,天降煞星,北方崛起了一个游牧民族。金人一锤砸烂了都城汴京(开封)的琼楼玉苑,还掠走了徽、钦二帝,赵宋王朝于公元一一二七年匆匆南逃,开始了中国历史上国家民族极屈辱的一页。李清照在山东青州的爱巢也树倒窝散,一家人开始过漂泊无定的生活。南渡第二年,赵明诚被任为京城建康的知府,不想就在这时发生了一件国耻又蒙家羞的事。一天深夜,城里发生叛乱,身为地方长官的赵明诚不是身先士卒指挥戡乱,而是偷偷用绳子缒城逃走。事定之后,他被朝廷撤职。李清照这个柔弱女子,在这件事上却表现出大节大义,很为丈夫临阵脱逃而羞愧。赵被撤职后,夫妇二人继续沿长江而上向江西方向流亡,一路难免有点别扭，略失往昔的鱼水之和。当行至乌江镇时，李清照得知这就是当年项羽兵败自刎之处，不觉心潮起伏，面对浩浩江面，吟下了这首千古绝唱：

生当作人杰，死亦为鬼雄。至今思项羽，不肯过江东。

《夏日绝句》

丈夫在其身后听着这一字一句的金石之声，面有愧色，心中泛起深深的自责。第二年（一一二九年），赵明诚被召回京复职，但随即患急病而亡。

人不能没有爱，如花的女人不能没有爱，感情丰富的女诗人就更不能没有爱。正当她的艺术之树在爱的汁液浇灌下茁壮成长时，上帝无情地斩断了她的爱河。李清照是一懂得爱就被爱所宠，被家所捧的人，现在一下被困在了干涸的河床上，她怎么能不犯愁呢？

失家之后的李清照开始了她后半生的三大磨难。

第一大磨难就是再婚又离婚，遭遇感情生活的痛苦。

赵明诚死后，李清照行无定所，身心憔悴，不久嫁给了一个叫张汝舟的人。对于李清照为什么改嫁，史说不一，但一个人生活的艰辛恐怕是主要原因。这个张汝舟，初一接触也是个彬彬有礼的君子，刚结婚之后张对她照顾得也还不错，但很快就露出原形，原来他是想占有李清照身边尚存的文物。这些东西李视之如命，而且《金石录》也还没有整理成书，当然不能失去。在张看来，你既嫁我，你的身体连同你的一切都归我所有，为我支配，你还会有什么独立的追求？两人先是在文物支配权上闹矛盾，渐渐发现志向情趣大异，真正是同床异梦。张汝舟先是以占有这样一个美妇名词人自豪，后渐因不能俘获她的心，不能支配她的行为而恼羞成怒，最后完全撕下文人的面纱，拳脚相加，大打出手。华帐前，红烛下，李清照看着这个小白脸，真是怒火中烧。曾经沧海难为水，心存高洁不低头。李清照视人格比生命更珍贵，哪里受得这种窝囊气，便决定与他分手。但在封建社会女人要离婚谈何容易。无奈之中，李清照走上一条绝路，鱼死网破，告发张汝舟的欺君之罪。

原来，张汝舟在将李清照娶到手后十分得意，就将自己科举考试作弊过关的事拿来夸耀。这当然是大逆不道。李清照知道，只有将张汝舟告倒治罪，自己才能脱离这张罗网。但依宋朝法律，女人告丈夫，无论对错输赢，都要坐牢两年。李清照是一个在感情生活上绝不凑合的人，她宁肯受皮肉之苦，也不受精神的奴役。一旦看穿对方的灵魂，她便表现出无情的鄙视和深切的懊悔。她在给友人的信中说："猥以桑榆之晚景，配兹驵侩之下材。"她是何等刚烈之人，宁可坐牢下狱也不肯与"驵侩"之人为伴。这场官司的结果是张汝舟被发配到柳州，李清照也随之入狱。我们现在想象李清照为了婚姻的自由，在大堂之上，昂首挺胸，将纤细柔弱的双手伸进枷锁中的一瞬，其坚毅安详之态真不亚于项羽引颈向剑时那勇敢的一刻。可能是李清照的名声太大，当时又有许多人关注此事，再加上朝中友人帮忙，李只坐了九天牢便被释放了。但这在她心灵深处留下了重重的一道伤痕。

今天男女之间分离结合是合法合情的平常事，但在宋代一个女人，尤其是一个读书女人的再婚又离婚，就要引

"曾经沧海难为水，心存高洁不低头"，每至情感浓烈处，作者不由地吟诗抒情。

用项羽自刎比拟李清照宁愿身陷牢狱也要保持自己的人格，不受精神奴役的勇敢和安详。是当年美神的修养支撑着她今日的高贵洁白和勇敢刚烈，这也是作者称之为美神的原因之一。

还原历史与时代，帮助读者撩开隔阂。从历史视野中突出李清照爱情的高贵和人格的独立。

起社会舆论的极大歧视。在当时和事后的许多记载李清照的史书中都是一面肯定她的才华，同时又无不以"不终晚节""无检操""晚节流荡无归"记之。节是什么？就是不管好坏，女人都得跟着这个男人过，就是你不许有个性的追求。可见我们的女诗人当时是承受了多么大的心理压力。但是她不怕，她坚持独立的人格，坚持高质量的爱情，她以两个月的时间快刀斩乱麻，甩掉了张汝舟这个"驵侩"包袱，便全身心地投入到《金石录》的编写中去了。现在我们读这段史料，真不敢相信是发生在近千年以前宋代的事，倒像是一个"五四"时代反封建的新女性。

生命对人来说只有一次，那么爱情对一个人来说有几次呢？大概最美好的、最揪心彻骨的也只有一次。爱情是在生命之舟上做着的一种极危险的实验，是把青春、才华、时间、事业都要赌进去的实验。只有极少的人第一次便告成功，他们像中了头彩的幸运者一样，一边窃喜着自己的侥幸，美其名曰"缘"；一边又用同情、怜悯的目光审视着其余芸芸众生们的失败，或者半失败。李清照本来是属于这一类型的，但上苍欲成其名，必先夺其情，苦其心，于是就把她赶出这幸福一族，先是让赵明诚离她而去，再派一个张汝舟来试其心志。她驾着一叶生命的孤舟迎着世俗的恶浪，以破釜沉舟的胆力做了好一场恶斗。本来爱情一次失败，再试成功，甚而更加风光者大有人在，司马相如与卓文君就是。李清照也是准备再攀爱峰的，但可惜没有翻过这道山梁。这是一个悲剧。一个女人心中爱的火花就这样永远地熄灭了，这怎么能不令她沮丧，叫她犯愁呢？

李清照的第二大磨难是，身心颠沛流离，四处逃亡。

46

一一二九年八月，丈夫赵明诚刚去世，九月就有金兵南犯。李清照带着沉重的书籍文物开始逃难。她基本上是追随着皇上逃亡的路线，国君是国家的代表啊。但是这个可怜可恨的高宗赵构并没有这个觉悟，他不代表国家，就代表他自己的那条小命。他从建康出逃，经越州、明州、奉化、宁海、台州，一路逃下去，一直漂泊到海上，又过海到温州。李清照一孤寡妇人眼巴巴地追寻着国君远去的方向，自己雇船，求人，投亲靠友，带着她和赵明诚一生搜集的书籍文物，这样苦苦地坚持着。赵明诚生前有托，这些文物是舍命也不能丢的，而且《金石录》也还没有出版，这是她一生的精神寄托。她还有一个想法，就是这些文物在战火中靠她个人实在难以保全，希望追上去送给朝廷，但是她始终没能追上皇帝。她在当年十一月流浪到衢州，第二年三月又到越州。这期间，她寄存在洪州的两万卷书、两千卷金石拓片又被南侵的金兵焚掠一空。而到越州时随身带着的五大箱文物又被贼人破墙盗走。

一一三〇年十一月，皇上看到身后跟随的人太多不利逃跑，干脆下令遣散百官。李清照望着龙旗龙舟消失在茫茫大海中，更感到无限的失望。按封建社会的观念，国家者国土、国君、百姓。今国土让人家占去一半，国君让人家撵得抱头鼠窜，百姓四处流离。国已不国，君已不君，她这个无处立身的亡国之民怎么能不犯愁呢？李清照的身心在历史的油锅里忍受着痛苦的煎熬。

大约是在避难温州时，她写下这首《添字采桑子》：

窗前谁种芭蕉树？阴满中庭。阴满中庭，叶叶心心舒

47

卷有余情。伤心枕上三更雨，点滴霖霪。点滴霖霪，愁损北人不惯起来听。

"北人"是什么样人呢？就是流浪之人，是亡国之民，李清照正是这其中的一个。中国历史上的异族入侵多是由北而南，所以"北人"逃难就成了一种历史现象，也成了一种文学现象。"愁损北人不惯起来听"，我们听到了什么呢？听到了祖逖中流击水的呼喊，听到了陆游"遗民泪尽胡尘里，南望王师又一年"的叹息，听到了辛弃疾"可堪回首，佛狸祠下，一片神鸦社鼓"的无奈，更又仿佛听到了"我的家在松花江上"那悲凉的歌声。

一一三四年，金人又一次南侵，赵构又弃都再逃。李清照第二次流亡到了金华。国运维艰，愁压心头。有人请她去游附近的双溪名胜，她长叹一声，无心出游。

风住尘香花已尽，日晚倦梳头。物是人非事事休，欲语泪先流。闻说双溪春尚好，也拟泛轻舟。只恐双溪舴艋舟，载不动许多愁。

《武陵春》

李清照在流亡途中行无定所，国家支离破碎，到处物是人非，这愁就是一条船也载不动啊！这使我们想起杜甫在逃难中的诗句"感时花溅泪，恨别鸟惊心"。李清照这时的愁早已不是"一种相思，两处闲愁"的家愁、情愁，现在国已破，家已亡，就是真有旧愁，想觅也难寻了。她这时是《诗经》的《离黍》之愁，是辛弃疾"而今识尽愁

运用排比，引用典故，写出了逃亡之人对收复失地的呐喊、失望的长叹、国土沦丧的无奈与逃亡的悲凉，渲染出李清照为国家为民族而愁的复杂心情。拓展了意境空间，更显深厚沉雄，有穿越千年之力。

点出国家民族大愁，将美神境界又推进一步。

滋味"的愁，是国家民族的大愁，她是在替天发愁啊。

李清照是恪守"诗言志，歌永言"古训的。她在词中所歌唱的主要是一种情绪，而在诗中直抒的才是自己的胸怀、志向、好恶。因为她的词名太甚，所以人们大多只看到她愁绪满怀的一面。我们如果参读她的诗文，就能更好地理解她的词背后所蕴涵的苦闷、挣扎和追求，就知道她到底愁为哪般了。

参读她的诗文来深刻理解她的词，作者提出了自己的研究思路。

一一三三年，高宗忽然想起应派人到金国去探视一下徽、钦二帝，顺便打探有无求和的可能。但听说要入虎狼之域，一时朝中无人敢应命。大臣韩侂见状自告奋勇，愿冒险一去。李清照日夜关心国事，闻此十分激动，满腹愁绪顿然化作希望与豪情，便作了一首长诗相赠。她在序中说："有易安室者，父祖皆出韩公门下，今家世沦替，子姓寒微，不敢望公之车尘。又贫病，但神明未衰弱。见此大号令，不能忘言，作古、律诗各一章，以寄区区之意。"当时她是一个贫病交加，身心憔悴，独身寡居的妇道人家，却还这样关心国事。不用说她在朝中没有地位，就是在社会上也轮不到她来议论这些事啊。但是她站了出来，大声歌颂韩肖胄此举的凛然大义："愿奉天地灵，愿奉宗庙威。径持紫泥诏，直入黄龙城。""脱衣已被汉恩暖，离歌不道易水寒。"她愿以一个民间寡妇的身份临别赠几句话："闾阎嫠妇亦何知，沥血投书干记室"，"不乞隋珠与和璧，只乞乡关新信息"，"子孙南渡今几年，飘零遂与流人伍。欲将血泪寄山河，去洒东山一抔土"。

作者不停地交代她此时的身份、家境，她的性别，以突出她忧国忧民之情，突出她在万马齐喑之时振臂一呼的勇敢之美，忧愤之广。

浙江金华有因南北朝时沈约曾题《八咏诗》而得名的一座名楼。李避难于此，登楼遥望这残存的南国半壁江山，

49

不禁临风感慨：

千古风流八咏楼，江山留与后人愁。水通南国三千里，气压江城十四州。

《题八咏楼》

豪气干云如将军。

我们单看这诗的气势，这哪里像一个流浪中的女子所写啊！倒像一个亟待收复失地的将军或一个忧国伤时的臣子。那一年我到金华特地去凭吊这座名楼，时日推移，楼已被后起的民房拥挤在一处深巷里，但依然鹤立鸡群，风骨不减当年。一位看楼的老人也是个李清照迷，他向我讲了几个李清照故事的民间版本，又拿出几页新搜集的手抄的李词送给我。我仰望危楼，俯察巷陌，深感词人英魂不去，长在人间。李清照在金华避难期间，还写了一篇《打马赋》。"打马"本是当时的一种赌博游戏，李却借题发挥在文中大量引用历史上名臣良将的典故，状写金戈铁马，挥师疆场的气势，谴责宋室的无能。文末直抒自己烈士暮年的壮志：

木兰横戈好女子，老矣不复志千里。但愿相将过淮水！

乱世让美神除早期的闲愁闲悲外，又增添了政治之愁、民族之悲。

从这些诗文中可以看见，她真是"位卑不敢忘忧国"，何等地心忧天下，心忧国家啊！"但愿相将过淮水"，这使我们想起祖逖闻鸡起舞，想起北宋抗金名臣宗泽病危之时仍拥被而坐大喊："过河！"这是一个女诗人，一个"闾阎嫠妇"发出的呼喊啊！与她早期的闲愁闲悲真是相差

50

十万八千里。这愁中又多了多少政治之忧，民族之痛啊！

后人评李清照常常观止于她的一怀愁绪，殊不知她的心灵深处，总是冒着抗争的火花和对理想的呼喊，她是为看不到出路而愁啊！她不依奉权贵，不违心做事。她和当朝权臣秦桧本是亲戚，秦桧的夫人是她二舅的女儿，亲表姐。但是李清照与他们概不来往，就是在她的婚事最困难的时候，她宁可去求远亲也不上秦家的门。秦府落成，大宴亲朋，她也拒不参加。她不满足于自己"学诗漫有惊人句"，而"欲将血泪寄山河"，她希望收复失地，"径持紫泥诏，直入黄龙城"。但是她看到了什么呢？是偏安都城的虚假繁荣，是朝廷打击志士、迫害忠良的怪事，是主战派和民族义士们血泪的呼喊。一一四二年，也就是李清照五十八岁这一年，岳飞被秦桧下狱害死。这件案子惊动京城，震动全国，乌云压城，愁结广宇。李清照心绪难宁，我们的女诗人又陷入更深的忧伤之中。

李清照遇到的第三大磨难是，超越时空的孤独。

感情生活的痛苦和对国家民族的忧心，已将她推入深深的苦海，她像一叶孤舟在风浪中无助地飘摇。但如果只是这两点，还不算最伤最痛、最孤最寒。本来生活中婚变情离者，时时难免；忠臣遭弃，也是代代不绝，更何况她一柔弱女子又生于乱世呢？问题在于她除了遭遇国难、情愁，就连想实现一个普通人的价值，竟也是这样的难。已渐入暮年的李清照没有孩子，守着一孤清的小院落，身边没有一个亲人，国事已难问，家事怕再提，只有秋风扫着黄叶在门前盘旋，偶尔有一两个旧友来访。她有一孙姓朋友，其小女十岁，极为聪颖。一日孩子来玩时，李清照对

痛恨奸佞，朝廷不思收复失地反而残害忠良，诗人的愁更深沉了。

"只有秋风扫着黄叶在门前盘旋"，渲染出李清照暮年的孤寂。

她说，你该学点东西，我老了，愿将平生所学相授，不想这孩子脱口说道："才藻非女子事也。"

李清照不由得倒抽一口凉气，她觉得一阵晕眩，手扶门框，才使自己勉强没有摔倒。童言无忌，原来在这个社会上有才有情的女子是真正多余啊！而她却一直还奢想什么关心国事、著书立说、传道授业。她收集的文物汗牛充栋，她学富五车，词动京华，到头来却落得个报国无门，情无所托，学无所传，别人看她如同怪物。

"报国无门，情无所托，学无所传，别人看她如同怪物"，她成了多余人了，为《声声慢》抒发无边愁苦作铺垫。

李清照感到她像是落在四面不着边际的深渊里，一种可怕的孤独向她袭来，这个世界上没有一个人能读懂她的心。她像祥林嫂一样茫然地行走在杭州深秋的落叶黄花中，吟出这首浓缩了她一生和全身心痛楚的，也确立了她在中国文学史上地位的《声声慢》：

寻寻觅觅，冷冷清清，凄凄惨惨戚戚。乍暖还寒时候，最难将息。三杯两盏淡酒，怎敌它，晚来风急。雁过也，正伤心，却是旧时相识。

满地黄花堆积，憔悴损，如今有谁堪摘。守着窗儿，独自怎生得黑。梧桐更兼细雨，到黄昏，点点滴滴。这次第，怎一个愁字了得！

怎"一个"愁字了得。应是她的国愁、家愁、情愁，还有学术之愁。归纳了上文之愁。

是的，她的国愁、家愁、情愁，还有学术之愁，怎一个愁字了得！

李清照所寻寻觅觅的是什么呢？从她的身世和诗词文章中，我们至少可以看出，她在寻觅三样东西。

一是国家民族的前途。她不愿看到山河破碎，不愿"飘

52

零遂与流人伍"，"欲将血泪寄山河"。在这点上她与同时代的岳飞、陆游及稍后的辛弃疾是相通的。但身为女人，她既不能像岳飞那样驰骋疆场，也不能像辛弃疾那样上朝议事，甚至不能像陆、辛那样有政界、文坛朋友可以痛痛快快地使酒骂座，痛拍栏杆。她甚至没有机会和他们交往，只能独自一人愁。

二是寻觅幸福的爱情。她曾有过美满的家庭，有过幸福的爱情，但转瞬就破碎了。她也做过再寻真爱的梦，但又碎得更惨，甚至身负枷锁，银铛入狱。还被以"不终晚节"载入史书，生前身后受此奇辱。她能说什么呢？也只有独自一人愁。

三是寻觅自身的价值。她以非凡的才华和勤奋，又借着爱情的力量，在学术上完成了《金石录》巨著，在词艺上达到了空前的高度。但是，那个社会不以为奇，不以为功，连那十岁的小女孩都说"才藻非女子事"。甚至后来陆游为这个孙姓女子写墓志时都认为这话说得好。以陆游这样热血的爱国诗人，也认为"才藻非女子事"，李清照还有什么话可说呢？她只好一人咀嚼自己的凄凉，又是只有一个愁。

连着三段的结尾都是突出她独自一人，这是反复手法，突出其愁无人可说、无人能解的孤寂凄凉。

李是研究金石学、文化史的，她当然知道从夏商到宋，女人有才藻、有著作的寥若晨星，而词艺绝高的也只有她一人。都说物以稀为贵，而她却被看作是异类，是叛逆，是多余。她环顾上下两千年，长夜如磐，风雨如晦，相知有谁？鲁迅有一首为歌女立照的诗：

华灯照宴敞豪门，娇女严妆侍玉尊。忽忆亲情焦土下，佯看罗袜掩啼痕。

李清照是一个被封建社会役使的歌者，她本在严妆靓容地侍奉着这个社会，但忽然想到她所有的追求都已失落，她所歌唱的无一实现，不由得一阵心酸，只好"俟说黄花与秋风"。

点出悲剧根源。

李清照的悲剧就在于她是生在封建时代的一个有文化的女人。作为女人，她处在封建社会的底层，作为一个知识分子，她又处在社会思想的制高点，她看到了许多别人看不到的事情，追求着许多别人不追求的境界，这就难免有孤独的悲哀。本来，三千年封建社会，来来往往有多少人都在心安理得、随波逐流地生活。你看，北宋仓皇南渡后不是又夹风夹雨，称臣称儿地苟延了一百五十二年吗！尽管与李清照同时代的陆游愤怒地喊道："公卿有党排宗泽，帷幄无人用岳飞"，但朝中的大人们不是照样做官，照样花天酒地吗？你看，虽生乱世，有多少文人不是照样手摇折扇，歌咏风月，琴棋书画了一生吗？你看，有多少女性，就像那个孙姓女子一般，不学什么辞藻，不追求什么爱情，不是照样生活吗？但是李清照却不！她以平民之身，思公卿之责，念国家大事；以女人之身，求人格平等，爱情之尊。无论对待政事、学业，还是爱情、婚姻，她绝不随波，绝不凑合，这就难免有了超越时空的孤独和无法解脱的悲哀。

在与世人、俗人的对照下，她的追求、人格使她有了超越时空的孤独和无法解脱的悲哀，她的悲愁是集国难、家难、婚难和学业之难于一身的悲愁。乱世使她更高贵、更美丽。

她背着沉重的十字架，集国难、家难、婚难和学业之难于一身，凡封建专制制度所造成的政治、文化、道德、婚姻、人格方面的冲突、磨难，都折射在她那如黄花般瘦弱的身子上。一如她的名字所昭示的，"明月松间照，清泉石上流"。

李清照骨子里所追求的是一种人格的超群脱俗，这就难免像屈原一样"众人皆醉我独醒",难免有超现实的理想化的悲哀。有一本书叫《百年孤独》,李清照则是"千年孤独",环顾女界无同类,再看左右无相知,所以她才上溯千年到英雄霸王那里去求相通,"至今思项羽,不肯过江东"。还有,她不可能知道,千年之后,到封建社会气数将尽时,才又出了一个与她相知相通的女性——秋瑾,那秋瑾回首长夜三千年,也长叹了一声:"秋雨秋风愁煞人!"

如果李清照像那个孙姓女孩或者鲁迅笔下的祥林嫂一样,是一个已经麻木的人,也就算了;如果李清照是以死抗争的杜十娘,也就算了。她偏偏是以心抗世,以笔唤天。她凭着极高的艺术天赋,将这漫天愁绪又抽丝剥茧般地进行了细细地纺织,化愁为美,创造了让人们永远享受无穷的词作珍品。李词的特殊魅力就在于它一如作者的人品,于哀怨缠绵之中有执着坚韧的阳刚之气,虽为说愁,实为写真情大志,所以才耐得人百年千年地读下去。郑振铎在《中国文学史》中评价说:"她是独创一格的,她是独立于一群词人之中的。她不受别的词人的什么影响,别的词人也似乎受不到她的影响。她是太高绝一时了,庸才的作家是绝不能追得上的。无数的词人诗人,写着无数的离情闺怨的诗词,他们一大半是代女主人翁立言的,这一切的诗词,在清照之前,直如粪土似的无可评价。"于是,她一生的故事和心底的怨愁就转化为凄清的悲剧之美,她和她的词也就永远高悬在历史的星空。

随着时代的进步,李清照当年许多痛苦着的事和情都已有了答案,可是当我们偶然再回望一下千年前的风雨时,总能看见那个立于秋风黄花中的寻寻觅觅的美神。

"李词的特殊魅力就在于它一如作者的人品,于哀怨缠绵之中有执着坚韧的阳刚之气,虽为说愁,实为写真情大志",作者经一番独特爬梳后,发前人所未发,独到精准。

将"愁"和"美"绾结在一起。"永远"突出永恒,对接题目中的"神"字。

结尾句,化用词人词句,借典型词句、典型情境简笔勾勒哀愁的形象,完成人物定格;以"总能看到"来表达对人物的感情,强化人物形象特征,突出人格之美、追寻之苦,突出其形象意义。

阅读指导

梁衡写作追求的是："写文章，切入点要新颖独特。与众不同，一定要抓住国家、民族、社会这条主线，并把责任感融入其中，才能引起现代人的共鸣。"《乱世中的美神》写的是南宋时期的杰出女文学家李清照，这篇文章被列入当年散文排行榜首位。过去，李清照在人们印象中，一直是位多愁善感的女子，尤其是她那"怎一个愁字了得"的词句，长期以来一直让人们以为李清照的愁是家愁。再次忆起这篇文章，梁衡十分动情，"李清照的愁既有家愁，更有国仇、民族恨。她的诗词中流露出的是忧国忧民的爱国情怀。我们写历史一定要为现实服务，要歌颂历史人物的崇高人格魅力，来正确引导、感染和影响当代人。"

作者以时间为顺序，多处引用李词，对其进行深刻地剖析。构思行文设置了三大"磨难"以及与之相对的三大"寻觅"："再婚又离婚，遭遇感情生活的痛苦"；"身心颠沛流离，四处逃亡"；"超越时空的孤独"。说"她被当作了愁的化身"。思念心上人而不得的闲愁，是一种甜蜜的愁；国破家亡，爱的火花就这样永远熄灭带来的痛苦之愁；身边没有一个亲人、无人倾诉的孤独之愁；不被理解、不被接纳、不被认同的孤独之愁。在国破家亡中，在词的境界里苦苦追寻，寻觅国家民族的前途而不得，寻觅幸福的爱情而不得，寻觅自身的价值而不得。国家不幸诗人幸，多灾多难的乱世成全了李清照，她的作品之所以达到这样的高度，是因为她超越了一己的愁怨，把山河破碎爱巢倾覆的痛楚融入了诗作。她能以平民之身，思公卿之责，念国家大事；以女人之身，求人格平等，爱情之尊。无论对待政事学业还是爱情婚姻，她决不随波决不凑合，这就难免有了超越时空的孤独和无法解脱的悲哀，因而也就成就了她"美的女神"的永恒形象。文章叙述、阐发议论结合完美，叙述人物经历身世，为阐发作铺垫；作者议论阐发的目的在于揭示人物"美"的内涵，控诉造就这尊"美神"的乱世。

作者善于运用反衬手法，以早年的幸福生活反衬李清照晚境的凄凉，以世道的艰难反衬李清照的理想美，以爱情、生活的磨难反衬李清照的心灵美、诗歌美，以世风"才藻非女子事"来反衬李清照的执着。通过多角度的反衬，突出了李清照身处逆境，关心国事，仍然进行不懈的艺术追求的坚强品格，使"乱世中的美神"形象更加光彩照人。

读柳永

开篇揭题，交代文章写作重点——"经历""成就""道理"，作为全文总纲。

柳永是中国历史上一个并不大的人物。很多人不知道他，或者碰到过又很快忘了他。但是近年来这根柳丝却紧紧地系着我，倒不是为了他的名句"杨柳岸晓风残月"，也不为那句"衣带渐宽终不悔，为伊消得人憔悴"，只为他那人，他那身不由己的经历和那歪打正着的成就，以及由此揭示的做人成事的道理。

柳永是福建北部崇安人，他没有为我们留下太多的生平记载，以至于现在也不知道他确切的生卒年月。那年到闽北去，我曾想打听一下他的家世，找一点可凭吊的实物，但一川绿风，山水寂寂，没有一点的音息。我们现在只知道他大约在三十岁时便告别家乡，到京城求功名去了。柳永像封建时代的大多数知识分子一样，总是把从政作为人生的第一目标。其实这也有一定的道理，人生一世谁不想让有限的生命发挥最大的光热？有职才能有权，才能施展抱负，改造世界，名垂后世。那时没有像现在这样成就多元化，可以当企业家，当作家，当歌星、球星，当富翁，要成名只有一条路——去当官，所以就出现了各种各样在从政大路上跋涉着的而被扭曲了的人。像李白、陶渊明那样求政不得而求山水；像苏轼、白居易那样政心不顺而求文心；像孟浩然那样躲在终南山里而窥京城；像诸葛亮那样虽说不求闻达，布衣躬耕，却又暗暗积聚内力，一遇明

排比了"各种各样在从政大路上跋涉着的而被扭曲了的人"，为写柳永做铺垫。

58

主就出来建功立业。

柳永是另一类的人物，他先以极大的热情投身政治，碰了钉子后没有像大多数文人那样转向山水，而是转向市井深处，扎到市民堆里，在这里成就了他的文名，成就了他在中国文学史上的地位，他是中国封建知识分子中一个仅有的类型，一个特殊的代表。

对比中，高度概括了柳永在中国封建知识分子中的特殊性。

柳永大约在公元一零一七年，宋真宗天禧元年时到京城赶考。以自己的才华他有充分的信心金榜题名，而且幻想着有一番大作为。谁知第一次考试就没有考上，他不在乎，轻轻一笑，填词道："富贵岂由人，时会高志须酬。"等了三年，第二次开科又没有考上，这回他忍不住要发牢骚了，便写了那首著名的《鹤冲天》：

黄金榜上，偶失龙头望。明代暂遗贤，如何向。未遂风云便，争不恣狂荡。何须论得丧。才子词人，自是白衣卿相。

烟花巷陌，依约丹青屏障。幸有意中人，堪寻访。且恁偎红翠，风流事，平生畅。青春都一饷。忍把浮名，换了浅斟低唱。

他说我考不上官有什么关系呢？只要我有才，也一样被社会承认，我就是一个没有穿官服的官。要那些虚名有什么用，还不如把它换来吃酒唱歌。这本是一个在背地发的小牢骚，但是他也没有想一想，你怎么敢用你最拿手的歌词来牢骚呢，他这时或许还不知道自己歌词的分量。它那美丽的语句和优美的音律已经征服了所有的歌迷，覆盖

59

了所有的官家的和民间的歌舞晚会，"凡有井水处都唱柳词"。这使我想起"文化大革命"中，大书法家沈尹默先生被打成"黑帮"，被逼写检查。但是他写出去的检查大字报，总是糨糊未干就被人偷去，这检查总是交代不了。柳永这首"牢骚歌"不胫而走传到了宫里，宋仁宗一听大为恼火，并记在心里。柳永在京城又捱了三年，参加了下一次考试，这次好不容易通过了，但临到皇帝亲自圈点放榜时，仁宗说："且去浅斟低唱，何要浮名"，又把他给勾掉了。这次打击实在太大，柳永就更深地扎到市民堆里去写他的歌词，并且不无解嘲地说："我是奉旨填词。"他终日出入歌馆妓楼，交了许多歌伎朋友，许多歌伎也因他的词而走红，她们真诚地爱护他，给他吃，给他住，还给他发稿费。你想他一介穷书生流落京城有什么生活来源？只有卖词为生。这种生活的压力，生活的体味，还有皇家的冷淡，倒使他一心去从事民间创作。他是第一个去到民间的词作家。这种扎根坊间的创作生活一直持续了十七年，直到他终于在四十七岁那年才算通过考试，得了一个小官。

歌馆妓楼是什么地方啊，是提供享乐，制造消沉，拉你堕落，教你挥霍，引人轻浮，教人浪荡的地方。任你有四海之心、摩天之志，在这里也要魂销骨铄，化做一团烂泥。但是柳永没有被化掉，他的才华在这里派上了用场。成语言：脱颖而出。锥子装在衣袋里总要露出尖来，宋仁宗嫌柳永这把锥子不好，"啪"的一声从皇宫大殿上扔到了市井底层，不想俗衣破袍仍然裹不住他闪亮的锥尖。这真应了柳永自己的那句话："才子词人，自是白衣卿相"，寒酸的衣服裹着闪光的才华。有才还得有志，多少人进了

60

红粉堆里也就把才沤了粪。也许我们可以责备柳永没有大志，同为词人，不像辛弃疾那样"男儿到死心如铁，看试手，补天裂"，不像陆游那样"自许封侯在万里。有谁知，鬓虽残，心未死"。时势不同，柳永所处的时代当北宋开国不久，国家统一，天下太平，经济文化正复苏繁荣。京城汴京是当时世界上最大的都市，新兴市民阶层迅速形成，都市通俗文艺相应发展。恩格斯论欧洲文艺复兴时说，这是需要巨人而且产生了巨人的时代，市民文化呼唤着自己的文化巨人。这时柳永出现了，他是中国历史上第一个专业的市民文学作家。市井这块沃土堆拥着他，托举着他，他像田禾见了水肥一样拼命地疯长，淋漓酣畅地发挥着自己的才华。

柳永于词的贡献，可以说如牛顿、爱因斯坦于物理学的贡献一样，是里程碑式的。他在形式上把过去只有几十字的短令发展到百多字的长调。在内容上把词从官词解放出来，大胆引进了市民生活、市民情感、市民语言，从而开创了市民所歌唱着的是自己的词。在艺术上他发展了铺叙手法，基本上不用比兴，硬是靠叙述的白描的功夫创造出前所未有的意境。就像超声波探测，就像电子显微镜扫描，你得佩服他的笔怎么能伸入到这么细微绝妙的层次。他常常只用几个字，就是我们调动全套摄影器材也很难达到这个情景。比如这首已传唱九百年不衰的名作《八声甘州》：

对潇潇暮雨洒江天，一番洗清秋。渐霜风凄紧，关河冷落，残照当楼。是处红衰翠减，苒苒物华休。唯有长江水，

用类比来总说柳词的地位，作为论述他的文学成就的本层次的核心句。

无语东流。

不忍登高临远，望故乡渺邈，归思难收。叹年来踪迹，何事苦淹留？想佳人，妆楼颙望，误几回天际识归舟。争知我，倚阑干处，正恁凝愁。

一读到这些句子我就联想到第一次置身于九寨沟山水中的感觉，那时照相根本不用选景，随便一抬手就是一幅绝妙的山水图。现在你对着这词，任裁其中一句都情意无尽，美不胜收。这种功夫，古今词坛能有几人。

艺术高峰的产生和自然界的名山秀峰一样是不以人的意志为转移的。柳永自己也没有想到他身后在中国文学史上会占有这样一个重要位置。就像我们现在作为典范而临摹的碑帖，很多就是死人墓里一块普通的刻了主人生平的石头，大部分连作者姓名也没有。凡艺术成就都是阴差阳错，各种条件交汇而成一个特殊气候，一粒艺术的种子就在这种气候下自然地生根发芽了。柳永不是想当名作家而到市井中去的，他是怀着极不情愿的心情从考场落第后走向瓦肆勾栏，但是他身上的文学才华与艺术天赋立即与这里喧闹的生活气息、优美的丝竹管弦和多情婀娜的女子发生共鸣。他在这里没有堕落，他跳进了一个消费的陷阱，却成了一个创造的巨人。这再次证明成事成才的辩证道理。一个人在社会这架大算盘上只是一颗珠子，他受命运的摆弄；但是在自身这架小算盘上他却是一只拨着算珠的手，才华、时间、精力、意志、学识、环境统统变成了由你支配的珠子。

一个人很难选择环境，却可以利用环境，大约每个人

总结、照应"身不由己的经历和那歪打正着的成就"，并转入"做人成事"的道理。

都有他基本的条件，也有基本的才学，他能不能成才成事，原来全在他与外部世界的关系怎么处理。就像黄山上的迎客松，立于悬崖绝壁，沐着霜风雪雨，就渐渐干挺如铁，叶茂如云，游人见了都要敬之仰之了。但是如果当初这一粒松子有灵，让它自选生命的落脚地，它肯定选择山下风和日丽的平原，只是一阵无奈的山风将它带到这里，或者飞鸟将它衔到这里，托于高山之上寄于绝壁之缝。它哭天天不应，喊地地不灵，一阵悲泣（也许还有如柳永那样的牢骚）之后也就把那岩石拍遍，痛下决心，既活就要活出个样子。它拼命地吸天地之精华，探出枝叶追日，伸着根须找水，与风斗与雪斗，终于成就了自己。这时它想到多亏我留在了这里，要是生在山下将平庸一世。

生命是什么，生命就是创造，是携带着母体留下的那一点信息去与外部世界做着最大限度的重新组合，创造一个新的生命。为什么逆境能成大才，就是因为在逆境下你心里想着一个世界，上天却偏要给你另外一个世界。两个世界矛盾斗争的结果，你便得到了一个超乎这两个之上的更新的更完美的世界。而顺境下，时时天遂人愿，你心里没有矛盾，没有企盼，没有一个理想中的新世界，当然也不会去为之斗争，为之创造，那就只有徒增马齿，虚掷一生了。柳永是经历了宋真宗、仁宗两朝四次大考才中了进士的，这四次共取士九百一十六人，其他九百一十五人都顺顺利利地当了官，有的或许还很显赫，但他们大都被历史忘得干干净净，而柳永至今还享此殊荣。

呜呼，人生在世，天地公心。人各其志，人各其才，无大无小，贵贱不分。只要其心不死，才得其用，就能名

以黄山迎客松的松子来类比人的成才成事与外部世界的关系怎么处理，形象鲜明，论述深刻。

"心里想着一个世界"，在逆境下就能创造新的生命。进一步解析了成才成事的道理。

垂后世，就不算虚度生命。这就是为什么历史记住了秦皇汉武，也同样记住了柳永。

阅读指导

文章采用总分结构，首段提出总的看法，然后逐层阐述，由事及理，借北宋婉约词人柳永来谈做人成事的道理。

柳永大约在三十岁时便告别家乡，到京城求功名，连着两届都未考取，便写了著名的《鹤冲天》"忍把浮名，换了浅斟低唱"，在背地发个小牢骚，岂料这首牢骚歌传到了宫里，宋仁宗大为恼火，下一次考试，这次好不容易通过了，但皇帝亲自圈点发榜时却说："且去浅斟低唱，何要浮名"，又把他给勾掉了。他自嘲"奉旨填词"，终日出入歌馆妓楼，更深地扎到市民堆里去写他的歌词，一直持续了十七年，直到他在四十七岁那年才算通过考试得了一个小官。没想到却取得"那歪打正着的成就"：中国历史上第一个专业的市民文学作家，他对词的贡献是里程碑式的，在形式、内容、艺术手法上都取得了前所未有的成就。由此揭示了做人成事的道理：一个人很难选择环境，却可以利用环境，逆境能成大才。只要其心不死，才得其用，就能名垂后世，就不算虚度生命。

本文可读性强，还有多方面的特点。一是善于与其他名人做比较，如在讲述柳永碰了钉子后的转向，就比较各种各样在从政大路上跋涉着的而被扭曲了的人，像李白、陶渊明那样求政不得而求山水，像苏轼、白居易那样政心不顺而求文心，像孟浩然那样躲，像诸葛亮那样暗暗积聚内力，突出了柳永在中国文学史上的特殊性。二是善于联系现实生活，使道理讲述得时尚、有趣味，如"她们真诚地爱护他，给他吃，给他住，还给他发稿费"。三是善于使用比喻等修辞，如以黄山迎客松的松子来模拟人的成才成事与外部世界关系的处理，以社会大算盘、自身小算盘及珠子来比喻个人与环境的关系，形象鲜明，论述深刻。还有作者善于使用四字短语来表情达意，简洁、形象、鲜明、深刻、古雅。

读韩愈

由文读人是一种踏实的研究方法。

韩愈为唐宋八大家之首，其文章写得好是真的。所以，我读韩愈其人是从读韩愈其文开始的，因为中学课本上就有他的《师说》《进学解》。课外阅读、各种选本上韩文也随处可见。他的许多警句，如"师者，所以传道、授业、解惑也"，"业精于勤荒于嬉，行成于思毁于随"等，跨越了一千多年，仍在指导我们的行为。

由潮州的山水人文都姓"韩"而设疑，引起对"一介书生"的思考。

但由文而读其人却是因一件事引起的。去年，到潮州出差，潮州有韩公祠，祠依山临水而建，气势雄伟。祠后有山曰韩山，祠前有水名韩江。当地人说此皆因韩愈而名。我大惑不解，韩愈一介书生，怎么会在这天涯海角霸得一块山水，享千秋之祀呢？

原来有这样一段故事。唐代有个宪宗皇帝十分迷信佛教，在他的倡导下国内佛事大盛，公元八一九年，又搞了一次大规模的迎佛骨活动，就是将据称是佛祖的一块朽骨迎到长安，修路盖庙，人山人海，官商民等舍物捐款，劳民伤财，一场闹剧。韩愈对这件事有看法，他当过监察御史，有随时向上面提出诚实意见的习惯。这种官职的第一素质就是不能怕得罪人，因提意见获死罪都在所不辞。所谓"文

"大义战胜了私心"，写韩愈的正直和忠于职守。引出了下文一系列故事。

死谏，武死战"。韩愈在上书前思想好一番斗争，最后还是大义战胜了私心，终于实现了勇敢地"一递"。谁知奏折一递，就惹来了大祸，而大祸又引来了一连串的故事，

66

成就了他的身后名。

　　韩愈是个文章家，写奏折自然比一般为官者也要讲究些。于理、于情都特别动人，文字铿锵有力。他说那所谓佛骨不过是一块脏兮兮的枯骨，皇帝您"今无故取朽秽之物，亲临观之"，"群臣不言其非，御史不举其失，臣实耻之。乞以此骨付之有司，投诸水火，永绝根本……岂不盛哉，岂不快哉"！这佛如果真的有灵，有什么祸殃，就让他来找我吧。（"佛如有灵，能作祸祟，凡有殃咎，宜加臣身。"）这真有一股不怕鬼、不信邪的凛然大气和献身精神。但是，这正应了我们现时说的，立场不同，感情不同这句话。韩愈越是肝脑涂地陈利害表忠心，宪宗越觉得他是在抗龙颜，揭龙鳞，大逆不道。于是，大喝一声把他赶出京城，贬到八千里外的海边潮州去当地方小官。

　　韩愈这一贬，是他人生的一大挫折。因为这不同于一般的逆境，一般的不顺，比之李白的怀才不遇，柳永的屡试不第要严重得多。他们不过是登山无路，而韩愈是已登山顶，又一下子被推到无底深渊，其心情之坏可想而知。他被押送出京不久，家眷也被赶出长安，年仅十二岁的小女儿也惨死在驿道旁。韩愈自己觉得实在活得没有什么意思了，他在过蓝关时写了那首著名的诗。我向来觉得韩愈文好，诗却一般，只有这首，胸中块垒，笔底波涛，确是不一样：

　　　　一封朝奏九重天，夕贬潮阳路八千。
　　　　欲为圣明除弊事，肯将衰朽惜残年？
　　　　云横秦岭家何在，雪拥蓝关马不前。
　　　　知汝远来应有意，好收吾骨瘴江边。

　　这是给前来看他的侄孙写的，其心境之冷可见一斑。

但是，当他到了潮州后，发现当地的情况比他的心境还要坏。就气候水土而言这里条件不坏，但由于地处偏僻，文化落后，弊政陋习极多极重。农耕方式原始，乡村学校不兴。当时在北方早已告别了奴隶制，唐律明确规定了不准没良为奴，这里却还在买卖人口，有钱人养奴成风。"岭南以口为货，其荒阻处，父子相缚为奴。"其习俗又多崇鬼神，有病不求药，杀鸡杀狗，求神显灵。人们长年在浑浑噩噩中生活。见此情景，韩愈大吃一惊，比之于北方的先进文明，这里简直就是茹毛饮血，同为大唐圣土，同为大唐子民，何忍遗此一隅，视而不救呢？用我们现在的话说，就是同在一片蓝天下，人人都该享有爱。按照当时的规矩，贬臣如罪人服刑，老老实实磨时间，等机会便是，绝不会主动参政。但韩愈还是忍不住，他觉得自己的知识、能力还能为地方百姓做点事，觉得比之百姓之苦，自己的这点冤、这点苦反倒算不了什么。于是他到任之后，就如新官上任一般，连续干了四件事。

真正的官品、高尚的人品。

一是驱除鳄鱼。当时鳄鱼为害甚烈，当地人又迷信，只知投牲畜以祭，韩愈"选材技吏民，操强弓毒矢"，大除其害。二是兴修水利，推广北方先进耕作技术。三是赎放奴婢。他下令奴婢可以工钱抵债，钱债相抵就给人自由，不抵者可用钱赎，以后不得蓄奴。四是兴办教育，请先生，建学校，甚至还"以正音为潮人语"，用今天的话说就是推广普通话。不可想象，从他贬潮州到再离潮而调袁州，八个月就干了这四件事。我们且不说这事的大小，只说他那片诚心。

我在祠内仔细看着题刻碑文和有关资料。韩愈的确是个文人，干什么都要用文章来表现，也正是这一点，为我们留下了如日记一样珍贵的史料。比如，除鳄之前，他先写了一篇《祭鳄鱼文》，这简直就是一篇讨鳄檄文。他说我受天子之命来守此土，而鳄鱼悍然在这里争食民畜，"与刺史亢拒，争为长雄。刺史虽驽弱，亦安肯为鳄鱼低首下心"。他限鳄鱼三日内远徙于海，三日不行五日，五日不行七日，再不行就是傲天子之命吏，"必尽杀乃止"！阴雨连绵不断，他连写祭文，祭于湖，祭于城隍，祭于石，请求天晴。他说天啊，老这么下雨，稻不得熟，蚕不得成，百姓吃什么，穿什么呢？要是我为官的不好，就降我以罪吧，百姓是无辜的，请降福给他们。（"刺史不仁，可以坐罪；惟彼无辜，惠以福也。"）一片拳拳之心。韩愈在潮州任上共有十三篇文章，除三篇短信、两篇上表外，余皆是驱鳄祭天、请设乡校、为民请命祈福之作。文如其人，文如其心。当其获罪海隅、家破人亡之时，尚能心系百姓，真是难能可贵了。

一个人为文不说空话，为官不说假话，为政务求实绩，这在封建时代难能可贵。应该说韩愈是言行一致的。他在政治上高举儒家旗帜，是个封建传统思想道德的维护者。传统这个东西有两面性，当它面对革命新潮时，表现出一副可憎的顽固面孔；而当它面对逆流邪说时，又表现出撼山易撼传统难的威严。韩愈也是这样。他一方面反对宰相王叔文的改革，一方面又对当时最尖锐的两个社会问题，即藩镇割据和佛道泛滥，深恶痛绝，坚决抨击。他亲自参加平定叛乱，到晚年时还以衰朽之身一人一马到叛军营中去劝敌投诚，其英雄气概不亚于关云长单刀赴会。他出身小户，考进士三次落第，第四次才中进士，在考官时又三次碰壁，乌纱帽得来不易，按说他该惜官如命，但是他两

以《祭鳄鱼文》为点，潮州任上所做文章总量为面，点面结合，赞扬了韩愈"为文不说空话，为官不说假话，为政务求实绩"。

69

次犯上直言，被贬后又继续尽其所能为民办事。这是中国知识分子的传统，以国为任，以民为本，不违心，不费时，不浪费生命。他又倡导古文运动，领导了一场文章革命，他要求"文以载道""陈言务去"，开一代文章先河，砍掉了骈文这个重形式求华丽的节外之枝，而直承秦汉。所以苏东坡说他："文起八代之衰，道济天下之溺。"他既立业又立言，全面实践了儒家道德。

当我手抚韩祠石栏，远眺滚滚韩江时，我就想，宪宗佞佛，满朝文武，就是韩愈敢出来说话，如果有人在韩愈之前上书直谏呢？如果在韩愈被贬时又有人出来为之抗争呢？历史会怎样改写？还有在韩愈到来之前潮州买卖人口、教育荒废等四个问题早已存在，地方官吏走马灯似的换了一任又一任，其任职超过八个月的也大有人在，为什么没有谁去解决呢？如果有人在韩愈之前解决了这些问题，历史又将怎样写？但是没有，什么都没有。长安大殿上的雕梁玉砌在如钩晓月下静静地等待，秦岭驿道上的风雪，南海丛林中的雾瘴在悄悄地徘徊。历史终于等来了一个衰朽的书生，他长须弓背双手托着一封奏折，一步一颤地走上大殿，然后又单人瘦马，形影相吊地走向海角天涯。

人生的逆境大约可分四种：一曰生活之苦，饥寒交迫；二曰心境之苦，怀才不遇；三曰事业受阻，功败垂成；四曰生命之危，身处绝境。处逆境之心也分四种：一是心灰意冷，逆来顺受；二是怨天尤人，牢骚满腹；三是见心明志，直言疾呼；四是泰然处之，尽力有为。韩愈是处在第二、第三种逆境，而选择了后两种心态，既见心明志，著文倡道，又脚踏实地，尽力去为。只这一点他比屈原、李白就要多一层高明，没有只停留在蜀道叹难、江畔沉吟上。他不辞海隅之小，不求其功之显，只是奉献于民，求成于心。有人研究，韩愈之前，潮州只有进士三名，韩愈之后，到南宋时，登第进士就达一百七十二名。是他大开教育之功，所以韩祠中有诗曰："文章随代起，烟瘴几时开。不有韩夫子，人心尚草莱。"这倒使我想到现代的一件实事。一九五七年反右扩大化中，京城不少知识分子被错划为右派，并发配到基层。当时王震同志主持新疆开发，就主动收容了一批。想不到这倒促成了春风度玉门，戈壁绽绿阴。那年我在石河子采访，亲身感受到充边文人的功劳。一个人不管你有多大的委屈，历史绝不会陪你哭泣，而它只认你的贡献。悲壮二字，无壮便无以言悲。这宏伟的韩公祠，还有这韩山韩水，不是纪念韩愈的冤屈，而是纪念他的功绩。

李渊父子虽然得了天下，大唐河山也没有听说哪山哪河易姓为李，倒是韩愈一个罪臣，在海边一块蛮夷之地施政八月，这里就忽然山河易姓了。历朝历代有多少人希望不朽，或刻碑勒石，或建庙建祠，但哪一块碑哪一座庙能大过高山，永如江河呢？这是人民对办了好事的人永久的纪念。一个人是微不足道的，但是当他与百姓利益，与社会进步连在一起时就价值无穷，就被社会所承认。我遍读祠内凭吊之作，诗、词、文、联，上起唐宋下迄当今，刻于匾，勒于石，大约不下百十来件。一千三百年来，各种人物在这里将韩公不知读了多少遍。我心中也渐渐泛起这样的四句诗：

　　一封朝奏九重天，夕贬潮阳路八千。
　　八月为民兴四利，一片江山尽姓韩。

71

阅读指导

本文题为《读韩愈》，一方面，作者对韩愈的认识，是读他的诗文而获得的；另一方面，本文侧重探索的是韩愈的精神世界。"读"字用得准确、传神。

作者由潮州"一片江山尽姓韩"设疑，引起对"一介书生"的思考。韩愈因正直和忠君而被贬到偏远的潮州当地方官，他没有因个人身处逆境而沉沦。在短短的八个月任职时间内，为当地办了四件兴利除弊的好事，深受百姓爱戴，其事迹流传至今。为此，当地修了一座韩公祠来纪念他，并将一座山更名为韩山，将一条江改名为韩江，使其流芳百世。作者进而赞颂韩愈的精神世界，一个人的所作所为，无论顺境逆境，只要能与百姓利益、与社会进步连在一起，就价值无穷，就被社会所承认。通过读韩愈，赞扬了中国传统知识分子的气节，"以国为任，以民为本，不违心，不费时，不浪费生命""既立业又立言"。

作者善于将所评论的人物放在大背景下，与同样处境的名人进行比较，从而获得独特的发现。就同是处于逆境而言，他将韩愈同屈原、李白进行比较。谈到"就凭这一点来说，韩愈要比屈原、李白要多一层高明，没有只停留在蜀道叹难、江畔沉吟上"，发现一个真谛："一个人不管你有多大的委屈，历史绝不会陪你哭泣，而它只认你的贡献"，进而责问，在韩愈上任之前，面对这些弊端，一任又一任的地方官都做了什么呢。经作者的有意比较和历史现实镜头的不断回放追问，一个深刻的道理、历史的规律被作者明示出来，令人深思，使人警醒！同时，也使我们对韩愈的崇高境界肃然起敬。

作者善于引用诗文、资料，为阐释人物心情、精神，为行文组织穿针引线。 如引用韩愈写给侄孙的诗，内容上就突出韩愈被贬的原因，和为国为民兴利除弊反被贬黜至远方、难以生还的悲愤心境。在结构上从写韩愈被贬前的主要经历，过渡到写韩愈被贬后的精神世界，且与结尾呼应，使得文章浑然一体。

觅渡，觅渡，渡何处？

去了三次、已过六年都没能写出纪念文章，以此来衬托瞿秋白的博大精深。又以"谜"和"名画"两个比喻、三个疑问来设置悬念，吸引读者注意。

常州城里那座不大的瞿秋白纪念馆我已经去过三次。从第一次看到那个黑旧的房舍，我就想写篇文章。但是六个年头过去了，还是没有写出。瞿秋白实在是一个谜，他太博大深邃，让你看不清摸不透，无从写起但又放不下笔。去年我第三次访瞿秋白故居时正值他牺牲六十周年，地方上和北京都在筹备关于他的讨论会。他就义时才三十六岁，可人们已经纪念了他六十年，而且还会永远纪念下去。是因为他当过党的领袖？是因为他的文学成就？是因为他的才气？是，又不全是。他短短的一生就像一幅永远读不完的名画。

"觅渡"，语含双关，既是瞿秋白出发的渡口，也是他寻求革命的渡口。捕捉到这个意象，作者就将其定为揭开瞿秋白之谜的文眼了。

我第一次到纪念馆是一九九〇年。纪念馆本是一间瞿家的旧祠堂，祠堂前原有一条河，叫觅渡河，河上有一桥叫觅渡桥。一听这名字我就心中一惊，觅渡，觅渡，渡在何处？瞿秋白是以职业革命家自许的，但从这个渡口出发并没有让他走出一条路。"八七会议"他受命于"白色恐怖"之中，以一副柔弱的书生之肩，挑起了统率全党的重担，发出武装斗争的吼声。但是他随即被王明、被自己的人一巴掌打倒，永不重用。后来在长征时又借口他有病，不带他北上。而比他年纪大身体弱的徐特立、谢觉哉等都安然到达陕北，活到了建国。他其实不是被国民党杀的，是为"左倾"路线所杀。是自己的人按住了他的脖子，好让敌人的屠刀来砍。而他先是仔细地独白，然后就去从容就义。

如果瞿秋白是一个如李逵式的人物，大喊一声："你朝爷爷砍吧，二十年后又是一条好汉。"也许人们早已把他忘掉。他是一个书生啊，一个典型的中国知识分子，你看他的照片，一副多么秀气但又有几分苍白的面容。

第一个假设，突出了他仅是"一个书生"。

他一开始就不是舞枪弄刀的人。他在黄埔军校讲课，在上海大学讲课，他的才华熠熠闪光，听课的人挤满礼堂，爬上窗台，甚至连学校的老师也挤进来听。后来成为大作家的丁玲，这时也在台下瞪着一双稚气的大眼睛。瞿秋白的文才曾是怎样折服了一代人。后来成为文化史专家、新中国文化部副部长的郑振铎，当时准备结婚，想求秋白刻一对印，瞿秋白开的润格是五十元。郑付不起转而求茅盾。婚礼那天，瞿秋白手提一手绢小包，说来送礼金五十元，郑不胜惶恐，打开一看却是两方石印，可想他当时的治印水平。瞿秋白被排挤离开党的领导岗位之后，转而为文，短短几年他的著译竟有五百万字。鲁迅与他之间的敬重和友谊，就像马克思与恩格斯一样的完美。瞿秋白夫妇到上海住鲁迅家中，鲁迅和许广平睡地板，而将床铺让给他们。秋白被捕后鲁迅立即组织营救，他就义后鲁迅又亲自为他编文集，装帧和用料在当时都是第一流的。

瞿秋白与鲁迅、茅盾、郑振铎这些现代文化史上的高峰，也是齐肩至顶的啊。他应该知道自己身躯内所含的文化价值，应该到书斋里去实现这个价值。但是他没有，他目睹人民沉浮于水火，目睹党濒于灭顶，他振臂一呼，跃向黑暗。只要能为社会的前进照亮一步之路，他就毅然举全身而自燃。他的俄文水平在当时的中国是数一数二了，

"他就毅然举全身而自燃"，以生动的比喻来赞扬瞿秋白没有呆在书斋里去实现自己的文化价值，而是为人民为党甘愿奉献自己。

以梁实秋的文学价值贡献来衬托瞿秋白甘愿为革命献身的伟大。

他曾发宏愿，要将俄国文学名著介绍到中国来，他牺牲后鲁迅感叹说，本来《死魂灵》由秋白来译是最合适的。这使我想起另一件事。和秋白同时代的有一个人叫梁实秋，在抗日高潮中仍大写悠闲文字，被"左"翼作家批评为"抗战无关论"。他自我辩解说，人在情急时固然可以操起菜刀杀人，但杀人毕竟不是菜刀的使命。他还是一直弄他的"纯文学"，后来确实也成就很高，一人独立译完了《莎士比亚全集》。现在，当我们很大度地承认梁实秋的贡献时，更不该忘记秋白这样的，情急用菜刀去救国救民，甚至连自己的珠玉之身也扑上去的人。如果他不这样做，留把菜刀做后用，留得青山来养柴，在文坛上他也会成为一个甚至十个梁实秋。但是他没有！

假设瞿秋白一被捕就招供认罪，来衬托他信仰坚定。

如果瞿秋白的骨头像他的身体一样的柔弱，他一被捕就招供认罪，那么历史也早就忘了他。革命史上有多少英雄就有多少叛徒。曾是共产党总书记的向忠发、政治局委员的顾顺章，都有一个工人阶级的好出身，但是一被逮捕，就立即招供。此外像陈公博、周佛海、张国焘等高干，还可以举出不少。而瞿秋白偏偏以柔弱之躯演绎了一场泰山崩于前而不惊的英雄戏。

他刚被捕时敌人并不明他的身份，他自称是一名医生，在狱中读书写字，连监狱长也求他开方看病。其实，他实实在在是一个书生、画家、医生，除了名字是假的，这些身份对他来说一个都不假。这时上海的鲁迅等正在设法营救他。但是一个听过他讲课的叛徒终于认出了他。特务乘其不备突然大喊一声："瞿秋白！"他却木然无应。敌人无法只好把叛徒拉出当面对质。这时他却淡淡一笑说："既

76

然你们已认出了我，我就是瞿秋白。过去我写的那份供词就权当小说去读吧。"

蒋介石听说抓到了瞿秋白，急电宋希濂去处理此事，宋在黄埔时听过他的课，执学生礼，想以师生之情劝其降，并派军医为之治病。他死意已决，说："减轻一点痛苦是可以的，要治好病就大可不必了。"当一个人从道理上明白了生死大义之后，他就获得了最大的坚强和最大的从容。这是靠肉体的耐力和感情的倾注所无法达到的，理性的力量就像轨道的延伸一样坚定。一个真正的知识分子向来是以理行事，所谓士可杀而不可辱。文天祥被捕，跳水、撞墙，唯求一死。鲁迅受到恐吓，出门都不带钥匙，以示不归之志。毛泽东赞扬朱自清宁饿死也不吃美国的救济粉。秋白正是这样一个典型的已达到自由阶段的知识分子。蒋介石见威胁利诱实在不能使之屈服，遂下令枪决。刑前，秋白唱《国际歌》，唱红军歌曲，泰然自行至刑场，高呼"中国共产党万岁"，盘腿席地而坐，令敌开枪。从被捕到就义，这里没有一点死的畏惧。

如果瞿秋白就这样高呼口号为革命献身，人们也许还不会这样长久地怀念他研究他。他偏偏在临死前又抢着写了一篇《多余的话》，这在一般人看来真是多余。我们看他短短的一生斗争何等坚决：他在国共合作中对国民党右派的批驳，在党内对陈独秀右倾路线的批判何等犀利；他主持"八七会议"，决定武装斗争，永远功彪史册；他在监狱中从容斗敌，最后英勇就义，惊天地动鬼神。这是一个多么完整的句号。但是他不肯，他觉得自己实在渺小，实在愧对党的领袖这个称号，于是用解剖刀，将自己的灵魂仔仔细细地剖析了一遍。别人看到的他是一个光明的结论，他在这里却非要说一说这光明之前的暗淡，或者光明后面的阴影。这又是一种惊人的平静。就像敌人要给他治病时，他说，不必了。他将生命看得很淡。现在，为了做人，他又将虚名看得很淡。他认为自己是从绅士家庭，从旧文人走向革命的，他在新与旧的斗争中受着煎熬，在文学爱好与政治责任的抉择中受着煎熬。他说以后旧文人将再不会有了，他要将这个典型，这个痛苦的改造过程如实地录下，献给后人。他说过："光明和火焰从地心里钻出来的时候，难免要经过好几次的尝试，试探自己的道路，锻炼自己的力量。"他不但解剖了自己的灵魂，在这《多余的话》里还嘱咐死后请解剖他的尸体，因为他是一个得了多年肺病的人。这又是他的伟大，他的无私。

我们可以对比一下，世上有多少人都在涂脂抹粉，挖空心思地打扮自己的历史，极力隐恶扬善。特别是一些地位越高的人越爱这样做，别人也帮他这样做，所谓为尊者讳。而他却不肯。作为领袖，人们希望他内外都是彻底的鲜红，而他却固执地说，不，我是一个多重色彩的人。在一般人是把人生投入革命，在他是把革命投入人生，革命是他人生实验的一部分。当我们只看他的事业，看他从容赴死时，他是一座平原上的高山，令人崇敬；当我们再看他对自己的解剖时，他更是一座下临深谷的高峰，风鸣林吼，奇绝险峻，给人更多的思考。他是一个内心既纵横交错，又坦荡如一张白纸的人。

我在这间旧祠堂里，一年年地来去，一次次地徘徊。我想象着当年门前的小河，河上来往觅渡的小舟。瞿秋白

旧文人的痛苦的改造过程，坦然呈现给世人。作者从一个新的角度来赞扬他的忠诚与坦荡。

就是从这里出发，到上海办学，去会鲁迅；到广州参与国共合作，去会孙中山；到苏俄去当记者，去参加共产国际会议；到汉口去主持"八七会议"，发起武装斗争；到江西苏区去，主持教育工作。他生命短促，行色匆匆。他出门登舟之时一定想到"野渡无人舟自横"，想到"轻解罗裳，独上兰舟"。那是一种多么悠闲的生活，多么美的诗句，是一个多么宁静的港湾。他在《多余的话》里一再表达他对文学的热爱，他多么想靠上那个码头。但他没有，直到临死的前一刻他还在探究生命的归宿。他一生都在觅渡，可是到最后也没有傍到一个好的码头，这实在是一个悲剧。但正是这悲剧的遗憾，人们才这样以其生命的一倍、两倍、十倍的岁月去纪念他。

点出正是"悲剧的遗憾"，才使人们永远纪念他。

　　如果他一开始就不闹什么革命，只要随便拔下身上的一根汗毛，悉心培植，他也会成为著名的作家、翻译家、金石家、书法家或者名医。梁实秋、徐志摩现在不是尚享后人之飨吗？如果他革命之后，又拨转船头，退而治学呢，仍然可以成为一个文坛泰斗。与他同时代的陈望道，本来是和陈独秀一起筹建共产党的，后来退而研究修辞，著《修辞学发凡》，成了中国修辞第一人，人们也记住了他。可是秋白没有这样做。他另有所求，但又求而无获，甚至被人误会。

　　一个人无才也就罢了，或者有一分才干成了一件事也罢了。最可惜的是他有十分才只干成了一件事，甚而一件也没有干成，这才叫后人惋惜。你看岳飞的诗词写得多好，他是有文才的，但世人只记住了他的武功。辛弃疾是有武才的，他年轻时率一万义军反金投宋，但南宋政府不用他，他只能"醉里挑灯看剑，梦回吹角连营"，后人也只知他的诗才。瞿秋白以文人为政，又因政事之败而反观人生。如果他只是慷慨就义再不说什么，也许他早已没入历史的年轮。但是他又说了一些看似多余的话，他觉得探索比到达更可贵。当年项羽兵败，虽前有渡船，却拒不渡河。项羽如果为刘邦所杀，或者他失败后再渡乌江，都不如临江自刎这样留给历史永远的回味。项羽面对生的希望却举起了一把自刎的剑，秋白在将要英名流芳时却举起了一把解剖刀，他们都把行将定格的生命的价值又推上了一层。

哲人者，宁肯舍其事而成其心。

秋白不朽！

将赞扬更推进一步，在三个假设及追寻意义的基础上，赞扬他勇于探索"宁肯舍其事而成其心"的哲人情怀和不朽高度。

阅读指导

本文于一九九六年发表在《中华儿女》第八期，二〇〇三年被选入人教版高中语文课本。

一介书生，却心忧天下；手无缚鸡之力，却是一个革命政党的领袖；体弱病残的书生，却在监狱中从容斗敌，最后视死如归、肃穆淡定地英勇就义；一个忠诚英勇睿智的革命烈士，却多年被视为投降变节的叛徒。为什么选择这个纠缠不清的悲剧人物来写，梁衡说："历史筛选出那些有贡献、有个性、占领了各个制高点的人，作自己进程的坐标。他们的名字或者代表一个领域的开拓，或者代表一段历史的过程，或者他本身就是一个海。他们可能是伟人、名人或者凡人，但是他们所蕴藏的思想和人格的内涵，足够我们驾船撒网去作永远的捕捞。"

瞿秋白，"受命于白色恐怖之中，以一副柔弱的书生之肩，挑起了统率全党的重担。"到从容就义，仅有三十六年的短暂人生。文章重点写他的"三个如果"：如果秋白是一个如李逵似的人物，也许人们早已把他忘掉；如果秋白的骨头像他的身体一样的柔弱，他一被捕就招供认罪，那么历史也早就忘了他；如果秋白就这样高呼口号为革命献身，人们也许还不会这么长久地怀念他研究他，理应名垂青史，可在就义前夕又写下《多余的话》。"他短短的一生就像一幅永远读不完的名画"，令我们"悲其大才未展，悲其忠心不被理解"。一个人面对死亡，竟能如此从容镇定、潇洒自如，他的内心该有多么强悍，拥有多么强大的精神力量；在拥有烈士勋名的同时，却残酷地自我剖析，把灵魂赤裸裸地放在显微镜下，又是多么强大的自我解剖精神，他将自己全身心、无保留、不计生前和死后、不计功不计名地刮自己之骨以疗革命之毒，抽筋剔骨将一颗赤子之心奉献给革命。

　　文章情理并重，从人性的深层重新来诠释人物。轻轻拂去历史尘埃，作者找到了"觅渡"这个独特的视角。他说："写文章，切入点要新颖独特，与众不同，一定要抓住国家、民族、社会这条主线，并把责任感融入其中，才能引起现代人的共鸣。"写本文，从初次瞻仰故里萌发创作冲动，到最后成文，中间就相隔整整六年。单是纪念馆，作者便前后认认真真地参观过三次。在这么漫长的过程中选择事例，提炼体验，积累思想，始终在寻找展开情思的具体契机。最后偶然间找到那条曾经流过秋白故里的觅渡河这一意象，并把它和瞿秋白人生道路的选择和人生价值的权衡联系起来，从而悟出了秋白不寻常的悲剧性一生。"觅渡"二字这才被异乎寻常地突出了出来，具有了文章所给予的丰富意蕴，也给本文找到了撼动人心的切入点。

大无大有周恩来

今年是周恩来诞辰百年，他离开我们也已经二十二年。但是他的身影却时时在我们身边，至今，许多人仍是一提总理双泪流，一谈国事就念总理。陆放翁诗："何方可化身千亿，一树梅前一放翁。"是什么办法化作总理身千亿，人人面前有总理呢？难道世界上真的有什么灵魂的永恒？伟人之魂竟是可以这样的充盈天地，浸润万物吗？就像老僧悟禅，就如朱子格物，自从一九七六年一月国丧以来，我就常穷思默想这个费解的难题二十多年了，终于有一天我悟出了一个理：总理这时时处处的"有"，原来是因为他那许许多多的"无"，那些最不该，最让人想不到、受不了的"无"啊。

总理的惊人之无有六。

总理的一无是死不留灰。

周恩来是中国历史上第一个提出死后不留骨灰的人。当总理去世的时候，正是中国政治风云变幻的日子，林彪集团刚被粉碎，江青"四人帮"集团正自鸣得意，中国上空乌云压城，百姓肚里愁肠百结。一九七六年新年刚过，一个寒冷的早晨突然广播里传出了哀乐。人们噙着泪水，对着电视一遍遍地看着那个简陋的遗体告别仪式。突然江青那副可憎的面孔出现了，她居然不脱帽鞠躬，许多电视机旁都发出了怒吼："江青脱掉帽子！"过了几天，报上

83

又公布了遗体火化，并且根据总理遗嘱不留骨灰。许多人都不相信这个事实，一定是江青这个臭婆娘又在搞什么阴谋。直到多少年后，我们才清楚，这确实是总理遗愿。一月十五日下午追悼会结束后，邓颖超就把家属召集到一起，说总理在十几年前就与她约定死后不留骨灰，灰入大地，可以肥田。当晚，邓颖超找来总理生前党小组的几个成员帮忙，一架农用飞机在北京如磐的夜色中冷清地起飞，飞临天津，这个总理少年时代生活和最早投身革命的地方，又沿着渤海湾飞临黄河入海口，将那一捧银白的灰粉化入海空，也许就是这一撒，总理的魂魄就永远充满人间，贯通天地。

"确实"，写出总理看淡生死、死不留灰的境界，写出多年来人们总以为是什么人在背后捣鬼的历史真相。

但人们还是不能接受这一事实。多少年后还是有人提问，难道总理的骨灰就真的一点也没有留下吗？中国人和世界上大多数民族都习惯修墓土葬，这对生者来说，以备不时之念，对死者来说则希望还能长留人间。多少年来越有权的人就越下力气去做这件事。许多世界上著名的陵寝，中国的十三陵、印度的泰姬陵、埃及的金字塔，还有一些埋葬神父的大教堂，我都看过。共产党是无神论，又是以解放全人类为己任，当然不会为自己的身后事去费许多神。

精选"这一撒"典型细节，突出总理的"大有"——"魂魄就永远充满人间，贯通天地"。

所以一解放，毛泽东就带头签名火葬，以节约耕地，但彻底如周恩来这样连骨灰都不留却还是第一次。你看一座八宝山上，还不就是存灰为记吗？历史上有多少名人，死后即使无尸人们也要为他修一个衣冠冢。老舍先生的追悼会上，骨灰盒里放的是一副眼镜，一支钢笔。纪念死者总得有个念物，有个引子啊。

对比著名陵寝等，衬托总理的做法最彻底。

没有灰，当然也谈不上埋灰之处，也就没有碑和墓，欲哭无泪，欲祭无碑，魂兮何在，无限相思寄何处？中外文学史上有许多名篇都是碑文、墓志和在名人墓前的凭吊之作，有许多还发挥出炽热的情和永恒的理。如韩愈为柳宗元写的墓志痛呼"士穷乃见节义"，如杜甫在诸葛亮祠中所叹"出师未捷身先死，长使英雄泪满襟"，都成了千古名言。明代张溥著名的《五人墓碑记》"扼腕墓道，发其志士之悲"，简直就是一篇正义对邪恶的檄文。就是空前伟大如马克思这样的人，死后也有一块墓地，恩格斯在他墓前的演说也选入马恩文选，成了国际共运的重要文献。马克思的形象也因这篇文章更加辉煌。为伟人修墓立碑已成为中国文化的传统，中国百姓的习惯，你看明山秀水间，市井乡村里，还有那些州县府志的字里行间，有多少知名的、不知名的故人墓、碑、庙、祠、铭、志，怎么偏偏轮到总理，这个前代所有的名人加起来都不足抵其人格伟大的人，就连一个我们可以为之扼腕、叹息、流泪的地方也没有呢？于是人们难免生出一丝丝的猜测，有的说是总理英明，见"四人帮"猖狂，政局反复，不愿身后有伍子胥鞭尸之事；有的说是总理节俭，不愿为自己的身后事再破费国家钱财。但我想，他主要的就是要求一个干净——生时鞠躬尽瘁，死后不留麻烦。他是一个只讲奉献，献完转身就走的人，不求什么纪念的回报和香火的馈饷。也许隐隐还有另一层意思。以他共产主义者的无私和中国传统文化的忠君，他更不愿在身后出现什么"僭越"式的悼念，或因此又生出一些政治上的尴尬。

推想总理连寄托哀思的地方也不留的原因——生时鞠躬尽瘁，死后不留麻烦。"也许隐隐还有"，写出了当时国运艰难的情况下总理的无私和忠诚。

　　果然，地球上第一个为周恩来修纪念碑的，并不是在中国，而是在日本。第一个纪念馆也不是建在北京，而是在他的家乡。日本的纪念碑是一块天然的石头，上面刻着他留学日本时写的那首诗《雨中岚山》。一九九四年，我去日本时曾专门到樱花丛中去寻找过这块诗碑。我双手抚石，西望长安，不觉泪水涟涟。天力难回，斯人长逝已是天大的遗憾，而在国内又无墓可寻，叫人又是一种怎样的惆怅？一个曾叫世界天翻地覆的英雄，一个为民族留下了一个共和国的总理，却连一点骨灰也没有留下，这强烈的反差，让人一想，心里就有如坠落千丈似的空茫。

总理的二无是生而无后。

从续家谱的传统、历史名人、现实政治的角度，来为总理无后扼腕叹息。

中国人习惯续家谱，重出身，爱攀名人之后也重名人之后。刘备明明是个编席卖履的小贩，却攀了个皇族之后，被尊为皇叔，诸葛亮和关、张、赵、马、黄等一批文武，就捧着这块招牌，居然三分天下。一般人有后无后，还是个人和家族的事，名人无后却成了国人的遗憾。不孝有三，无后为大。纪念故人也有三：故居、墓地、后人，后人为大。虽然后人不能尽续其先人的功德才智，但对世人来说，有一条血缘的根传下来，总比无声的遗物更惹人怀旧。要不我们现在的政协委员中为什么要安排一些名人之后呢？连孔子这个两千多年前的老名人，也要一代代地去细寻其脉，找出几个世孙来去做人大、政协的代表委员。人们尊其后，说到底还是尊其人。这是一种纪念，一种传扬，否则怎么不去找出个秦桧的几世孙呢？清朝乾隆年间有位叫秦大士的名士过岳坟，不由感叹道："人从宋后羞名桧，我到坟前愧姓秦。"可见前人与后人还是大有关系，名人之后更是关系重大。对越是功高德重为民族做出牺牲的逝者，人们就越尊重他们的后代，好像只有这样才能表达对他们的感激，赎回生者的遗憾。

总理并不脱俗，也不寡情。我在他的绍兴祖居，亲眼见过抗战时期他和邓颖超回乡动员抗日时，恭恭敬敬地续写在家谱上的名字。他在白区经常做的一件事，就是寻找烈士遗孤，安排抚养。他常说："不这样，我怎么能对得起他们的父母？"他在延安时亲自安排将瞿秋白、蔡和森、苏兆征、张太雷、赵世炎、王若飞等烈士之子女送到苏联好生教育、看护，并亲自到苏联去与斯大林谈判，达成了一个谁也想不到的协议：这批子弟在苏联只求学，不上前线（而苏联国际儿童院中其他国家的子弟，在战争中上前线共牺牲了二十一名）。这恐怕是当时世界上两个最大的人物，达成的一个最小的协议。总理何等苦心，他是要为烈士存孤续后啊。二十世纪六七十年代，中日民间友好往来，日本著名女运动员松崎君代，多次受到总理接见。当总理知道她婚后无子时，便关切地留她在京治病，并说有了孩子可要告诉一声啊。一九七六年总理去世，她悲呼道："周先生，我们已经有了孩子，但还没有来得及告诉您！"

自己无后，却关心他人是否有后，"寻找烈士遗孤，安排抚养"，说明总理并不脱俗寡情，为下文的痛惜做铺垫。

　　确实，子孙的繁衍是人类最实际的需要，是人最基本的情感。但是天何不公，轮到总理却偏偏无后，这怎么能不使人遗憾呢？是残酷的地下斗争和战争夺去邓颖超同志腹中的胎儿，以后又摧残了她的健康。但是以总理之权、之位、之才和倾倒多少女性的风采，何愁不能再建家室，传宗接代呢？这在解放初党的中高级干部中不乏其人，并几乎成风。但总理没有，他以倾国之权而坚守平民之德。后来有一个厚脸皮的女人写过一本书，称她自己就是总理的私生女，这当然经不起档案资料的核验。举国一阵哗然之后，如风吹黄叶落，复又秋阳红。但人们在愤怒之余心

87

里仍然隐隐存着一丝的惆怅。特别是眼见和总理同代人的子女，或又子女的子女，不少都官居高位名显于世，不禁又要黯然神伤。中国人的传统文化是求全求美的，如总理这样的伟人该是英雄美人、父英子雄、家运绵长的啊。然而，这一切都没有。这怎么能不在国人心中凿下一个空洞呢？人们的习惯思维如列车疾驶，负着浓浓的希望，却一下子冲出轨道，跌入了一个无底的深渊。

　　总理的三无是官而不显。

　　千百年来，官和权是连在一起的。官就是显赫的地位，就是特殊的享受，就是人上人，就是福中福，官和民成了一个对立的概念，也有了一种对立的形象。但周恩来作为一国总理则只求不显。在外交、公务场合他是官，而在生活中，在内心深处，他是一个最低标准甚至不够标准的平民。他是中国有史以来的第一个平民宰相，是世界上最平民化的总理。一次他出国访问，内衣破了送到我驻外使馆去补、去洗。当大使夫人抱着这一团衣服回来时，伤心得泪水盈眶，她怒指着工作人员道："原来你们就这样照顾总理啊！这是一个大国总理的衣服吗？"总理的衬衣多处打过补丁，白领子和袖口是换过几次的，一件毛巾睡衣本来白底蓝格，但早已磨得像一件纱衣。后来我见过这件睡衣，瞪大眼睛也找不出原来的纹路。这样寒酸的行头，当然不敢示人，更不敢示外国人。所以总理出国总带一只特殊的箱子，不管住多高级的宾馆，每天起床，先由我方人员将这一套行头收入箱内锁好，才许宾馆服务生进去整理房间，人家还以为这是一个最高机密的文件箱呢。这专用箱里锁着一个贫民的灵魂。而当总理在国内办公时就不必这样遮挡"家丑"了，他一坐到桌旁，就套上一副蓝布袖套，那样子就像一个坐在包装台前的工人。许多政府工作报告、国务院文件和震惊世界的声明，都是套着这蓝袖套下写出的啊。

只有总理的贴身人员才知道他的生活实在太不像个总理。总理一入城就在中南海西花厅办公，一直住了二十五年。这座老平房又湿又暗，多次请示总理都不准维修，终于有一次工作人员趁总理外出时将房子小修了一下。《周恩来年谱》记载：一九六〇年三月六日，总理回京，发现房已维修，当晚即离去暂住钓鱼台，要求将房内的旧家具（含旧窗帘）全部换回来，否则就不回去住。工作人员只得从命。一次，总理在杭州出差，临上飞机时地方上送了一筐南方的时鲜蔬菜，到京时被他发现，严厉批评了工作人员，并命令折价寄钱去。一次，总理在洛阳视察，见到一册碑帖，问秘书身上带钱没有。没有钱，总理摇摇头走了。总理从小随伯父求学，伯父的坟迁移，他不能回去，先派弟弟去，临行前又改派侄儿去，为的是尽量不惊动地方。一国总理啊，他理天下事，管天下财，住一室，食一蔬，用一物，办一事算得了什么？

多少年来，在人们的脑子里，做官就是显耀。你看，封建社会的官帽，不是乌纱便是红顶；官员的出行，或鸣锣开道，或静街回避，不就是要一个"显"字！这种显耀或为显示权力，或为显示财富，总之是要显出高人一等。古人一考上进士就要鸣锣报喜，一考上状元就要骑马披红走街，一当上官就要回乡到父老面前转一圈，所谓衣锦还乡，就为的是显一显。刘邦做了皇帝后，曾痛痛快快地回

善于与常情常理对比，来衬托总理无官架子，"官而不显"。

乡显示过一回，元散曲中专有一篇著名的《高祖还乡》挖苦此事。你看那排场："红漆了叉，银铮了斧。甜瓜苦瓜黄金镀。明晃晃马镫枪尖上挑，白雪雪鹅毛扇上铺。这几个乔人物，拿着些不曾见的器杖，穿着些大作怪的衣服。"西晋时有个石崇官做到个荆州刺史，也就是地委书记吧，就敢同皇帝司马昭的小舅子王恺斗富。他平时生活"丝竹尽当时之精，庖膳穷水陆之珍"，招待客人，以锦围步幛五十里，以蜡烧柴做饭，王恺自叹不如。现在这种显弄之举更有新招，比座位，比上镜头，比好房，比好车，比架子。一次，一位县级小官到我办公室，身披呢子大衣，刚握完手，突然后面蹿出一小童，双手托举一张名片，原来这是他的跟班。连递名片也要秘书代劳，这个架子设计之精，我万没有想到。刚说几句话又抽出"大哥大"，向千里之外的穷乡僻壤报告他现已到京，正在某某办公室，连我也被他编入了显耀自己的广告词。我不知他在地方上有多大政绩，为百姓办了多少实事，看这架子心里只有说不出的苦和酸。想总理有权不私，有名不显，权倾一国却两袖清风，这种近似残酷的反差，随着岁月的增加倒叫人更加十分的不安和不忍了。

总理的四无是党而不私。

列宁讲，人是分为阶级的，阶级是由政党来领导的，政党是由领袖来主持的。大概有人类就有党，除政党外还有朋党、乡党等小党。毛泽东同志就提到过党外有党，党内有派。同好者为党，同利者为党。在私有制的基础上，结党为了营私，党成了求权、求荣、求利的工具。项羽、刘邦为楚汉两党，汉党胜，建刘汉王朝；《三国演义》就是曹、吴、刘三党演义；朱元璋结党扯旗，他的对立面除元政权这个执政党外，还有张士诚、陈友谅各在野党，结果朱党胜而建朱明王朝。只有共产党成立以后才宣布，它是专门为解放全人类而作牺牲的党，除了人民利益、国家民族利益，党无私利，党员个人无私求。无数如白求恩、张思德、雷锋、焦裕禄这样的基层党员，都做到了入党无私，在党无私。但是当身处要位甚至领袖之位，权握一国之财，而要私无一点，利无一分，却是最难最难的。权用于私，权大一分就私大一丈，失之毫厘差之千里。做无私的战士易，做无私的官员难，做无私的大官更难。像总理这样军政大权在握的人，权力的砝码已经可以使他左偏则个人为党所用，右偏则党为个人所私，或可为党员，或可为党阀了。王明、张国焘不都是这样吗？而总理的可贵正在党而不私。

作者善于横向和纵向比较，在大视野下突出人物的精神境界。

　　一九七四年，康生被查出癌症住院治疗。周恩来这时也有绝症在身，还是拖着病体常去看康。康一辈子与总理不和，总理每次一出病房他就在背后骂。工作人员告诉总理，说既然这样您何必去看他。但总理笑一笑，还是去。这种以德报怨、顾全大局、委曲求全的事，在他一生中举不胜举。周总理同胞兄弟三人，他是老大，老二早逝，他与三弟恩寿情同手足。恩寿解放前经商为我党提供过不少经费，新中国成立后安排工作到内务部，总理指示职务要安排得尽量低些，因为他是自己的弟弟。后恩寿有胃病，不能正常上班，总理又指示要办退休，说不上班就不能领国家工资。曾山部长执行得慢了些，总理又严厉批评说："你不办，我就要给你处分了。""文化大革命"中，总理尽全力保护救助干部，一次范长江的夫人沈谱（著名民主人士沈钧儒之女）找到

91

总理的侄女周秉德，希望能向总理转交一封信，救救长江。周秉德是沈钧儒长孙媳妇，沈谱是她丈夫的亲姑姑，范长江是我党新闻事业的开拓者，又是沈老的女婿，总理还是他的入党介绍人。以这样深的背景，周秉德却不敢接这封信，因为总理有一条家规：任何家人不得参与公事。

如果说总理要借党的力量谋大私，闹独立，闹分裂，篡权的话，他比任何人都有更多的机会、更好的条件。但是他恰恰以自己坚定的党性和人格的凝聚力，消除了党内的多次摩擦和四次大的分裂危机。五十年来他是党内须臾不可缺少的凝固剂。第一次是红军长征时，当时周恩来身兼五职，是中央三人团（博古、李德、周恩来）之一、中央政治局常委、书记处书记、军委副主席、红军总政委。在遵义会议上，只有他才有资格去和博古、李德争吵，把毛泽东请了回来。王明派对党的干扰基本排除了（彻底排除要到延安整风以后），红一、四方面军会师后又冒出个张国焘。张兵力远胜中央红军，是个实力派。有枪就要权，党和红军又面临一次分裂。这时周恩来主动将自己担任的红军总政委让给了张国焘。红军总算统一，得以继续北上，扎根陕北。

第二次是"大跃进"和三年困难时期。一九五七年底，冒进情绪明显抬头，周恩来、刘少奇、陈云等提出反冒进，毛泽东大怒，说不是冒进，是跃进，并多次让周恩来检讨，甚至说到党的分裂。周恩来立即站出来将责任全部揽到自己身上，几乎逢会就检讨，目的只有一个，就是保住党的团结，保住一批如陈云、刘少奇等有正确经济思想的干部，留得青山在，为党渡危机。而他在修订规划时，又小心地坚持原则, 实事求是。他藏而不露地将"十五年赶上英国",改为"十五年或者更多的一点时间",加了十一个字。将"在今后十年或者更短的时间内实现全国农业发展纲要"一句删去了"或者更短的时间内"八个字。不要小看这一加一减八九个字, 果然一年以后, 经济凋敝, 毛泽东曾说: 国难思良将, 家贫思贤妻。搞经济还得靠恩来、陈云, 多亏恩来给我们留了三年余地。

第三次是"文化大革命"中, 林彪骗取了毛主席信任。这时作为二把手的周恩来再次让出了自己的位置。他这个当年黄埔军校的主任, 毕恭毕敬地向他当年的学生、现在的"副统帅"请示汇报, 在天安门城楼上、在大会堂等公众场合为之领座引路。林彪的威望, 或者就以他当时的投机表现、身体状况, 总理自然知道他是不配接这个班的, 但主席同意了, 党的代表大会通过了, 总理只有服从。果然, "九大"之后只有两年多, 林彪自我爆炸, 总理连夜坐镇大会堂, 弹指一挥, 将其余党一网打尽, 为国为党再定乾坤。让也总理, 争也总理, 一屈一伸又弥合了一次分裂。

第四次, 林彪事件之后总理威信已到绝高之境, 但"四人帮"的篡权阴谋也到了剑拔弩张的境地。这时已经不是拯救党的分裂, 而是拯救党的危亡了。总理自知身染绝症, 一病难起, 于是他在抓紧寻找接班人, 寻找可以接替他与"四人帮"抗衡的人物, 他找到了邓小平。一九七四年十二月, 他不顾危病在身飞到长沙与毛泽东商量邓小平的任职。小平一出山, 双方就展开拉锯战, 这时总理躺在医院里, 就像诸葛亮当年卧病军帐之中, 仍侧耳静听着帐外的金戈铁马声。"四人帮"唯一忌惮的就是周恩来还在

"只有服从""弹指一挥", 写出了总理心中只有党的利益, 从不为己争利的高风亮节。

93

世。这时主席病重，全党的安危系于周恩来一身，他生命延缓一分钟，党的统一就能维持一分钟。现在他躺在床上，像手中没有了弹药的战士，只能以重病之躯扑上去堵枪眼了。癌症折磨得他消瘦、发烧，常处在如针刺刀割般的疼痛中，后来连大剂量的镇痛、麻醉药都已不起作用。但是他忍着，他知道多坚持一分钟，党的希望就多一分。因为人民正在觉醒，叶帅他们正在组织反击。他已到弥留之际，当他清醒过来时，对身边的人员说："你去给中央打一个电话，中央让我活几天，我就活几天！"就这样一直撑到一九七六年一月八日。这时消息还未正式公布，但群众一看医院内外的动静就猜出大事不好。这天总理的保健医生外出办事，一个熟人拦住问："是不是总理出事了，真的吗？"他不敢回答，稍一迟疑，对方转身就走，边走边哭，终于放声大哭起来。九个月后，百姓心中的这股怨气，一举掀翻了"四人帮"。总理在死后又一次救了党。

典型话语，反映总理拯救党于分裂、危亡而不私的伟大节操。

宋代欧阳修写过一篇著名的《朋党论》，指出有两种朋党：一种是小人之朋，"所好者禄利，所贪者财货"；一种是君子之朋，"所守者道义，所行者忠信，所惜者名节"。而只有君子之朋才能万众一心，"周武王之臣，三千人成一大朋"，以周公为首。这就是周灭商的道理。周恩来在重庆时就被人称周公，直到晚年，他立党为公，功同周公的形象更加鲜明。"周公吐哺，天下归心"。周公不过是"一饭三吐哺"，而我们的总理在病榻上还心忧国事，"一次输液三拔针"啊。如此忧国，如此竭诚，怎么能不天下归心呢？

周公无私，天下归心。

总理的五无是劳而无怨。

94

周总理是中国革命的第一受苦人。上海工人起义、"八一"南昌起义、万里长征、三大战役，这种真刀真枪的事他干；地下特科斗争，国统区长驻虎穴，这种生死度外的事他干；解放后政治工作、经济工作、文化工作，这种大管家的烦人杂事他干；"文化大革命"中上下周旋，这种在夹缝中委曲求全的事他干。他一生的最后一些年头，直到临终，身上一直戴着的一块徽章是"为人民服务"。如果计算工作量，他真正是党内之最。周恩来是一九七四年六月一日住进医院的，而据资料统计，一月到五月共一百三十九天，他每天工作十二到十四小时有九天；十四到十八小时有七十四天；十九到二十三小时有三十八天；连续二十四小时有五天。只有十三天工作在十二小时之内。而从三月中旬到五月底，两个半月，日常工作之外，他又参加中央会议二十一次，外事活动五十四次，其他会议和谈话五十七次。他像一头牛，只知道负重，没完没了地受苦，有时还要受气。

一九三四年，因为王明的"左倾"路线和洋顾问李德的指挥之误，红军丢了苏区，血染湘江，长征北上。这时周恩来是军事三人团之一，他既要负失败之责，又要说服博古恢复毛泽东的指挥权，惶惶然，就如《打金枝》中的皇后，劝了金枝，回过头来又劝驸马。一九三八年，他右臂受伤，两次治疗不愈，只好赴苏联求医。医生说为了彻底好，治疗时间就要长一些。他却说时局危急，不能长离国内，只短住了六个月，最后还是落下个臂伸不直的残疾。而林彪也是治病，也是这个时局，却在苏联从一九三八年住到了一九四一年。

"文化大革命"中，周恩来成了救火队长，他像老母

"第一"，突出了总理的劳而无怨。

详细列出数据，无可辩驳地说明总理工作量之大，反映出总理工作之苦。

95

鸡以双翅护雏防老鹰叼食一样，尽其所能保护干部。红卫兵要揪斗陈毅，周恩来苦苦说服无效，最后震怒道："我就站在大会堂门口，看你们从我身上踩过去！"这时国家已经瘫痪，全国人除少数造反派外大多数都成了逍遥派，就只剩下周恩来一个苦撑派，一个苦命人。他像扛着城门的力士，放不下，走不开。每天无休止地接见，无休止地调解，饭都来不及吃，服务员只好在茶杯里调一点面糊。当时干部一层层地被打倒，他周围的战友、副总理、政治局委员已被打倒一大片，连国家主席刘少奇都被打倒了，但偏偏留下了他一个。他连这种"休息"的机会也得不到啊！全国到处点火，留一个周恩来东奔西跑去救火，这真是命运的捉弄。他坦然一笑说："我不下地狱，谁下地狱？"大厦将倾，只留下一根大柱。这柱子已经被压得吱吱响，已经出现裂纹，但他还是咬牙苦撑。由于他的自我牺牲，他的厚道宽容，他的任劳任怨，革命的每一个重要关头，每一次进退两难，都离不开他。许多时候他都左右逢源，稳定时局，但许多时候，他又只能被人们作为平衡的棋子，或者替罪的羔羊。历史上向来是一朝天子一朝臣，共产党的领导人换了多少，却人人要用周恩来。他的过人才干"害"了他，他的任劳任怨的品质"害"了他，多苦、多难、多累、多险的活，都由他去顶。

一九五七年底，我国经济出现急功近利的苗头，周恩来提出反冒进。毛泽东大怒，连续开会发脾气。一九五八年一月初杭州会议，毛主席说："你脱离了各省、各部。"一月中旬南宁会议，毛主席说："你不是反冒进吗？我是反'反冒进'的。"这时柯庆施写了一篇升虚火的文章，毛主席说：

"大厦将倾"的比喻，生动表明了总理委屈求全、苦力支撑的任劳任怨。他的无怨，换来了国家的稳定。

"恩来，你是总理，这篇文章你写得出来吗？"一九五八年三月成都会议，周恩来检查，毛主席还不满意，表示仍然要作为一个犯错误的例子再议。从成都回京之后，一个静静的夜晚，西花厅夜凉如水，周恩来把秘书叫来说："我要给主席写份检查，我讲一句，你记一句。"但是他枯对孤灯，常常五六分钟说不出一个字。冒进造成的险情已经四处露头，在对下与对上，报国与忠君之间，他陷入了深深的矛盾，深深的痛苦。他对领袖的忠诚与服从绝不是封建式的愚忠。他是基于领袖是党的核心，是党统一的标志这一原则和毛主席的威信这一事实，从唯物史观和党性标准出发来严格要求自己的。连毛主席都说过，真理有时在少数人手中，卑贱者最聪明。但是你必须等待多数人或高贵者的觉醒。为了大局，在前几次会上他已经把反冒进的责任全揽在了自己身上，现在还要怎样深挖呢？而这深深游走的笔刃又怎样才能做到既解剖自己又不伤实情，不伤国事大局呢？天亮时，秘书终于整理成一篇文字，其中加了这样一句："我与主席多年风雨同舟，朝夕与共，还是跟不上主席的思想。"周恩来指着"风雨同舟，朝夕与共"八个字说，怎么能这样提呢？你太不懂党史，说时眼眶里已泪水盈盈了。秘书不知总理苦，为文犹用昨日辞。几天后，他在"八大"二次会上做完检讨，并委婉地请求辞职。结论是不许辞。哀莫大于心死，苦莫大于心苦，但痛苦更在于心虽苦极又没有死。周恩来对国对民对领袖都痴心不死啊，于是，他只有负起那让常人看来，无论如何也负不动的委屈。

总理的六无是死不留言。

一九七六年元旦前后总理已经到了弥留之际。这时中

"哀莫大于心死，苦莫大于心苦，但痛苦更在于心虽苦极又没有死"，采用层层递进手法，突出总理所受委屈之深。

97

央领导对总理病情已是一日一问，邓颖超同志每日必到病房陪坐。可惜总理将去之时正是中央领导核心中鱼龙混杂、忠奸共处的混乱之际。奸佞之徒江青、王洪文常假惺惺地慰问却又暗藏杀机。这时忠节老臣中还没有被打倒的只有叶剑英了。叶帅与总理自黄埔时期起便患难与共，又共同经历过党史上许多是非曲直。眼见总理已是一日三厥，气若游丝，而"四人帮"又趁危乱国，叶帅心乱如麻，老泪纵横。一日他取来一叠白纸，对病房值班人员说：总理一生顾全大局，严守机密，肚子里装着很多东西，死前肯定有话要说，你们要随时记下。但总理去世后，值班人员交到叶帅手里的仍然是一叠白纸。

当真是总理肚中无话吗？当然不是。在会场上，在向领袖汇报时，在对"四人帮"斗争时，在与同志谈心时，该说的都说过了，他觉得不该说的，平时不多说一字，现在并不因为要撒手而去就可以不负责任，随心所欲。总理的办公室和卧室同处一栋，邓颖超同志是他一生的革命知己，又同是中央高干，但总理工作上的事邓颖超自动回避，总理也不与她多讲一字。总理办公室有三把钥匙，他一把，秘书一把，警卫一把，邓颖超没有，她要进办公室必须先敲门。周总理把自己一劈两半，一半是公家的人，党的人，一半是他自己。他也有家私，也有个人丰富的内心世界，但是这两部分泾渭分明，绝不相混。周恩来与邓颖超的爱可谓至纯至诚，但也不敢因私犯公。他们两人，丈夫的心可以全部掏给妻子，但绝不能搭上公家的一点东西；反过来，妻子对丈夫可以是十二分的关心，但绝不能关心到公事里去。总理与邓大姐这对权高德重的伴侣堪称是正确处

总理一生负责，一生谨慎，"一叠白纸"昭示了当时处境之艰难，反映了总理的顾全大局的高度责任心。

理家事国事的楷模。

诗言志，为说心里话而写。总理年轻时还有诗作，现在东瀛岛的诗碑上就刻着他那首著名的《雨中岚山》。皖南事变骤起，他愤怒地以诗惩敌："千古奇冤，江南一叶，同室操戈，相煎何急。"但解放后，他除了公文报告，却很少有诗。当真他的内心情感之门关闭了吗？没有。工作人员回忆，总理工作之余也写诗，用毛笔写在信笺上，反复改。但写好后又撕成碎片，碎碎的，投入纸篓，宛如一群梦中的蝴蝶。除了工作，除了按照党的决定和纪律所做的事，他不愿再表白什么，留下什么。瞿秋白在临终前留下一篇《多余的话》，将一个真实的我剖析得淋漓尽透，然后昂然就义，舍身成仁。坦白是一种崇高。周恩来在临终前只留下一叠白纸。"菩提本无树，明镜亦非台"，本来就无我，我复何言哉？不必再说，又是一种崇高。

蝴蝶之喻，写出了总理不愿表白的无奈之情及严谨做事的工作态度。

周恩来的六个"大无"，说到底是一个无私。公私之分古来有之，但真正的大公无私自共产党始。1998年是周恩来诞辰一百周年，也是划时代的《共产党宣言》发表一百五十周年。是这个宣言公开提出要消灭私有制，要求每个党员只有解放全人类才能最后解放自己。我敢大胆说一句，一百五十年来，实践《宣言》精神，将公私关系处理得这样彻底、完美，达到如此绝妙之境界者，周恩来是第一人，因为即使如马恩、列宁也没有他这样长期处于手握党权、政权的诱惑和身处各种矛盾的煎熬。总理在甩脱自我，真正实现"大无"的同时却得到了别人没有的"大有"：有大智、大勇、大才和大貌——那种倾城倾国、倾倒联合国的风貌，特别是他的大爱大德。

总结上文，点出实质。

他爱心博大，覆盖国家、人民及整个世界。你看他大至处理国际关系，小至处理人际关系，无不充满浓浓的、厚厚的爱心。美帝国主义和中国人民、中国共产党曾是积怨如山的，但是战争结束后，一九五四年，周恩来第一次与美国代表团在日内瓦见面时就发出友好的表示，虽然美国国务卿杜勒斯拒绝了，或者是不敢接受，但周恩来还是满脸的宽厚与自信。就是这种宽厚与自信，终于吸引尼克松在我们立国二十一年后，横跨太平洋到中国来与周恩来握手。国共两党是曾有血海深仇的，蒋介石曾以巨额大洋悬赏要周恩来的头。但是当西安事变，蒋介石已成阶下囚，国人皆曰可杀，连曾经向蒋介石右倾过的陈独秀都高兴地连呼"打酒来"，蒋介石必死无疑时周恩来只带了十个人，进到刀枪如林的西安城去与蒋介石握手。周恩来长期代表中共与国民党谈判，在重庆、在南京、在北平，到最后，这些敌方代表为他的魅力所吸引，投向了中共。只有团长张治中说别人可以留下，从手续上讲他应回去复命。周却坚决挽留，说西安事变已对不起一位姓张的朋友（张学良），这次不能重演悲剧，并立即通过地下党将张的家属也接到了北平。他的爱心征服了多少人，温暖了多少人，甚至连敌人也不得不叹服。宋美龄连问蒋介石：为什么我们就没有这样的人？美方与他长期打交道后，甚至后悔当初不该去扶植蒋介石。至于他对人民的爱，对革命队伍内同志的爱，则更是如雨润田，如土载物般的浑厚深沉。曾任党的总书记、犯过"左倾"路线错误的博古，可以说是经周恩来亲手"颠覆"下台的，但后来他们相处得很好，在重庆博古成了周的得力助手。甚至像陈独秀这样曾给党造成血

"连敌人也不得不叹服"，反衬。

100

的损失，当他对自己的错误已有认识，并有回党的表示时，周恩来立即着手接洽此事，可惜未能谈成。恩格斯在马克思墓前讲话说："他可能有过许多敌人，但未必有一个私敌。"这话移来评价周恩来最合适不过。当周恩来去世时，无论东方西方同声悲泣，整个地球都载不动这许多遗憾许多愁。

他的大德，再造了党，再造了共和国，并且将一个共产主义者的无私和儒家传统的仁义忠信糅合成一种新的美德，为中华文明提供了新的典范。如果说毛泽东是中国共产党和中华人民共和国的缔造者，周恩来则是党和国家的养护人。他硬是让各方面的压力、各种矛盾将自己压成了粉，挤成了油，润滑着党和共和国这架机器，维持着它的正常运行。五十年来他亲手托起党的两任领袖，又拯救过共和国的三次危机。遵义会议他扶起了毛泽东，"文化大革命"后期他托出邓小平。作为两代领袖，毛、邓之功彪炳史册，而周恩来却静静地化作了那六个"无"。建国后他首治战争创伤，国家复苏；二治"大跃进"灾难，国又中兴；三抗林彪江青集团，铲除妖孽。而他在举国欢庆的前夜却先悄悄地走了，走时连一点骨灰也没有留。

周恩来为什么这样的感人至深、感人至久呢？正是这"六无""六有"，在人们心中撞击、翻搅和掀动着大起大落、大跌大荡的波浪。他的博爱与大德，拯救、温暖和护佑了太多太多的人。自古以来，爱民之官受人爱。诸葛亮治蜀二十七年，而武侯祠香火不断一千七百年。陈毅游武侯祠道："孔明反胜昭烈（刘备），其何故也，余意孔明治蜀留有遗爱。遗爱愈厚，念之愈切。"平日常人相处尚

"将一个共产主义者的无私和儒家传统的仁义忠信糅合成一种新的美德，为中华文明提供了新的典范"，将总理的风范提升到中华文化发展的新境界。

101

投桃报李，有恩必报，而一个伟人再造了国家，复兴了民族，泽润了百姓，后人又怎能轻易地淡忘了他呢？我们是唯物论者，但我心里总觉得，大概有一天还是会有人来要为总理修一座庙。庙是神的殿堂，神是后人在所有的前人中筛选出来的模范，比如忠义如关公、爱民如诸葛亮。周总理无论在自身修养和治国理政方面，功德、才智、民心等都很像诸葛亮。诸葛亮教子很严，他那篇有名的《诫子书》，教子"静以修身，俭以养德，非淡泊无以明志，非宁静无以致远"。他勤俭持家，上书后主说，自己家有桑树八百棵，薄田十五顷，供给一家人的生活，余再无积蓄。这两件事都常为史家称道。呜呼，总理何如？他没有后，当然也没有什么教子格言；他没有遗产，去世时，家属各分到几件补丁衣服作纪念；他没有祠，没有墓，连骨灰都不知落在何方；他不立言，没有一篇《出师表》可以传世。他越是这样的没有没有，后人就越感念他的遗爱；那一个个没有也就越像一条条鞭子抽在人们的心上。鲁迅说，悲剧是把人生有价值的东西撕裂给人看。是命运从总理身上一条条地撕去许多本该属于他的东西，同时也在撕裂后人的心肺肝肠。那是永远无法弥补的遗憾，这遗憾又加倍转化为深深的思念。

渐渐二十二年过去了，思念又转化为人们更深的思考，于是总理的人格力量在浓缩，在定格，在突现。而人格的力量一旦形成便是超越时空的。不独总理，所有历史上的伟人，中国的司马迁、文天祥，外国的马克思、列宁，我们又何曾见过呢？爱因斯坦生生将一座物理大山凿穿而得出一个哲学结论：当速度等于光速时，时间就停止；当质

点出"无""有"在总理身上体现出的关系，写出了人们内心的遗憾和思念。

102

量足够大时，它周围的空间就弯曲。那么，我们为什么不可以再提出一个"人格相对论"呢？当人格的力量达到一定强度时，它就会迅如光速而追附万物，穹庐空间而护佑生灵。我们与伟人当然就既无时间之差又无空间之别了。

这就是生命的哲学。

周恩来还会伴我们到永远。

赞扬总理，提升到人格力量，提升到生命哲学的高度，总结了全文。

阅读指导

本文写于一九九八年二月，是作者集二十年的沉思，在纪念周恩来总理诞辰一百周年之际写的一篇评述人物的政治散文，流传甚广。

散文应先重气、重意，文章通过评述周总理一生"死不留灰、生而无后、官而不显、党而无私、劳而无怨、去不留言"六大惊人之"无"，从这"大无"之中，发现了主人公所拥有的"大有"——大智、大勇、大才、大貌、大爱和大德，饱含热泪地颂扬了总理一生鞠躬尽瘁、死而后已，看似一无所有，实则拥有着在老百姓心中矗立着的丰碑。大无大有，这矛盾而又辩证的视角，使文章从整体上就具有了撼人心魄的力量。

周总理没有陵墓，但他的灵魂贯穿天地，永远飘扬在共和国的上空；他权倾一国，却两袖清风，宠辱不惊；他鞠躬尽瘁，却从不结党私营；他没有怨言，纵使负屈无数，也还是甘为孺子牛。

本文的大气还来自于善用对比和衬托，善于把人物置身于现实和历史的比较中。在讲"官而不显"时，作者运用多层对比（总理的节俭与严于律己同工作人员关心总理生活对比；与古代官吏、帝王的显耀权势、财富对比；与当代某些官员的显弄摆阔对比；总理的官高权重与严于律己对比；某些官员的官低位轻与大肆摆阔对比），突出了周总理的崇高人格，讽刺了当代某些官员摆阔显耀的封建老爷作风，和自私自利的卑劣人格。文末将总理的"大无大有"与古今中外的伟人（所有历史上的伟人，中国的司马迁、文天祥，外国的马克思、列宁）放在一起进行了理性的思辨，"当人格的力量达到一定强度时，它就会迅如光速而追附万物，穹庐空间而护佑生灵"，凝结为人格力量，升华了主旨。

这思考的窑洞

我从延安回来，印象最深的是那里的窑洞。

照理说我对窑洞并不陌生，我是在窑洞里生、窑洞里长的。我对窑洞的熟悉，就像对一件穿旧了的衣服，已经忘记了它的存在。但是，当三年前，我初访延安时，这熟悉的土窑洞却让我的心猛然一颤，以至于三年来如魔在身，萦绕不绝。因为这普通的窑洞里曾住过一位伟大的人，而那些伟大的思想也就像生产土豆、小米一样在这黄土坡上的土洞洞里奇迹般地生产了出来。

用窑洞的"普通"反衬人的"伟大"，突出"思考"的伟大意义。

延安是中国共产党领导全国人民进行民族革命和民主革命斗争的心脏，是艰苦岁月的代名词。在大多数人的脑海里，延安的形象是战争，是大生产，是生死存亡的一种苦挣。但是当我见到延安时，历史的硝烟已经退去，眼前只有几排静静的窑洞，而每个窑洞门口又都钉有一块木牌，上面写明某年某月，毛泽东同志居住于此，著有哪几本著作。有的只有几十天，仍然有著作产生。这时，仿佛墙上的钉子不是钉着木牌，而是钉住了我的双脚，我久久伫立，不能移步。院子里扫得干干净净，几棵柳树轻轻地垂着枝条，不远处延水在静静地流。我几乎不能想象，当年边区敌伪封锁，无衣无食，每天都在流血牺牲，每天都十万火急，毛泽东同志却稳稳地在这里思考、写作，酿造他的思想，他的与中国实际相结合的马克思主义。

运用白描，表述沉静，但背后思潮汹涌。

我看着这一排排敞开的窑洞，突然觉得它就是一排思这一排排敞开的窑洞，就是一排思考的机器。首句突发奇想，比喻精妙。然后从窑洞住人和住神的两种功能的分析中，用"这窑洞里的每一粒空气分子中都充满着思想"的夸张，用仿佛看见和听见的想象与夸张，突出了延安窑洞在中国革命史上的思想价值。

考的机器。在中国，有两种窑洞，一种是给人住的，一种是给神住的。你看敦煌、云冈、龙门、大足石窟存了多少佛祖，北岳恒山上的石洞里甚至还并供着孔子、老子和释迦牟尼。这实际上是老百姓在假托一个神贮存自己的思想、自己的信仰。彻底的唯物主义者不需要偶像，眼前这土窑洞里甚至连一张毛泽东的画像也没有，但是五十年了，来这里的人络绎不绝，因为这窑洞里的每一粒空气分子中都充满着思想。我仿佛看见每个窑门上都刻着"实事求是"，耳边总是响着毛泽东同志那句话："'实事'就是客观存在着的一切事物，'是'就是客观事物的内部联系，即规律性，'求'就是我们去研究。"

自党中央从一九三八年一月由保安迁到延安，毛泽东同志在延安先后住过四处窑洞。这窑洞首先是一个指挥部，毛泽东和他的战友在这里运筹帷幄，决胜千里。但为了这些决策的正确，为了能给宏伟的战略找到科学的理论根据，毛泽东在这里于敌机的轰炸声中，于会议的缝隙中，拼命地读书写作，所以更确切点说，这窑洞是毛泽东的书房。当我在窑洞前漫步时我无法掂量，是从这里发出的电报、文件作用大，还是从这里写出的文章、著作作用大。马克思当年献身工人运动，当他看到由于理论准备不足，工人运动裹足不前时，就宣布退出会议，然后走进书斋，终于写出了《资本论》这本远远超出具体决定，跨越时空，震撼地球，推动历史的名著。

以马克思的《资本论》推动历史的作用，来类比毛泽东在窑洞里思考和写作的伟大意义。

但是，当时的毛泽东无法退出会议，甚至无法退出战斗和生产，他在延安期间每年还有三百斤公粮的生产任务。他的房子里也不能如马克思一样有一条旧沙发，他只有一张旧木床，也没有咖啡，只有一杯苦茶。他只能将自己分身为二，用右手批文件，左手写文章。他是一个中国式的民族英雄，像古代小说里的那种武林高手，挥刀逼住对面的敌人，又侧耳辨听着背后射来的飞箭，再准备着下一步怎么出手。当我们与对手扭打在一起，急得用手去撕，用脚去踢，用牙去咬时，他却暗暗凝神，调动内功，然后轻轻吹一口气，就把对手卷到九霄云外。他是比一般人更深一层，更早一步的人。他是领袖，更是思想家。随着时间的推移，他这些文章的力量已经大大超过了当时的文件、决定。像达摩面壁一样，这些窑洞确实是毛泽东和他的战友修炼真功的地方，是蒋介石把他们从秀丽的南方逼到这些土窑洞里。

"右手批文件，左手写文章"，这是"一边""一边"同时做事的一种形象化表达方法，可以学习。

　　四壁黄土，一盏油灯，这里已经简陋到不能再简陋。但是唯物质生活的最简最陋，才激励共产党的领袖们以最大的热忱，最坚忍的毅力，最谦虚的作风，去作最切实际的思考。毛泽东从小就博览群书，但是为了救国救民，他还在不停地武装自己。对艾思奇这个比他小十六岁的一介书生，毛泽东写信说："你的《哲学与生活》是你的著作中更深刻的书，我读了得益很多，抄录了一些，送请一看是否有抄错的。其中有一个问题略有疑点（不是基本的不同），请你再考虑一下，详情当面告诉。今日何时有暇，我来看你。"记得在艾思奇同志逝世二十周年时，在中央党校的展柜里我还见到过毛泽东同志的另一封亲笔信，上有"与您晤谈，受益匪浅，现整理好笔记送上，请改"等字样。这不是对哪个人的谦虚，是对规律、对真理的认同。中国历史上曾有许多礼贤下士的故事，刘备三顾茅庐，刘

用气功杀敌的民俗化理解和达摩面壁的宗教信仰，来类比毛泽东的窑洞文章的历史地位和思想价值。

邦正在洗脚听见有人来访，就急得倒拖着鞋出迎。他们只不过是为了成自己的大事。而毛泽东这时是真正的在穷社会历史的规律，他将一切有志者引为同志，把一切有识者奉为老师。蒋介石，这个中国历史上的最后一个地主阶级的最高统治者，他何曾想到现时延安窑洞里这一批人的厉害。他以为这又是陈胜揭竿、刘邦斩蛇、朱元璋起事，他万没有想到毛泽东早就跳出了那个旧圈子而直取历史唯物主义和辩证唯物主义。

运用安泰脚离大地才能被打败的神话，来类比党与人民的关系，来说明延安窑洞体现着党与人民最紧密的联系。

我在窑洞里徘徊，看着这些绵软的黄土，感受着这暖融融、湿润润的空气，不觉勾起一种遥远的回忆。我想起小时躺在家乡的窑洞里，身下是暖乎乎的土炕，仰脸是厚墩墩的穹顶，炕边坐着做针线的母亲，一种说不出的安全和温馨。窑洞在给神住以前，首先是给人住的，它体现着人与大地的联系。希腊神话里的英雄安泰只要脚不离地就力大无穷，任何敌人休想战胜他，而在一次搏斗中他的敌人就先设法使他脱离地面，然后击败了他。斯大林曾用这个故事来比喻党与人民的关系。延安岁月是毛泽东及我们党与土地、与人民联系最紧密的时期。他住在窑洞里，上下左右都是纯厚的黄土，大地紧紧地搂抱着他，四壁上下随时都在源源不断地向他输送着力量。他眼观六路，成竹在胸。

以一处窑洞的木牌、一本书的产生，来举例说明毛泽东在延安窑洞思考的伟大价值。

在一孔窑洞前的木牌上注明毛泽东在这里完成了《论持久战》。依稀在孩童时我就听父亲讲过这本书的传奇，那时他们在边区，眼见河山沦陷，寇焰嚣张，愁云压心。一天发下了几本麻纸本的《论持久战》，几天后村内外便到处是歌声笑声，有如春风解冻一般。这个小册子在我家一直珍藏到"文化大革命"。后来读党史才知道当时连蒋介石都喜得如获至宝，发至全军每个军官一本。同时这本书很快又在美国出版。毛泽东为写这篇文章在窑洞里伏案工作九个日夜，连炭火烧了棉鞋也全然不知。第九天早晨，当他推开窑门，让警卫员把稿子送往清凉山印刷厂时，我猜想他的心情就像罗斯福签署了原子弹生产批准书一样激动。以后战局的发展果然都在他的书本之中。

一个伟人的思想是什么，是客观存在的规律，是事物间本来的联系，所以真理最朴素，伟人其实与我们最接近。一次，在延安雷电击死一头毛驴，驴主人说："老天无眼，咋不劈死毛泽东。"有人要逮捕这个农民，消息传到窑洞里，毛泽东说骂必有因，一了解，是群众公粮负担太重。于是他下令每年由二十万担减到十六万担，又听从李鼎铭的建议精兵简政。毛泽东在这窑洞里领导了著名的延安整风，他的许多深刻的论述挽救了党，挽救了多少干部，但是当他知道有人被伤害时，就到党校礼堂作报告，说："今天我是特意来向大家检讨错误的，向大家赔个礼！"并恭恭敬敬地把手举到帽檐下。一九四二年，华侨领袖陈嘉庚访问延安，他刚在重庆吃过八百元一桌的宴席，这时却在毛泽东的窑洞里吃两毛钱的客饭，但他回去后写文章说，中国的希望在延安。一九四五年黄炎培访问延安，他看到边区的兴旺，想到以后的中国，问一个政权怎样才能永葆活力。毛泽东说，办法就是讲民主，就是让人民来监督。我想他说这话时一定仰头环视了一下四周厚实的黄土。"七大"前后很多人主张提毛泽东思想，他坚决不同意。他说："这不是我个人的思想，是千百万先烈用鲜血写出来的，

环视周围的黄土，看似闲笔，实有深意。用黄土的厚实来比喻党的群众基础扎实，来赞扬毛泽东的人民监督的民主思想。

是党和人民的智慧。""我这个人思想是发展的，我也会犯错误。"作家萧三要为他写传，他说还是去多写群众。他是何等的清醒啊！政局、形势、作风、对策，都装在他清澈如水的思想里。

胡宗南进犯，他搬出了曾工作九年的延安窑洞，到米脂县的另一孔窑洞里设了一个沙家店战役指挥部。古今中外有哪一孔窑洞配得上这份殊荣啊，土墙上挂满地图，缸盖上摊着电报，土炕上几包烟，一个大茶缸，地上一把水壶，还有一把夜壶。中外军事史上哪有这样的司令部，哪有这样的统帅。毛泽东三天两夜不出屋，不睡觉，不停地抽烟、喝茶、吃茶叶、撒尿、签发电报，一仗俘敌六千余。他是有神助啊！这神就是默默的黄土，就是拱起高高的穹庐、瞪着眼睛思考的窑洞。大胜之后他别无奢求，推开窑门对警卫说，只要吃一碗红烧肉。

当你在窑洞前徘徊默想时，耳边会响起黄河的怒吼，眼前会飘过往日的硝烟。但是你一眨眼，面前仍只有这一排静静的窑洞。自古都是心胜于兵，智胜于力。中国革命的胜利实在是一种思想的胜利，是毛泽东思想的胜利，是毛泽东那几篇文章的胜利。延安的这些窑洞真不愧为毛泽东思想的生产车间，延安时期是毛泽东展示才华思考写作的辉煌时期，收入《毛泽东选集》（四卷本）的一百五十六篇文章，有一百一十二篇是在这个时期写成的。毛泽东离开延安在陕北又转战了一年，胡宗南丢盔弃甲，哪里是他的对手。

一九四七年十二月的一天，毛泽东在陕北米脂的一个窑洞里展纸研墨，他说："我好久没有写文章了，写完这

把夜壶、撒尿都写上了，看似不雅，实则写出了毛泽东在简陋的窑洞中的巨大能量。

把中国革命的胜利比作毛泽东那几篇文章的胜利，警句深刻，举重若轻。

110

一篇就要等打败蒋介石再写了。"他大笔一挥，写了《目前形势和我们的任务》，说我们要打正规战，要进攻大城市了。这是他在陕北窑洞里写的最后一篇文章，写罢掷笔，便挥师东渡黄河，直捣黄龙，为人民政权定都北京去了。他再没有回延安，只是在宝塔山下留下了这一排永远思考的窑洞。思想这面铜镜总是靠岁月的擦磨来现其光亮，半个世纪过去了，作为政治家、军事家的毛泽东离我们渐走渐远，而作为思想家的毛泽东却离我们越来越近。

"只是在宝塔山下留下了这一排永远思考的窑洞"，总结全文，篇末点题，回扣题目。"永远思考"，一是为历史定格，二是启迪后人。

111

阅读指导

本文写于毛泽东逝世二十周年之际。

写政治人物，最怕枯燥的说理。作者独辟蹊径，善抓意象，选择了比较柔软、较富人性的独特视角，借窑洞这一意象来寄托自己的情感和哲思，他赋予"窑洞"以思想者的含义，这样情感和思考的空间就开阔起来，就容易触及历史和人物的偏僻角落，进而发挥散文自由挥洒的长处。作者所追求的"大事、大情、大理"，也因有了这个视角，容易从史实的拘泥中跳脱出来，找到思考的新意。毛泽东曾在这些窑洞里思考、写作，并酿造了他的思想，文章通过虚实结合的手法，将现实与回忆沟通起来，引领我们以现实为起点，走近记忆，去发掘那延安窑洞里的故事，去思考毛泽东思想之所以拥有恒久魅力的深厚根源。

文章从不同侧面表现毛泽东及其思想，写出了毛泽东作为一个军事家对战略思想的重视，和作为一个政治家对民主思想的珍视。尽管延安条件简陋，他一边指挥战争一边研究思想，不停地思考、写作。他的沉稳大气、处事不惊的大家风范，源于他战略军事家的深刻思考；他的虚怀若谷、实事求是的性格，源于他从谏如流、以民为本的思想。

文章还使用了双重视角，既仰视又平视，既把政治家当伟人，又把政治家当普通人，作者拿佛祖、孔子、老子、释迦牟尼、马克思、达摩和希腊神话中的神来比毛泽东，又把毛泽东说成是民族英雄、武林高手，将之民俗化，还把毛泽东抽烟、吃茶叶、撒尿、吃红烧肉这些生活细节写进了文章，将之人性化。这样写就不会把毛泽东神化，而让我们读到一个真实的毛泽东，从而消除了读者与伟人之间的距离。另外，这样写更能彰显出伟人的伟大，因为伟人也和普通人一样，具有基本的需求，而伟人与凡人之所以不同，是因为他们能够在追求的过程中超越个人的需要及痛苦，能够为了更多人的幸福牺牲自己的个人利益，能够实事求是、求真务实、殚精竭虑地去思考。

　　文章叙议结合，细节刻画、形象比喻、深刻警句有机结合。如第五自然段写毛泽东一边指挥战争一边研究思想。先把毛泽东类比为一个武林高手，比喻大胆，读来亲切。挖掘红色经典的美，一个重要的方法是把政治思想的理念转换成或者说翻译成一个文学意象，从而获得一种形象的意境的美。把毛泽东比作武林高手，也是一种反差，因为根据修辞学原理，两个比喻的事物相距愈远，反差愈大，比喻效果就愈强，愈生动。

二死其身的彭德怀

中国古代有一句为政格言："文死谏，武死战。"国家的稳定全赖文武官员各司其职，各守其责。神武之勇，战功卓著，名扬疆场者被尊为开国功臣、民族英雄，如韩信，如岳飞。敢说真话，为民请命，犯颜直谏者为诤谏之臣，如魏徵，如海瑞。进入现代社会，讲民主，讲法制，但个人的政治操守仍然是从政者必不可少的素质。在共和国历史上兼武战之功、文谏之德于一身并惊天动地，彪炳史册的当数彭德怀。

无彭则少军威，有军必有先生

在十大元帅中，彭德怀是唯一一个参加过两次国内革命战争、抗日战争，在解放后又和美国人打过仗的。文天祥在《〈指南录〉后序》里，叙述他历经敌营，不知几死。彭德怀行伍出身，自平江起义，苏区反围剿，长征、抗日、解放战争、抗美，与死神擦边更是千回百次。井冈山失守，"石子要过刀，茅草要过火"，未死；长征始发，彭殿后，血染湘江，八万红军，死伤五万，未死；抗日，鬼子扫荡，围八路军总部，副参谋长左权牺牲，彭奋力突围，未死；转战陕北，彭身为一线指挥，以两万兵敌胡宗南二十八万，几临险境，未死；朝鲜战争，敌机空袭，大火吞噬志愿军指挥部，参谋毛岸英等遇难，彭未死。

毛泽东对他曾是极推崇和信任的。长征途中曾有诗赠彭："山高路滑坑深，大军纵横驰骋。谁敢横刀立马，唯我彭大将军。"十大元帅中，毛除对罗荣桓有一首悼亡诗外，对部下赠诗直夸其功，这也是唯一一首了。抗日战争，彭任八路军副总司令，后期朱老总回延安，他实际在主持总部工作。解放战争初期，彭转战西北更是直接保卫党中央、毛主席。朝鲜战事起，高层领导意见不一，毛急召彭从西北回京，他坚决支持毛泽东出兵抗美，并受命出征。三次战役较量，打破了美军不可战胜的神话。杜鲁门总统事先没有通知朝战司令麦克阿瑟，就直接从广播里宣布将他撤职，可见其狼狈与恼怒之状。从平江起义到庐山会议，这时彭德怀的革命军旅生涯已三十多年，他的功劳已不是按战斗、战役能计算清的，而是要用历史时期的垒砌来估量。蔡元培评价民国功臣黄兴说，"无公则无民国，有史必有先生"。此句用于彭，"无彭则少军威，有军必有先生"，他不愧为国家的功臣、军队的光荣。

如果彭德怀到此打住，当他的元帅，当他的国防部长，可以善终，可以保官、保名、保一个安逸的日子。战争过去，天下太平，将军挂甲，享受尊荣，这是多么正常的事情。林彪不是就不接赴朝之命，养尊处优多年吗？但彭德怀不是这样的人。他是军人，更是人民的儿子。打仗只是他为国、为民尽忠的一部分。战争结束，忠心未了，民又有疾苦，他还是要管，要争。

"更是人民的儿子"，写出了彭总征战和争谏都不怕死的根源。承上启下，为写死谏做铺垫。

115

没有倒在枪炮下，却倒在一封谏书前

一九五九年，新中国成立十周年。对战争驾轻就熟的共产党领袖们在经济建设上遇到了新问题，并发生了严重分歧。毛泽东心急，步子要快一些，周恩来从实际出发，觉得应降降温，提出反冒进。毛泽东说：你反冒进，我反"反冒进"。并多次批周，甚至要周辞职。怎么估价当前的经济形势，下一步该怎么办？在这样的背景下，召开了庐山会议，会议之初，毛已接受一些反"左"意见，分歧已有一点小小的弥合。但彭德怀还是不放心。会前，他到农村做过认真的调查，亲眼见到人民公社、大食堂对农村生产力的破坏和对农民生活的干扰，而干部却不敢说真话。在小组会上他先后作了七次发言，直陈其弊，就是涉及毛泽东也不回避。他说："现在是个人决定，不建立集体威信，只建立个人威信，是很不正常的，是危险的。"

直陈其弊，不避尖锐。

在庐山一七六号别墅，那间阴沉沉的老石头房子里他夜不成眠，心急如焚。他知道毛泽东的脾气，他想当面谈谈自己的看法。他多么想像延安时期那样，推开窑洞门叫一声"老毛"，就与毛泽东共商战事。或者像抗美援朝时期，形势紧急，他从朝鲜前线直回北京，一下飞机就直闯中南海，主席不在，又驱车直赴玉泉山，叫醒入睡的毛泽东。那次是解决了问题，但毛泽东也留下一句话"只有你彭德怀才敢搅了人家的觉"。现在彭德怀犹豫了，他先是想，最好面谈，踱步到了主席住处，但卫士说主席刚休息。他不敢再搅主席的觉。就回来在灯下展纸写了一封信。这真的是一封信，一封因公而呈私人的信，台头是"主席"，

一个"再"字写出了形势变化、今非昔比，语调沉痛，兼有对党内个人威信过高的不正常状态的批评。

116

结尾处是"顺致敬礼！彭德怀"。连个标题也没有，不像文章。后人习惯把这封信称为"万言书"，其实它只有三千七百字。他没有想到，这封信成了他命运的转折点，全党也没有想到，因这封信党史而有了一大波折。这封信是党史、国史上的一个拐点，一块里程碑。

彭德怀是党内高级干部中第一个犯颜直谏、站出来说真话的人。随着历史的推进，人们才越来越明白，彭德怀当年所面对的绝不是一件具体的事情，而是一种制度，一种作风。当时毛泽东在党内威望极高，至少在一般人看来，他自主持全党工作以来还没有犯过任何错误。而彭德怀对毛所热心的"大跃进"、人民公社、公共食堂提出了非议，这要极大的勇气。对毛泽东来说，接受意见也要有相当的雅量。梁漱溟在建国初就农村问题与毛争论时就直言，我倒要看看你有没有这个雅量。毛对党外民主人士常有过人的雅量，这次对党内同志却没有做到。

以"勇气"与"雅量"作对比，以梁漱溟谏言与彭总谏言作对比，批评党内不正常的工作作风，赞扬彭总的"站出来说真话"。

彭与毛相处三十多年，深知毛的脾气，他将个人的得失早置之脑后。果然，会上，他被定为反党分子，会后被撤去国防部长之职，林彪渔翁得利。庐山上的会议开完，不久就是国庆，又恰逢十年大庆，按惯例彭德怀是该上天安门的，请柬也已送来。彭说我这个样子怎么上天安门，不去了。他叫秘书把元帅服找出来叠好，把所有的军功章找出来都交上去。秘书不忍，看着那些金灿灿的军功章说："留一个作纪念吧。"他说："一个不留，都交上去。"当年居里夫人得了诺贝尔奖后，把金质奖章送给小女儿在地上玩，那是一种对名利的淡泊。现在彭德怀把军功章全部上交，这是一种莫名的心酸。没几天，他就搬出中南海

这里不是淡泊，是心酸，是无言的抗争，是清白的呐喊。

到西郊挂甲屯当农夫去了。他在自己的院子里种了三分地，把粪尿都攒起来，使劲浇水施肥，他要揭破亩产万斤的神话。一九六一年十一月经请示毛同意后，他回乡调查了三十六天，写了五个，共十多万字的调研报告，涉及生产、工作、市场等，甚至包括一份长长的农贸市场价格，如木料一根二元五角，青菜一斤三角六分。他固执、朴实，真是一个农民，他还是当年湘潭乌石寨的那个石伢子。夫人浦安修生气地说："你当你的国防部长，为什么要管经济上的事？"他说："我看到了就不能不管。"生性刚烈的毛泽东希望他能认个错，好给个台阶下。但更耿介的彭德怀就是不低头。

有时候一个人的命运、成败也许就是性格注定。庐山会议结束，彭德怀被扣上"反党集团头子"的帽子，其身份与阶下囚也相距不远。当大家都准备下山时，会务处打来一个电话，说为首长准备了一批上等的庐山云雾茶，问要不要买几斤，还特意说这种茶街上买不到。彭大怒："街上买不到，为什么不拿到街上去卖？尽搞这些鬼名堂，市场能不紧张？"他还特别嘱秘书给接待处打一个电话："这是一种坏风气，以后不能再搞。"秘书提醒他，这种时候还是不要管这事吧。他无奈地说："看来我这脾气，一辈子也改不了。"假使彭总活到今天，看现在风气之腐败，又当如何？

被贬的日子里，他一次次地写信为自己辩护。写得长一点的有两次。一次是在一九六二年的七千人大会前，他正在湖南调查，听说中央要开会纠"左"，他高兴地说，赶快回京，给中央写了一封八万字的信。庐山会议已过去了三年，时间已证明他的正确，他觉得可以还一个清白了。

118

但就在这个会上他又被点名批了一通，他绝望了。"文革"期间，这位打败过日军、美军的战神被一群红卫兵娃娃玩弄于股掌，被当作囚犯关押、游街、侮辱。作为交代材料，他在狱中写了一份《自述》，那是一份长长的辩护词，细陈自己的历史，又是八万字。是用在朝鲜停战协议上签字的那支派克笔写的，写在裁下来的《人民日报》的边条上。他给专案组一份，自己又抄了一份，这份珍贵的手稿几经周转，亲人们将它放入一个瓷罐，埋在乌石寨老屋的灶台下。直到"文革"结束才见天日。那年，我到乌石寨去寻访彭总遗踪，印象最深的就是这个黑糊糊的灶台和堂屋里彭总回乡调查时接待乡亲们的几条简陋的长板凳。

　　他愤怒了，一九六七年四月一日给主席写了最后一封信，没有下文。四月二十日他给周总理写了最后一封信，这次没有提一句个人的事，却说了另一件很具体的与己无关的小事。他在西南工作时看到工业石棉矿渣被随意堆在大渡河两岸，常年冲刷流失很是可惜。这是农民急缺的一种肥料，他说，这事有利于工农联盟，我们不能搞了工业忘了农民。又说这么点小事本不该打扰总理，但我不知该向谁去说。这时虽然他的身体也在受着痛苦的折磨，但他的心已经很平静，他自知已无活下去的可能，只是放心不下百姓。这是他对中央的最后一次建议。

　　毛泽东在庐山会议后对彭德怀的评价只有一次比较客观。那是一九六五年在彭德怀闲置六年后中央决定给他一点工作，派他到西南大三线去。临行前，毛说："也许真理在你一边。"但这个很难得的转机又立即被"文化大革命"的洪水所淹没。彭德怀最终还是死于"文革"冤狱之中。"文

　　"可以还一个清白了"，"但就在这个会上他又被点名批了一通"，写出了彭总的质朴，反映了当时政治形势的反常。

　　同一个签字笔的细节，前见荣耀，后见屈辱，衬托出人物的命运变化。

　　将人物牵挂百姓的人格党性定格在一定背景之下，更突出材料的意义。

　　历史的遗憾。

死谏，武死战"，他这个功臣没有死于革命战争却死于"文化革命"，没有倒在枪炮下，却倒在一封谏书前。

他二死其身，既经受住了"武死战"的考验，又通过了"文死谏"的测试。

现在我们终于明白了"文死谏"的含义，它远比"武死战"要难。当一个将军在硝烟中勇敢地一冲时，他背负的代价就是一条命，以身报国，一死了之。敢将热血洒疆场，博得烈士英雄名。而当一个文臣坚持说真话，为民请命时，他身上却背负着更沉重的东西。首先可能失宠，会丢掉前半生的政治积累，一世英名毁于一纸；第二，可能丢掉后半生的政治生命，许多未竟之业将成泡影；第三，可能丢掉性命。更可悲的是，武死，死于战场，死于敌人，举国同悲同悼，受人尊敬；文死，死于不同意见，死于自己人，黑白不清，他将要忍受长期的屈辱、折磨，并且身后落上一个冤名。这就加倍地考验一个人的忠诚。彭德怀因为这封说真话的信，前半生功名全毁，任人批判谩骂为右倾、反党、叛国、阴谋家，扣在他背上的是一口何等沉重的黑锅。在监禁中他被病痛折磨得在地上打滚，欲死不能。而现在我们看到的哨兵关押记录竟是这样的文字："我看这个老家伙有点装模作样"，"这个老东西从报上点他名后就很少看报"。这就是当时一个普通士兵对这个开国老帅的态度。可知他当时的处境，其所受之辱更甚于韩信钻胯。而许多旧友亲朋，早已不敢与他往来，就连妻子也已提出与他离婚。

庐山会议后，全国有三百万人被打为"右倾机会主义分子"。一纸薄薄的谏书怎承载得这样的压力？其时其境，

总结上文两个层次，并以递进关系强调了"文死谏"的艰难，以更显现彭的忠诚和坚定。

三条分析后，递进一步，文死谏的可怕下场，因而更突出彭总的忠诚。

120

揪斗可死，游街可死，逼供可死，加反党名可死，诬叛国罪可死。"文革"中有多少老干部不堪其辱而寻死自杀啊。但是，彭德怀忍过来了，他要"留取丹心照汗青"，他相信历史会给他一个清白。他在庐山上对毛泽东说过："我一不会反党，二不会自杀。"就这样，经三十年的革命战争生涯后，他又有十五年的时间被批判、赋闲、挨斗、监禁，然后含冤而去。他是一九七四年十一月去世的，骨灰被化名"王川"，送往成都一普通陵园。当时周恩来已在病中，特嘱此骨灰盒要妥善保存，经常检查，不得移位换架。直到四年后的一九七八年才得以平反。当骨灰撤离成都，从陵园到机场时，人们才明真相，泣不成声。专机落地前在北京上空环绕三圈，以慰忠臣之心。

中国古代，君即是国。所以传统的忠臣就是忠君。但"君"和"国"毕竟还有不同。就是在古代，真正的忠臣也是：为民不为君，忧国不惜命。朗朗吐真言，荡荡无私心。既然为"臣"，当然是领导集团的一员，上有"君"下有民。他要处理好的第一个难题就是对领导负责还是对人民负责。当出现矛盾时，唯民则忠，唯君则奸。"社稷为重君为轻"，真正的忠臣，并不是"忠君"，而是忠于国家、民族、人民。像海瑞那样，宁愿坚持真理，冒犯皇帝去坐牢。而彭德怀在毛泽东号召学海瑞后，真的在案头常摆着一本线装本《海瑞集》。第二个难题是敢不敢报真情，提中肯的意见，说逆耳的话。所谓犯颜直谏，就是实事求是，纠正上面的错误，准备承担"犯上"的最坏后果。这是对为臣者的政治考验和人格考试。"谏"文化成了中国传统政治文化中一个特有的内容。披阅中国历史，我们会发现

继续仿用文天祥《〈指南录〉后序》，呼应前文"未死"，突出彭总坚韧不死的忠诚与自信。

"他又有十五年的时间被……"，特殊的表达方式，传达了特殊的含义。

进一步总结"谏"文化的内涵：真正的忠臣是为民不为君、忧国不惜命，实事求是犯颜直谏，就是对为臣者的政治考验和人格考试。

一串长长的冒死也说真话的忠臣名单：比干被剖心，屈原投江，魏徵让唐太宗动了杀心，海瑞被打入死牢，林则徐被充军新疆……他们都是"不说真话毋宁死"的硬汉子。现在这个名单上又添了一个彭德怀。

彭德怀爱领袖更爱真理；珍惜自己的生命，更珍惜国家的前途。他浴血奋战三十年，不知几死，经受住了"武死战"的考验；庐山会议三十天的争论和其后十五年的折磨，他又不知几死，通过了"文死谏"的测试。他是一位为人民、为国家二死其身的忠臣。

人民永远记住了庐山上的那场争论，记住了彭德怀。

总结全文，盛赞彭德怀"是一位为人民、为国家二死其身的忠臣"。

122

阅读指导

本文是二〇〇八年为纪念彭德怀诞辰一百一十周年而作。

梁衡笔下所写到的政治人物，往往是民族的魂魄、历史的脊梁和时代的骄子，并且"基本是悲剧人物，都是处在逆境中而又奋起，而且我的切入点也是选他们最困难的时候"（梁衡二〇〇二年在清华大学的演讲）。他"之所以选这些悲剧人物，并且选他们在逆境中最困难的那一节"，是要"展示他们的人格力量"。

彭德怀在抗日战争和抗美援朝中极为辉煌的贡献，成就了他民族的形象和世界级军事家的地位。在打仗上，他身先士卒，作战勇猛，毛主席赞他"谁敢横刀立马，唯我彭大将军"。三十年的革命军旅生涯，与死神擦边千回百次的勇武，使他成为国家的功臣、军队的光荣，然而没有倒在枪炮下，却倒在一封谏书前，因一封信，前半生功名全毁，任人批判谩骂为右倾、反党、叛国、阴谋家，被撤职、揪斗、监禁以致饱受折磨而死。

作者紧紧抓住"二死其身"这个悲剧来组织材料，扣住递谏书这个转折点，突出了彭德怀为了帮助党纠正在经济建设上所犯的错误，而在党内高级干部中敢于第一个犯颜直谏、站出来说真话，虽深知毛的脾气，仍将个人的得失置之脑后，力主建立集体威信，坦诚经济建设意见。其刚正不阿，敢做敢为，坚持真理，为民请命，在逆境中最困难的时候，展现了伟大的人格力量。写他既经受住了"武死战"的考验，又通过了"文死谏"的测试，由此深入挖掘，"随着历史的推进，人们才越来越明白，彭德怀当年所面对的绝不是一件具体的事情，而是一种制度、一种作风"，凸显了人物在人类历史坐标系中应有的位置和意义，更突出了人物人格的悲壮之美和悲剧意义。他身上所展现的人格魅力，是中国无产阶级革命家崇高的无私奉献精神的缩影。

善用对比和衬托，是本文厚重感人的原因之一。用彭德怀的"勇气"和毛泽东的"失雅量"做对比，突出彭的"文死谏"的气概；用在朝鲜停战协议上签字的笔，在狱中写《自述》，以昔日将军的荣耀来衬托今日阶下囚的屈辱，来突出为民为国不惜其身的死谏气节和精神；以居里夫人来对比他的淡泊名利，以海瑞、比干、魏徵、林则徐等来衬托他的说真话的硬汉子形象。善于继承与创新中国古典文学，也是本文的一大特点。赞扬彭德怀作战英勇、功勋盖世时，作者的表述就是现代版的《〈指南录〉后序》，简要概括，白描勾勒，排比险况，令人难忘。

第二单元

感悟生命

生命只有一次，让我们珍惜每一分钟。

追寻那遥远的美丽

快二十年了，总有一个强烈的向往，到青海去一趟。这不只是因为小学地理上就学到的柴达木、青海湖的神秘，也不只是因为近年来西北开发的热闹。另有一个埋藏于心底的秘密，是因为一首歌。那首《在那遥远的地方》，还有它的作者，像一个幽灵似的王洛宾。

大概是上天有意折磨，我几乎走遍了神州的每一个省，每一处名山大川，就是青海远不可及，机不可得。直到去年，才有缘去朝圣。当汽车翻过日月山口的一刹那间，我像一条终于跳过龙门的鲤鱼。山下是一马平川，绿草如茵，起起伏伏地一直漫到天边，我不由想起了"天似穹庐，笼盖四野"的古老民歌。远处有一汪明亮的水，那就是青海湖，是配来映照这蓝天白云的镜子。

这里的草不像新疆的草场那样高大茂密，也不像内蒙古的草场那样在风沙中透出顽强，它细密而柔软，卷伏在地上，如毯如毡，将大地包裹得密密实实，不见黄沙不见土，除了水就是浓浓的绿。而这绿底子上又不时钻出一束束金色的柴胡和白绒绒的香茅草，远望金银相错，如繁星在空。这真是金银一般的草场。当年二十六岁的王洛宾云游到这里，只因那个十七岁的卓玛姑娘用鞭子轻轻地抽了他一下，含羞拍马远去，他就痴望着天边那一团火苗似的红裙，脑际闪过一个美丽的旋律——《在那遥远的地方》。

127

卓玛确有其人，是一个牧主的女儿，当时王洛宾在草原上采风，无意间捕捉到这个美丽的倩影，这倩影绕心三日，挥之不去，终于幻化为一首美丽的歌，就永远定格在世界文化史上。试想，王洛宾生活在大都市北平，走过全国许多地方，天下何处无美人，何独于此生灵感？是这绿油油的草、草地上的金花银花、草香花香，还有这湖水、这牧歌、这山风、这牛羊，万种风物万般情，全在美人一鞭中。卓玛一辈子也没有想到她那轻轻的一鞭会抽出一首世界名曲。

当后人听着这首歌时，总想为它注释一个具体的爱情故事，殊不知这里不但没有具体的爱，就是在作者的实际生活中也没有找到过歌唱中的甜蜜。王洛宾好像生来就赋有一种使命，总是去追寻美丽，美丽的旋律、美丽的女人，还有美丽的情感。王洛宾是美令智昏，乐令智昏，他认为生活甚至生命就是美丽的音乐。他一入社会就直取美的内核，而不知这核外还有许多坚硬的甚至丑陋的外壳。所以他一生屡屡受挫，直到一九八二年六十九岁时，才正式平反，恢复正常人的生活，一九九二年七十九岁时，中央电视台首次向社会介绍他的作品。这时，全社会才知道那许多传唱了半个世纪的名曲原来都是出自这个白胡子老头。国内许多媒体，还有香港、新加坡纷纷为他举办各种晚会。我曾看过一次盛大的演出，在名曲《掀起你的盖头来》的伴奏下，两位漂亮的姑娘牵着一位遮着红盖头的"新娘"慢慢踱到舞台中央，她们突然揭去"新娘"的盖头，水银灯下站着一个老人，精神矍铄，满面红光。他那把特别醒目的胡须银白如雪，而手里捏着的盖头殷红似血。全场响

"她那轻轻的一鞭会抽出一首世界名曲"，幽默风趣，形象生动。大师写文，总是举重若轻，翩若惊鸿。

"美令智昏，乐令智昏"，运用仿词，造出新词，风趣幽默而深刻有力地赞扬了王洛宾对美的热爱与追寻。

128

起有节奏的掌声。人们唱着他的歌，许多观众的眼眶里已嘀满泪花。这时，离他的生命终点只剩下两三年的时间。

王洛宾的生命是以歌为主线的，信仰、工作，甚至生活中的衣食住行都成了歌的附属，就像一棵树干上的柔枝绿叶。一九三七年，他到西北，这本是一次采风，但他被那里的民歌所迷，就留下不走了。他在马步芳和共产党的军队里都服过役，为马步芳写过歌，也为王震将军的词配过曲。他只知音乐而不知其余。甚至他已成了一名解放军的军人，却忽发奇想要回北京，于是不辞而别。正当他在北京的课堂上兴奋地教学生唱歌时，西北来人将这个开小差的逃兵捉拿归案。我们现在读这段史料真叫人哭笑不得，甚至在劳改服刑时他宁可用维持生命的一个小窝头，去换取人家唱一曲民间小调。他也曾灰心过，有一次他仰望厚墙上的铁窗，抛上一根绳，挽成一个黑洞似的套圈。就要踏向另一个世界时，一声悠扬的牧歌，轻轻地飘过铁窗，他分明看到了铁窗外的白云红日，嗅到了原野上湿润的草香。他终于没有舍得钻进那个死亡隧道，三两下扯掉了死神递过来的接引之绳。音乐，民间音乐才真正是他生命的守护神。我们至今不知道这是哪一位牧人的哪一首无名的歌，这也是一根"卓玛的鞭子"，又一回轻轻地抽在了王洛宾的心上。这一鞭，为我们抽回来一只会唱歌的老山羊，一个伟大的音乐家。

为了寻找那种遥远的感觉，我们进入金银滩后选了一块最典型的草场，大家席地而坐，在初秋的艳阳中享受这草与花的温软。不知为什么，一坐到这草毯上，就人人想唱歌。我说，只许唱民歌，要原汁原味的。当地的同志说，

戏剧性解开"新娘"的盖头，"人们唱着他的歌，许多观众的眼眶里已嘀满泪花"，描述了人们对这歌、这人的热爱。作者以此赞扬了王洛宾作品的神奇魅力，感叹了他追寻美的坎坷经历。

"一只会唱歌的老山羊"，运用比喻，写出了王洛宾命运的坎坷，写出了他一生的追求，照应了段首"王洛宾的生命是以歌为主线"。

那就只有唱情歌。青海的《花儿》简直就是一座民歌库，分许多"令"（曲牌），但内容几乎清一色歌唱爱情。一人当即唱道：

尕妹送哥石头坡，

石头坡上石头多。

不小心拐了妹的脚，

这么大的冤枉对谁说。

这是少女心中的甜蜜。又一人唱道：

黄河沿上牛吃水，

牛影子倒在水里。

我端起饭碗想起你，

面条捞不到嘴里。

这是阿哥对尕妹急不可耐的思念。又一人唱道：

菜花儿黄了，

风吹到山那边去了。

这两天把你想死了，

不知道你到哪儿去了。

黄河里的水干了，

河里的鱼娃见了。

不见的阿哥又见了，

心里的疙瘩又散了。

一个多情少女正为爱情所折磨，忽而愁云满面，忽而眉开眼笑。

秦时明月汉时关。卓玛的草原、卓玛的牛羊、卓玛的歌声就在我的眼前。现在我才明白，我像王洛宾一样鬼使神差般来到这里，是这遥远的地方仍然保存着的清纯和美丽。六十四年前，王洛宾发现了它，六十四年后它仍然这样保存完好，像一块闪着荧光不停放射着能量的元素；像一座巍然耸立，为大地输送着溶溶乳汁的雪山。青海湖边向来是传说中仙乐缥缈、西王母仙居的地方，现在看来这传说其实是人们对这块圣洁大地的歌颂和留恋，就像西方人心中的香格里拉。

从眼前的美景、美歌、美丽的爱情，推想当年王洛宾到遥远的地方是追寻什么。

我耳听笔录，尽情地享受着这一份纯真。

我们盘坐草地，手持鲜花，遥对湖山，放浪形骸，击节高唱，不觉红日压山。当我记了一本子，灌了满脑子，准备踏上归途时，突然想到一个问题，怎么这么多歌声里倾诉的全是一种急切的盼望、憧憬，甚至是望而不得的忧伤，为什么就没有一首来歌唱爱情结果之后的甜蜜呢？

晚上青海湖边淅淅沥沥下起当年的第一场秋雨，我独卧旅舍，静对孤灯，仔细地翻阅着有关王洛宾的资料，咀嚼着他甜蜜的歌和他那并不甜蜜的爱。

由这么多的歌都是对爱情的忧伤的疑问，引出王洛宾的爱情经历，为探寻王洛宾的追寻进一步做铺垫。

"咀嚼着他甜蜜的歌和他那并不甜蜜的爱"，此时发现了矛盾，作者要表达什么呢？

闯入王洛宾一生的有四个女人。第一位是他最初的恋人罗珊，两人都是洋学生。一开始，他们从北平出来，卿卿我我，甜甜蜜蜜，但一经风雨就时聚时散，若即若离，最终没能结合。王洛宾承认她很美，但又感到抓不住，或者不愿抓牢。他成家后，剪掉了贴在日记本上的罗珊的玉照，但随即又写上"缺难补"三个字，可想他心中是怎样的剪不断，理还乱。直到一九四六年王洛宾已是妻儿满堂，还为罗珊写了一首歌：

你是我黑夜的太阳，
永远看不到你的光亮。
偶尔有些微光呃，
也是我自己的想象。

你是我梦中的海棠，
永远吻不到我的唇上。
偶尔有些微香呃，
也是我自己的想象。

你是我自杀的刺刀，
永远插不进我的胸膛，
偶尔有些微疼呃，
也是我自己的想象。

你是我灵魂的翅膀，
永远飘不到天上。
偶尔有些微风呃，
也是我自己的想象。

意大利名曲《我的太阳》中的那位女郎是一个灿烂的

太阳，而王洛宾的这个太阳却朦朦胧胧只是偶尔有些微光，有时又变成了梦中的海棠。留在心中的只是飘忽不定、彩色肥皂泡似的想象。

第二位便是那个轻轻抽了他一鞭的卓玛，他们相处只有三天，王洛宾就为她写了那首著名的歌。回眸一笑甜彻心，瞬间美好成永远。卓玛不但是他的太阳，还是他的月亮。她那粉红的笑脸好像红太阳，她那美丽动人的眼睛好像晚上明媚的月亮。为了那"一鞭情"，他甚至愿意变作一只小羊，永远跟在她的身旁。但是也只跟了三天，此情此景就成了遥远的回忆。

第三位是他的正式妻子，比他小十六岁的黄静，结婚后六年就不幸去世。

第四位，是他晚年出名后，前来寻找他的台湾女作家三毛。三毛的性格是有点执着和癫狂的。他们相处了一段后三毛突然离去，当时在社会上曾引起一阵轰动，一阵猜测。我们现在看到的是王洛宾在三毛去世之后为她写的一首歌《等待》：

引用歌词和对比《我的太阳》中的女郎，来写王洛宾追求爱情的执着与忧伤，来暗示幸福与忧伤似乎都只是来自自己的想象。

"三天"，突出短暂。写短暂也是美丽忧伤的一个来源。

你曾在橄榄树下等待又等待，

我在遥远的地方徘徊再徘徊。

人生本是一场迷藏的梦，

为把遗憾赎回来，

每当月圆时，

我对着那橄榄树独自膜拜。

你永远不再来，我永远在等待，

越等待，我心中越爱。

133

没给与他实实在在结合的人写出爱情名歌，却"偏偏为三个遥远处的人儿各写了一首动情的歌"，作者又提出疑问，引人思考。

随意涂抹，勾勒出了一幅水墨童话世界的图画。作者总是在美景中获得灵感，在梦幻般的想象中寻到解决谜团的钥匙。

排比和比喻相结合，形象生动地揭示了王洛宾追寻的美的特点，回答了开篇的美的魅力来源的疑问。比喻精当，排比深刻有力，首尾相合。

四个人中，只有黄静与他实实在在地结合，但他却偏偏为三个遥远处的人儿各写了一首动情的歌。

第二天我们驰车续行。雨还在下，飘飘洒洒，若有若无，草地被洗得油光嫩绿。我透过车窗看远处的草原全然是一个童话世界。雨雾中不时闪出一条条金色的飘带，那是黄花盛开的油菜；一方方红的积木，那是牧民的新居；还有许多白色的大蘑菇，那是毡房。这一切都被洇浸得如水彩，如倒影，如童年记忆中的炊烟，如黄昏古寺里的钟声。我一次次地抬头远望，一次次地捕捉那似有似无的蜃楼。脑际又隐隐闪过五彩的鲜花，美妙的歌声，还有卓玛的羊群。

我突然想到这自然世界和人的内心世界在审美上是多么相通。你看遥远的东西是美丽的，因为长距离为人们留下了想象的空间，如悠悠的远山，如沉沉的夜空；朦胧的东西是美丽的，因为它舍去了事物粗糙的外形而抽象出一个美的轮廓，如月光下的凤尾竹，如灯影中的美人；短暂的东西是美丽的，因为它只截取最美的一瞬，如盛开的鲜花，如偶然的邂逅；逝去的东西也是美丽的，因为它留给我们永不能再的惆怅，也就有了永远的回味，如童年欢乐，如初恋的心跳，如破灭的理想。王洛宾真不愧为音乐大师，对于天地间和人心深处的美丽，"提笔摄其神，一曲皆留住"。他偶至一个遥远的地方轻轻哼出一首歌，一下子就幻化成一个叫我们永远无法逃脱的光环，美似穹庐，直到永远。

阅读指导

文章组织材料，纵横交织。以作者去青海湖草场的采访参观为纵线，以王洛宾的一生经历、《在那遥远的地方》的写作故事、王洛宾的爱情故事为横线，以作者的所联想所感受为纵横线的连接媒介，写出了草原的美、草原爱情的热烈、王洛宾爱情的忧伤及作者的感悟。

作者去青海湖朝圣——追寻王洛宾《在那遥远的地方》，一见金银一般的草场，不由想起当年二十六岁的王洛宾云游到此，只因十七岁的卓玛姑娘轻轻一鞭拍马含羞而去，就产生的那首美丽的旋律。而后作者转入简介王洛宾一生的坎坷，歌曲传唱半个世纪后老人在生命的暮年才出现在世人眼前，由此感悟到老人的生命就是为了追寻美，"王洛宾好像生来就赋有一种使命，总是去追寻美丽，美丽的旋律、美丽的女人，还有美丽的情感。王洛宾是美令智昏，乐令智昏，他认为生活甚至生命就是美丽的音乐"。在点出"王洛宾的生命是以歌为主线的，信仰、工作，甚至生活中的衣食住行都成了歌的附属，就像一棵树干上的柔枝绿叶"后，作者回顾了王洛宾留在草原、在马步芳和共产党军队的服役、被视作逃兵、劳改期间的自杀，这些都是因为他是那样的单纯、执着，他完全是为艺术活着，是一个"只会唱歌的老山羊""伟大的音乐家"。在简介歌曲创作背景和作者坎坷一生后，作者的笔触又回到眼前，从《花儿》的直白热烈感受到这遥远的地方依然保留着王洛宾当年追寻的那份清纯和美丽。作者耳听笔录，记满一本子的同时产生了一个追问，"怎么这么多歌声里倾诉的全是一种急切的盼望、憧憬，甚至是望而不得的忧伤，为什么就没有一首来歌唱爱情结果之后的甜蜜呢"，由此转入对王洛宾并不甜蜜的爱情经历的回顾与思考，为感慨那美丽的遥不可及的忧伤作铺垫。文章最后，既感悟人又感悟理，在审美上，"遥远的东西是美丽的""短暂的东西是美丽的"，王洛宾追求的美超越了生活，直追"天地间和人心深处的美丽"。

本文标题新颖含蓄，既是写作者去追寻王洛宾创作歌曲的经历、追寻王洛宾一生对美的追求，也是写王洛宾超乎现实生活的直追"天地间和人心深处美丽"的一生的追求与忧伤。

青山不老

　　《三国演义》上有一个故事，写庞德与关羽决战，身后抬着一具棺材，以示此行你死我活，就是我死了也没什么了不起，埋了就是。真一副堂堂男子汉大丈夫的气概。这种气概大约只有战争中才能表现出来，只有在书本上才能见到。但是当我在一个小山沟里遇到一位无名老者时，我却比读这段《三国演义》还要激动。

　　窗外是参天的杨柳。院子在沟里，山上全是树，所以我们盘腿坐在土炕上谈话就如坐在船上，四围全是绿色的波浪，风一吹，树梢卷过涛声，叶间闪着粼粼的波。

　　但是我知道这条山沟以外的大环境，这是中国的晋西北，是西伯利亚大风常来肆虐的地方，是干旱、霜冻、沙暴等一切与生命作对的怪物盘踞之地。过去，这里风吹沙起能一直埋到城头，县志载："风大作时，能逆吹牛马使倒行，或擎之高二三丈而坠。"可是就在如此险恶的地方，我对面的这个手端一杆旱烟的瘦小老头，他竟创造了这块绿洲。

　　我还知道这个院子里的小环境。一排三间房，就剩下老者一人，还有他的棺材。那棺材就停在与他一墙之隔的东屋里。老人每天早晨起来抓把柴煮饭，带上干粮扛上锹进沟上山，晚上回来，吃过饭，抽袋烟睡觉。他是在六十五岁时组织了七位老汉开始治理这条沟的，现在已有

137

老人也是抬棺决战。

列举数字，赞颂老者对绿化山沟做出的伟绩与执着。

五人离世，却已绿满沟坡。他现在已八十一岁，他知道终有一天早晨他会爬不起来，所以那边准备了棺材。他可敬的老伴，与他风雨同舟一生，也是在一天他栽树回来时，静静地躺在炕上过世了。他没有儿子，只有一个女儿在城里工作，三番五次地回来接他出去享清福，他不走。他觉得自己生命的价值就是种树，那边的棺材就是这价值结束时的归宿。他敲着旱烟锅不紧不慢地说着，村干部在旁边恭敬地补充着……十五年啊，绿化了八条沟，造了七条防风林带，三千七百亩林网。去年冬天一次就从林业收入中资助村民每户买了一台电视机，这是一个多么了不起的奇迹！但他还不满意，还有宏伟设想，还要栽树，直到他爬不动为止。

我们就在这样的环境中谈话，像是站在生死边界上的谈天，但又是这样随便。主人像数家里的锅碗那样数着东沟西坡的树，又拍拍那堵墙开个玩笑，吸口烟……我还从没有经历过这样的采访。

在屋里说完话，老人陪我们到沟里去看树。杨树、柳树，如臂如股，劲挺在山洼山腰。看不见它们的根，山洪涌下的泥埋住了树的下半截，树却勇敢地顶住了它的凶猛。这山已失去了原来的坡形，而依着一层层的树形成一层层的梯，老人说："这树根下的淤泥也有两米厚，都是好土啊！"是的，保住了这些黄土，我们才有这绿树。有了这绿树，我们才守住了这片土。

看完树，我们在村口道别，老人拄着拐，慢慢迈进他那个绿风荡荡的小院。我不知怎么一下又想到那具棺材，不觉鼻子一酸，也许老人进去就再出不来。作为政治家的周恩来在病床上还批阅文件；作为科学家的华罗庚在讲台上与世人告别；作为一个山野老农，他就这样来实现自己的价值。一个人如果将自己的生命注入一种事业，那么生与死便不再有什么界限，他活着已经将自己的生命转化为另一样东西，他死了，这东西还永恒地存在。他是真正与山川共存，日月同辉了。达尔文和爱因斯坦都说过，生死于他们无所谓了，因为他们所要发现的都已发现。老人是这样的坦然，因为他的生命已转化为一座青山。

老人姓高，名富。这个普通的人让我领悟了一个伟大的哲理：青山是不会老的。

再次提到生死界限，并以伟大人物来比拟，来赞颂他们将生命注入一种事业的伟大与永恒。

篇末交代老人姓名，以示郑重与敬仰。以青山不老的双关，来赞誉老人。

阅读指导

　　上至王侯将相，下至山村无名之人，梁衡的笔触均表现出对人格的关切，对人性的关怀，对精神的挖掘上。面对以毕生精力来改变山河的护林老人高富，通过自己的观察，作者赞美了绿化荒山、矢志不移、默默奉献一生的普通人物。

　　在环境险恶的晋西北，西伯利亚大风常来肆虐的地方，干旱、霜冻、沙暴等一切与生命作对的怪物盘踞之地，在一个小山沟里，一位无名老者在六十五岁时组织了七位老汉开始治理山沟，十五年，绿化了八条沟，造了七条防风林带，三千七百亩林网。现在已有五人离世，他已八十一岁，老伴与他风雨同舟一生现已离世，女儿三番五次地回来接他去城里享清福，不走，他觉得自己生命的价值就是种树。

　　老人每天早晨起来抓把柴煮饭，带上干粮扛上锹进沟上山，晚上回来，吃过饭，抽袋烟睡觉。他知道终有一天早晨他会爬不起来，所以准备了棺材，棺材就是他价值结束时的归宿。去年冬天一次就从林业收入中资助村民每户买了一台电视机！但他还不满意，还有宏伟设想，还要栽树，直到他爬不动为止。

　　作者与这个手端一杆旱烟的瘦小老头平静地聊着，看着窗外参天的杨柳，看着沟里和山上依着一层层的树形成一层层的梯，听着老人对树根下的两米厚的淤泥的感叹，作者也不由得感叹："保住了这些黄土，我们才有这绿树。有了这绿树，我们才守住了这片土"，由此赞美老人，"一个人如果将自己的生命注入一种事业，那么生与死便不再有什么界限。他活着已经将自己转化为另一种东西；他死了，这东西还永恒地存在"。绿化黄山，人人知道重要，可有多少人有实际行动，又有多少人像老人一样常年如一。老人的精神如青山一样永恒。所以作者从这个普通的人身上领悟了一个伟大的哲理，"青山是不会老的"。

本文构思精巧，先由三国人物抬棺决战写起，来设置悬念，引起读者对小山沟里无名老人的兴趣。然后随作者去采访，但作者仍不写人，而是先写满眼的绿色，先感受小山"风一吹，树梢卷过涛声，叶间闪着粼粼的波"的绿色的海洋。然后再回顾晋西北险恶的环境，以此衬托来激起读者对无名老人更大的兴趣。这时作者再介绍老人治理荒山的经历，列举惊人的业绩，生活的简朴单一，以及老人的志向、决心，再加上作者一再用景物描写和人物典故来衬托，让读者随着作者的笔触而感受到老人的价值之巨大、人格之崇高。最后以独立段落，郑重推出老人的姓名，以示尊崇并赞扬其精神的伟大。

热 炕

神池是晋西北最高最冷的县。春三月里的一天，我来这里是为了访问一个乡村女教师。她的事迹很简单：在一盘土炕上教书已二十五年。一个年轻女子，隐居深山，盘腿坐炕，一豆青灯，几个顽童，二十五年。这是何等清贫、坚忍的炼丹修道式的生活啊，我一定要去看看。

车子进了山，在洪水沟里，在荆棘丛中颠簸，几头黄牛拦住了路，一阵寒风袭进了窗。翻上一个山头，早没有了路。朝南走，越走越窄，渐渐容不下四个车轮，急刹车，旁边已是万丈深渊，谷底阴坡上的几棵小柏树像盆景一般。退回去，再绕到北面走，却是一坡积雪。算了，下车步行吧，远处已经看见了炊烟。风像刀子一样专找着领口、袖口往里钻。山上除了残雪，就是在风中抖动的、如钢丝一样的枯草茎。

转过一个山坳，出现一道山梁，上面散摆着一些院落。村口的第一个院子就是学校，传出了孩子们清脆的念书声。我们刚踏进院子，一个中年妇女在窗玻璃上一闪，急忙迎了出来。她就是炕头小学的女教师贾淑珍。炕头上分三排盘腿坐着十三个孩子。一个个瞪着天真的眼睛，看着我们这些山外来客。炕下放着一溜小棉鞋。炕对面的椅子上靠着一块小黑板，上面写着汉语拼音。贾老师迎进我们说："天这么冷，你们好辛苦，快炕上坐。"一边让孩子们往炕里挤一挤。山里的冷天，家里最暖和的地方就是炕头，如同宾馆会客室里的正席沙发，是专让贵客的。我们不愿打扰这间小窑洞里的教学秩序，不肯上炕，她便对炕角的一个女孩班长说："把课文再抄一遍，抄完做二十页的练习题。"就让我们到她的窑洞里。这是在学校下面的又一座院子，五孔窑洞，和普通农家没有什么两样。

我盘腿坐在炕头上。双腿感到热乎乎的，身上的寒气渐渐被逼散。挨着炕沿是一口农村常见的二尺大锅，好像我们不是来采访的，而是来走亲戚，贾淑珍揭开锅盖，急慌慌地舀水、抱柴，要做客饭。一边又心疼我们穿得太少，不知山里冷。同来的几个年轻人不会盘腿，她也还是推着人家上炕。县里的同志劝她，还是抓紧时间说会儿话，北京的记者来一趟不容易。她却坚持，不做饭也要喝点水。我在一旁静静地观察着她，微胖的身子，忠厚的脸膛，执着的热情，再加上身下这盘热烘烘的土炕，一种似曾相识的意境回到我的身旁。我像在梦里，又回到了童年时的小山村。我忘不了，那时家里一来了客人就先说吃饭，以致后来进了城，不理解怎么来了客人只说抽烟。

久违了，这淳朴的乡情。久违了，这盘热烘烘的土炕。

贾淑珍终于被劝着放下柴火，坐到炕沿上，开始叙说她这段平凡的往事。

"那是一九六一年，我十七岁，刚从初中毕业，和张亮结了婚，来到这个村。全村不到二十户，没有学校。八九个娃娃，不是在村里爬树，就是在地里害庄稼。我给支书说，我念书不多，总还能看住个娃娃吧，比他们在村里撒野强。当时队里没有窑，我刚结婚，还没孩子，就把学校办到了我的洞房里。"

热情、体贴。

热烘烘的土炕，引发了作者的乡情，衬托贾老师的亲切。

补叙办学缘由，语气平淡，更显精神伟大。

143

"你爱人会同意吗？"

"他心好，说反正我白天劳动也不在家，炕上还坐不下十来个娃？就这样，娃娃们从各家有的拿来拉风箱的小板凳，有的拿来妈妈的梳头匣，抱在怀里，算是课桌。我把家里的一块杀猪案板洗了洗，刷上炕洞烟末当黑板，又把山上的白土碾成面，和上山药蛋粉，搓成条，就是粉笔。没有书，就回到娘家村里借，人家村子大，四十户，有个小学。"

条件艰苦，更显奉献和执着。

贾淑珍坐在炕边，像叙家常一样，追忆着往事。话里并没有多么崇高的理想，也没有多么宏伟的计划，更没有什么壮烈的举动。一切都顺乎自然，村里的娃娃没人管，自己就当看娃的；办起学校无教室，野惯了的孩子，撕了窗户，扯了炕席。地下，雨天、雪天两脚泥；冬天烧炕，还要出去打柴、搂草烧炕。同一盘炕上四个年级，有的上算术，有的上语文，有的爱打爱闹，有的胆小不敢说话。她都靠自己无私的心，靠慈母式的情，把这批野孩子带大一茬又一茬。从一九六二年开始办学，到现在已经二十五年了。只在那花烛洞房中的土炕上，就送走了十二茬学生。

二十五年的平淡执教，就是壮举了。

到一九七四年他们两口子盖了五间窑，又专门给学生留了两间。学生娃多了，一间窑已经放不下。直到一九八三年，村里富了，才专为学校盖了三孔窑。全村三十五岁以下的无不是她的学生。她教的第一批学生，他们的孩子又在她的炕头上毕业升到了初中。

土炕，我下意识地摸摸身下这盘热烘烘的土炕。这就是憨厚的北方农民一个生存的基本支撑点，是北方民族的摇篮。在这盘土炕上，人们睡觉、吃饭、纺线、织布。雨雪天男人们就坐在这里编筐、织席，晚间又常挤到谁家炕头上说古拉家常。这九尺炕头便是他们的生活舞台，世世代代他们就这样繁衍、生存、进步，而贾淑珍又在舞台上加进新的内容——教育。人呱呱落地，来到这炕上，不该光吃、睡和为生存而干活，还应该有文化、有精神文明。这个普通的女教师，你给炕赋予了新的含义。

　　我突然想到她自己的孩子怎么办呢？作为一个女人总要拉扯孩子，屎呀、尿呀，还不就是这一盘炕？

　　她说："现在的年轻人，生孩子产假就半年。我生这三个孩子都休息一周就上课。我那些孩子也怪，不怎么费人，课间十分钟，喂喂奶，换换尿布。不会爬时用枕头围在炕角，我们上我们的课。到会爬时，用绳子挂着，炕上地方不够啊。再大一点就放到地上，扶着炕沿走，看着炕上的娃们念书。再大一点，他也就盘腿坐在炕上了。所以我那些娃们都念书早，老二今年才二十岁，就要大学毕业了。"

　　"可是坐月子，总得有人来伺候，这里连人也转不开啊。"

　　贾淑珍脸上掠过一丝依稀的难以觉察的苦楚说："我六岁上就死了娘。张亮，在我认识他时，也早就无爹无妈了。我们是两个孤儿，没有什么亲人来伺候。"

　　我心里不觉一紧，难得这样的两个好人，两个苦命的人结合啊。他们很少得到父母的爱，却又最懂得这种爱。二十五年了，在这盘土炕上，他们连同自己的，共带大了四十二个孩子。可以想见，自己孩子嘤嘤的哭声和学生娃们琅琅的书声，是怎样组成这土炕上的交响乐的。孩子扶着炕沿，那双明亮的大眼睛是怎样好奇地瞪着炕上这么多

以炕喻人，发现了新颖的切入角度，赋予炕新的含义。

艰苦之至，令人心酸垂泪。

以艰苦衬托人物博大的爱。

哥哥姐姐，还有正在小黑板上写字的妈妈的。好一幅窑洞授课图！（那天下山后我向一位画家说起这次采访时，他直后悔当时没有跟我去，否则一定可以创作一幅好画。）

我问："张亮现在干什么？"

"他在十五里外的一个村里教书。"

"你为什么不和他调到一起？"

"我们这个村小，他回来吧，用不着两个。我去他那村吧，一走，学校也就停了。因为一九八三年以前，村里没有专门给学校盖窑。现在虽说有了窑，可谁想来呢？到乡里开一次会，回来就要爬两小时的坡。直到去年这个村才通了电。"

别人不愿来，她却舍不得走。事情总得有人干，是苦是亏，总得有人吃。自觉奉献，自觉牺牲，这就是她的人生哲学，平平静静，自自然然。

我问："张亮常回来吗？"

"也就是半个月开一次联校会议，见个面。有时星期日回来住一天。二月十一那天，他那个村里唱大戏，他回来问我去不去看戏。我们这个村小，自我嫁过来也没有请过剧团。我说去吧，可是一转念，这十几个娃娃怎么办？今年还有两个毕业生升学呢，缺不得课。算了，不看了，有甚好呢。"

我们就这样不紧不慢地拉着话。外面窗台上两只大芦花鸡正啄着窗玻璃。里面窗台上摆着一盆石榴，两盆月季，鸡要吃那绿叶子。阳光射到室内，在炕上投下一个明亮的大方块。屋子里比来时更暖和多了。隔着光线，我端详一下她的脸，已爬上不少皱纹。我计算她今年该是四十四岁，

虚实结合，用想象来刻画。

山乡艰苦，两地分居，写人物"自觉奉献，自觉牺牲"的人生哲学。越是语气平静，越显出人物的伟大。

虽然娱乐生活贫乏，但"算了，不看了，有甚好呢"，以自欺的语气来自我劝慰，更突出人物的牺牲精神。

以景衬情。

这正是一个女人的第二黄金年华。我过去采访过许多中年女科学家、女工程师，她们满腹学识正好配着那富态的身材，雍容的风度，春华虽过，却秋实满枝，生命正堪骄傲之时。至于这个年龄的演员，却还光彩犹存呢。可她至少像五十多岁。多年为人师表的严肃和山里生活的清苦，塑造了她这种谦虚、诚实、任劳任怨和略显憔悴的身影、风度。我心里只是莫名地为她惋惜和不平，但说出口的却是这么一句：

"山里生活这么多年，身子骨还好吧。"

"好甚哩。这眼睛都认不出人了。五百度的近视，人家小胡来过几次了，刚才一见，怎么也想不起。不知道的，还以为眼高哩。"说着，她揉揉眼眶，眼睛已经泪湿了，忙又解释一句："这眼不好，动不动就流泪。"

我想起刚才她说，村里直到去年才通电。二十五年，一豆油灯，一本一本地批改作业，哪有眼睛不坏的。

我说："近视，就该早点配副眼镜啊。"

"有哩，就是戴不出去。人家见了会说，看！当劳模了，神的，酸的，还戴个镜子。"

我们不禁"轰"的一声笑了。我说："怕什么，刚才在山下还看见一个赶驴车的农民戴着眼镜哩。再说，只近视也不该流泪啊。我就是五百度，你看，摘了镜子不是好好的。你怕是还有什么病呢。"

"是哩。六年前检查说是肝炎。进城打了个方，回来连吃了四十服，就再没去看。离不得，一进城少说也得七天，谁代课呢？山里人，身子能扛呢。"

贾老师这话教我大吃一惊，近年来不少中年人都死于

评议肖像，写出了贾老师为人师表的严肃和山里生活的清苦，她的谦虚、诚实、任劳任怨和略显憔悴的身影、风度，丰富和深化了人物形象，表达了作者的崇敬之情。

积劳成疾。

"山里人，身子能扛呢"，有病也不舍得去看病，生怕耽误孩子。这在城市里是不可想象的。在我们现在的贫困地区，这些民族的脊梁是的确存在的。

147

肝病，大都是累死的。我忙问："右肋下疼吗？"

"疼，有时像针扎。"

"背困吗？"

"累了，后背沟、腰就困。腿软，回联校开一次会，发愁得走不回来。"

"不是吓唬你，贾老师，你身上肯定有病呢。为了能够多教几茬学生，你也得看啊。"我想到可怕的后果，没有敢说出口。她还是那句话，没人代课。我抬头看看墙上的奖状和镜框里的大照片。她近七八年来，年年被评为地、省以上的劳模，到北京、省城开过会，领过奖。可怎么就没有顺便看看病呢？大凡这种人已经形成一个模式，只知工作，不顾身子，明知有病，不去想它。

我看看表，已近中午，想找她最早的几个学生谈谈。她说："最大的一茬学生才小我四岁，有的在县里、乡里都当干部了。有的当了老师，村里还有几个，这几天送粪哩，山道远，一时半会儿回不来。"

一个"逃"字，既写出了贾老师的热情，也写出了采访者一行的愧疚与关爱。

我想到山后面雪地里司机该等急了，便要起身告辞。她还是坚持要我们吃了午饭，我们赶紧逃了出来。

街上，一群妇女正在向阳处纳鞋底。我走过去问一个十七八岁的姑娘："贾老师教过你吗？"

"教过。哎，他也是贾老师的学生哩。"姑娘顺手指了指一个过路的小伙子。

妇女们七嘴八舌地说："贾老师可是好人哩！"

贾淑珍说："乡亲们好，就是出野地里拾点地皮菜、黑山药，回来也要给我送一碗。"

我们返回学校的窑洞前，邀她一起和孩子们照张相。她高兴地进屋唤孩子。小家伙们出溜出溜地奔下炕，赤着小脚片找自己的鞋。她却理理这个的头发，拉拉那个的领

148

子，还为一个最小的孩子挣了一把鼻涕，笑着说："看这样子，还照相哩。"

我再一次在旁偷偷地、静静地观察她。这哪里是一名教师，完全是个慈母，一个山里的母亲，她有四十二个孩子。

告别时，我还是提醒她要看病，又留一张名片，到城里有什么困难，我可以帮忙。她却一直念叨着，来了一趟，饭也没吃一口，又说风大，你们衣裳单，别着凉。快转过山坳时，我回身看了一眼，她还在风里向我们挥手。村民们的话又响在我耳旁："贾老师，好人哩。"这样的好人真不多啊，像一棵灵芝草，静静地藏在深山里。这个二十户的小村托了她的福啊！几十年来，有了一个她，全村就没有一个文盲，还出了两个大学生、两个中专生。都说教师是蜡烛，她就是这样默默地燃着自己，在这无人知晓的山里，在那盘农家最普通的土炕上。

语言和动作的细节描写，刻画了贾老师热爱学生的慈祥，以及一贯的慈爱作风。

回扣前文和标题。

149

阅读指导

  这是作者一九八七采访晋西北神池县的乡村女教师贾淑珍后写的新闻稿，他在文章的题记中写道："我自惭，我遗憾。我这个记者曾写过许许多多的人，可就是很少写她们。是因为她们实在太伟大却又太平凡了。事情平凡得让人无从下笔，可品格又是高尚得教人心颤。我每采访一次，心里就经历一次这样的矛盾和痛苦。"

  写小人物，为普通人立传，梁衡善于在"没有新闻的角落"，不断挖掘出一个又一个的新闻"富矿"。在作者看来，他们"虽然没有什么惊天动地的大功大业，但他们的人格却足以照亮所有的人……人格是人的世界观、价值观。人格虽与外在的功业无关，但人格的展示却要有外在的机遇，在这个机遇下，小人物也能发出异样的光彩"。

  这个蜗居在晋西北最高最冷的县的乡村女教师，在什么样的机遇下发出了什么异样的光彩？看到深山乡村的土里爬的野孩子，初中毕业的新婚的她，毅然在洞房的土炕办起了学校，这一干，就是二十五年，只在那花烛洞房中的土炕上，就送走了十二茬学生。二十五年，在这盘土炕上，他们连同自己的，共带大了四十二个孩子。可以想见，没有桌椅、没有黑板、没有粉笔、更没有课本，孤儿长大的她在没有任何经费的情况下，是怎样克服极其简陋的条件而担负起教育乡村孩童的重任。有了一个她，全村就没有一个文盲，还出了两个大学生、两个中专生，多么了不起的贡献。

  作者由衷地赞扬这位传播文化、传播精神文明的普通女教师，"事情总得有人干，是苦是亏，总得有人吃。自觉奉献，自觉牺牲，这就是她的人生哲学，平平静静，自自然然"，这是何等清贫、坚忍的炼丹修道式的生活，一位多么善良、慈爱、敬业、执着的乡村女教师。梁衡说："记者是月亮，你只有先捧起一个太阳，自身才能发出光芒"，他关注基层、关注民生的赤子之情，让我们看到了记者的光荣责任。

善于选择意象，从新的艺术视角来写人叙事，是本文的特色。抓住"土炕"这个特殊的教学场所，由眼前的土炕牵引出二十五年前的土炕，以此为背景牵引出二十五年来艰苦而温暖的教学坚守。这盘热烘烘的土炕，"就是憨厚的北方农民一个生存的基本支撑点，是北方民族的摇篮"，是乡村教育的摇篮，是中国教育的摇篮，也是中华民族的摇篮。作者以诗人的眼光抓住了这个意象，给土炕富有更广更深的含义，从而形象地突出了人物的精神和人格。

母亲石

"普通"与"深深打动"形成强烈反差。用一个情绪化的开头，更能吸引读者。

那一年我到青海塔尔寺去，被一块普通的石头深深打动。

这石其身不高，约半米；其形不奇，略瘦长，平整光滑；但它却是一块真正的文化石。当年宗喀巴就是从这块石头旁出发，进藏学佛，他的母亲每天到山下背水时就在这块石旁休息，西望拉萨，盼儿想儿。泪水滴于石，汗水抹于石，背靠石头小憩时，体温亦传于石。后来，宗喀巴创立新教派成功，塔尔寺成了佛教圣地，这块望儿石就被请到庙门

"请"一词表现了事业有成的儿子对母亲的感激与崇敬。

口。这实在是一块圣母石。现在每当虔诚的信徒们来朝拜时，都要以他们特有习惯来表达对这块石头的崇拜。有的在其上抹一层酥油，有的撒一把糌粑，有的放几丝红线，有的放一枚银针。时间一长，这石的原形早已难认，完全被人重新塑出了一个新貌，真正成了一块母亲石。就是毕加索、米开朗琪罗再世，也创作不出这样的杰作啊！

叙述石头的来历，从原形难辨和作者对它的称呼的变化，写出了人们和作者对这块石头的崇拜。

我在石旁驻足良久，细读着那一层层的，在半透明的酥油间游走着的红线和闪亮的银针。红线蜿蜒曲折如山间细流，飘忽来去又如晚照中的彩云。而散落着的细针，发出淡淡的青光，刺着游子们的心微微发痛。我突然想起自己的母亲。那年我奉调进京，走前正在家里收拾文件书籍，忽然听到楼下有"笃笃"的竹杖声。我急忙推开门，老母亲出现在楼梯口，背后窗户的逆光勾映出她满头的白发和微胖的身影。母亲的家离我住的地方有几里地，街上车水马龙，我真不知道她是怎样拄着杖走过来的。我赶紧去扶

细读母亲石，用词鲜明，比喻贴切，饱含深情。用比喻和拟人的手法突出了红线和银针的形状与色彩，表达了母亲石带给作者内心的触痛与心灵的震撼。自然过渡到下文，引出联想的内容。

她。她看着我，大约有几秒钟，然后说："你能不能不走？"声音有点颤抖。我的鼻子一下酸了。父亲文化程度不低，母亲却基本上是文盲，她这一辈子是典型的贤妻良母。小时每天放学，一进门母亲问的第一句话就是："肚子饿了吧？"菜已炒好，炉子上的水已开过两遍。大学毕业后先在外地工作，后调回来没有房子，就住在父母家里，一下班，还是那一句话："饿了吧。我马上去下面。"

我又想起我第一次离开母亲的时候。那年我已是十七岁的小伙子，高中毕业，考上北京的学校。晚上父亲和哥哥送我去火车站。我们出门后，母亲一人对着空落落的房间，不知道该做什么，就打来一盆水准备洗脚。但是直到几个小时后父亲送我回来，见她两眼看着窗户，两只脚搁在盆边上没有沾一点水。这是寒假回家时父亲给我讲的。现在，她年近八十，却要离别自己最小的儿子。我上前扶着母亲，一瞬间我觉得我是这世上一个最不孝顺的儿子。我还想起一个朋友讲起他的故事。他回老家出差，在城里办完事就回村里看老母亲，说好明天走前就不见了。然而，当他第二天到机场时，远远地就看见老母亲扶着拐杖坐在候机厅大门口。可怜天下父母心，儿女对他们的报答，哪及他们对儿女关怀的万分之一。

我知道在东南沿海有很多望夫石，而在荒凉的西北却有这样一块温情的望儿石，一块伟大的圣母石。它是一面镜子，照见了所有慈母的爱，也照出了所有儿女们的惭愧。

抓住母亲见儿的第一句话，来写母亲的慈爱。抓住人物常挂在嘴边的典型话语，刻画人物的典型动作和细节，是人物描写的重要手段。

由父母广博的慈爱，想到了子女难以报答，以"万分之一"的反差来衬托，写出了自己深深的感动和愧疚。

与望夫石作类比，以镜子的比喻，升华了这块石头的意义，总结了全文。

阅读指导

　　文章借物抒情，以母亲石为叙事线索，以对慈母之爱的赞颂为情感线索。由"我"在青海塔尔寺被一块真正的文化石打动写起，联想到离开母亲赴外地工作时母亲对我的不舍；还联想到第一次外出求学时母亲对我的牵挂与担忧；联想起朋友的母亲对回老家出差时看望自己儿子的不舍。表达对慈母之爱的赞颂之情，警醒并呼吁儿女们多关爱生养了自己不求回报的母亲。

　　文章精选细节，刻画生动感人。描写老母亲在楼梯口的特写镜头，刻画了母亲不舍得儿子离开自己身边的殷殷之情。年迈母亲的家离我住地有几里地，街上车水马龙，她是拄着杖走过来的，母亲不顾年老体弱，不畏距离之远，不惧路途之艰，为后文我油然而生的愧疚之情作铺垫，此情此景与《背影》中"望父买橘"的设计有异曲同工之妙。儿子离开，母亲一人对着空落落的房间，不知道该做什么，就打来一盆水准备洗脚，但是直到几个小时后，两只脚搁在盆边上没有沾一点水，外出求学的儿子霸占着母亲的胸膛，儿行千里母牵挂，此时无声无胜有声。

　　就是普通的词，在作者笔下也有无穷魅力。"这块望儿石就被请到庙门口""这实在是一块圣母石"，"实在"一词表"完全""确实"之意，强调"望儿石"被"儿子"请到庙门口时，"石"就是母亲的化身。所以人们来朝拜，朝拜的是对慈母的爱的感激与回报。"真正成了一块母亲石"，"真正"一词强调"母亲石"赋予的文化内涵已经深入人心。结尾段，"望夫石"多为传说与杜撰，所以"很多"；"望儿石"实乃一个真实的故事，没有复制与克隆，所以仅此一块。

"很多"与"这样一块"在数量上形成鲜明的对比，众多的"望夫石"只能在"凄美的爱情故事中"重复，而仅此一块的"望儿石"却传承着深厚的中华文明。"荒凉"表现的是外在环境，"温情"表现的是内在的情愫。与开头"被普通的石头深深打动"遥相呼应。

康定情歌背后的故事

南国冬日，冒着凛冽的海风，我来到福建惠安，看一个给全世界留下了永远的爱，自己却没有得到爱的人。三年前，我到川藏交界的康定，无意中知道那首著名的《康定情歌》的发现整理者是一位叫吴文季的人，原籍福建惠安。以后就总惦记着这件事，今天终于有缘来访他的故居和墓地。

在抗日战争时期，吴文季一身热血投奔抗日，在武汉参加了"战时干部训练团"，后又辗转重庆，考入中央音乐学院。学院停课期间，为生计他应聘到驻扎在康定地区的青年军教歌。这使他有机会到民间采风。康定地处汉藏文化的交接带，既有汉文化的敦厚，又有藏文化的豪放，尤其是音乐取杂交优势，更显个性。大渡河畔有一座跑马山，那是汉藏同胞，特别是青年男女节日里跑马对歌的地方，吴文季就是在这里采得这首情歌溜溜调的。随着抗战胜利学校内迁，这首歌也被带回南京。先是经加工配器在学院的联欢会上演出，引起轰动；当时的中国女高音歌唱家喻宜萱就将它带到巴黎的国际音乐节，于是这首歌又走遍世界。那是多么浓烈的爱情旋律啊！"世间溜溜的女子，任我溜溜地爱哟，世间溜溜的男子，任你溜溜地求。"从西部高原吹来的清风夹着草香，裹着这歌、这情，飘过原野，洒向广袤的大地。大渡河的雪浪和着它的旋律，一泻千里，冲出深山，流过平原，直入大海。

　　那天晚上我就宿在康定城里。这是一座高山峡谷中的小城，抗战时曾做过西康省的省会，因地处中国内地通往西藏直至印度的咽喉要道，当时是仅次于上海、天津的对外商埠。晚饭后在街上散步，随处可见历史的遗痕，老房子、商店里的旧家具，地摊上老画片，还有藏区常见的石头、骨头项链、小刀具等，许多外地游客在街上悠闲地转悠着，怀旧、淘宝。市中心修了一个休闲广场，华灯初上，喇叭里播放着《康定情歌》，还有那首有名的《康巴汉子》："康巴汉子呦……胸膛是野性和爱的草原，任随女人恨我，自由飞翔……"河水穿城而过，拍打着堤岸，晚风轻漾，百姓就在广场上和着这歌的旋律、浪的节拍翩翩起舞。不少游客按捺不住，也跳进队伍里，手之舞之，足之蹈之。那坦荡的爱浓烈的情，我现在想来心中还咚咚作响。《康定情歌》已被刻在大渡河边的石碑上，已登上各种演唱会，通过现代传媒手段传遍全球，甚至被卫星送上太空。但是，很少有人问一问，它的作者是谁？

广场上有人怀旧、众人热舞，以至传遍全球、送上太空，但却无人探问整理者是谁，从当今影响的角度来为整理者的悲剧做铺垫。

　　当我在大渡河边惊喜地知道了这首民歌的发现整理者时，立即就想探寻他的身世。几年来我到处搜求有关资料，而这却将自己推入到一种悲凉的空茫。

"悲凉的空茫"是文眼。由此转入探寻身世，揭示悲剧。

　　南京解放后，吴文季在一九四五年五月参加解放军，先后在二野文工团、西南军区文工团、总政文工团工作，曾任男高音独唱演员，领唱过《英雄战胜大渡河》等著名的歌曲。但因为有参加过"战干团"和曾到国民党部队教歌这一段经历，被认为不宜在总政文工团工作，于一九五三年遣送回乡。没有任何处分，也没有任何说法。

由历史牵连受到政治影响，"没有想到竟是一去不归"，一个"竟"字写出了世事无情，政治无情，写出了吴的天真，结局的凄惨。

天真的他以为下放劳动一二年就可返回北京。以至于他走时连行李都没有带全，一批宝贵的创作乐谱也寄存在朋友处。没有想到竟是一去不归。

那天，我从惠安县城出发，找到洛阳镇，又在镇上找到一条小巷。这巷小得仅容一人紧身通过，然后是一处破败的民房。房分前后室，我用脚量了一下，前室只有三步深，墙上挂着他的一张遗像，供少数知情而又知音的人前来瞻仰。地上则散乱地堆着一些他当年用过的农具，后室只能放下一张床，是他劳累一天之后，挑灯写歌的地方。吴回乡后，孤无所依，就吃住在兄嫂家，每日出工，参加集体劳动，业余帮镇上的中学辅导文艺节目，一时使该校节目水平大涨，居然出省演出。后来又安排他到地方歌舞团工作，还创作并排练了反映当地女子爱情的歌剧《阿兰》。他盼着北京有令召还，但日复一日，不见音讯。他哪里知道外面的政治气候正日紧一日，一九六二年北戴河会议大讲阶级斗争，一九六四年"四清"运动又开始清理阶级队伍。就这样，直到一九六六年五月一日他不幸病逝，也没有等到召回令，时年才四十八岁。

由小巷斗室、条件简陋来突出生活无依、事业无着，直至抱憾病逝。

参观完旧居，访过他的兄嫂，我坚持要去看看他的墓。村里人说，从来没有外地人，更没有北京来的人去看，路不好走。我的心里一紧，就更想去会一会那颗孤独的灵魂。开车不能了，我们就步行从一条蜿蜒的小路爬上一个山包，再左行，又是一条更窄的路。因为走的人少，两边长满一人多高的野草，一种大朵的黄花夹生其中。我问这叫什么花，领路的村民说："叫臭菊，到处是，很贱的一种花，常用来沤肥的。"我心里又是一紧，更多了一分惆怅。大

小路蜿蜒、行走困难，突出墓地荒凉、少人来访、死后孤独。路旁的臭菊，看似闲笔，实则别有深意，隐喻了吴文季的贡献和命运。

家在齐人深的野草和臭菊中觅路，谁也不说话，好像回到一个洪荒的中世纪。

转过一个小坡，爬上一个山坳，终于出现一座孤坟。浅浅的土堆，前面有一块石碑，上书吴文季之墓，并有一行字："他一生坎坷，却始终为自由而歌唱。"我想表达一点心意，就地采了一大把各色的野花，中间裹了一大朵正怒放的臭菊，献在他的墓前，深深地鞠了一躬。然后坐在坟前，听头上的风轻轻吹过，两旁松柏肃然，世界很静。我想陪这个土堆里的人坐一会儿，他绝不会想到有这样一个远方的陌生人来与他心灵对话。他整理那首情歌是在一九四四年左右，到现在已经六十多年，那是他精神世界中最明媚、灿烂的时刻。而他的死，并孤寂地躺在这里是一九六六年，也已半个世纪。他长眠后的岁月里，回忆最多的一定是在康定的日子，那强壮的康巴汉子、多情的藏族姑娘，那激烈的赛马、跳舞、歌唱、狂欢的场面。这是他一生中最美好的一瞬。

音乐史上的许多名曲都来自民间的采风，并伴有音乐家的传奇故事，它如大漠戈壁长风送来的驼铃，久久地摇荡着人们的心灵。吴文季的西康采风，很类似音乐家王洛宾的青海湖边采风，康定的藏族姑娘应该比青海的藏族姑娘更热辣奔放一些。王洛宾与卓玛曾有一鞭情，有相拥于马背，飞驰过草原，陶醉于绿草蓝天的浪漫，因而产生了那首名曲《在那遥远的地方》。我们也有理由猜想，在《康定情歌》后面，在鼓声咚咚、彩旗飘飘的跑马山上，或许也另有一个浪漫的故事。"世间溜溜的男子，任你溜溜地求哟"，难道吴家这样英俊的大哥

堆浅坟孤，但碑文含有深意，为后文做铺垫。作者与死者的心灵对话，定位在死者一生最美好的瞬间与半世纪的孤寂上，紧扣文眼。

以王洛宾的采风来模拟和遥想吴文季当年的热烈与浪漫。

就没有哪位姑娘在赛马时轻轻地抽他一鞭？那时他才二十四岁啊，正是花季。

我在墓边坐着，南国的冬天并不凋零，放眼望去，大地还是一样的葱绿。近处仍是没人深的野草和大朵的臭菊，远处有一座小山，我问叫什么山，陪同的人说不出具体的名字，倒讲了一个曾在山那边发生的著名的"陈三五娘"故事。啊，我知道《陈三五娘》是在闽南一带流传甚广的传统剧目，后来还拍成了电影。大意是穷文人陈三，在元宵灯会上与富家女子黄五娘邂逅相遇，互相爱慕。黄父却贪财爱势，将五娘允婚他人。陈三便和五娘私奔，终于找到了自己的幸福，这是一个闽版的《梁祝》。但我不知故事的原型却是在这里。讲故事者说，他们私奔的路线就是从那个山后转过来，一直朝这边，朝吴的墓地走来。吴文季在这里长大，又酷爱民间音乐，他一定看过这出戏。也许，他在这凄冷的墓里，还在一遍一遍地回味着这个故事。私奔是爱情题材中常有的主题，从司马相如与卓文君到《陈三五娘》，传唱不衰。但天上无云何有雨，地上无土怎长苗？当你处于一个不敢爱或不敢被人爱的环境或条件下时，你与谁私奔，又奔向何处呢？

由陈三、五娘私奔终于找到了幸福，来衬托吴文季的爱情不幸，引出对"一个不敢爱或不敢被人爱的环境或条件"的时代的拷问。

补写"大约是有一位女友的"，以大约的一丝的爱，来反衬时代的荒唐和人性的变异，来反衬吴文季一生和死后的孤寂。

吴文季所留资料甚少。他在总政文工团大约是有一位女友的，离京时，他的衣物、书籍，特别是一些乐谱资料还寄存在她处。但自从下放后，对方的回信就渐写渐少，最后终于音讯断绝。这大约是我们知道的他一生中唯一享受过的一丝的爱，像早春里吹过的一缕暖风，然后又复归消失。

山上的风大，不可久留，我起身下山，对地方上的朋友说："墓碑上的那句话应改为：他终身为爱情而歌唱，却没有得到过爱。"

改写碑文，表达惋惜之情，回扣文眼，强化悲剧主题。

阅读指导

　　作者到福建惠安，访问《康定情歌》的发现整理者吴文季的故居和墓地。由《康定情歌》的一炮走红及经久不衰、红遍全球，吴文季因历史经历而被遣送回乡却不被召回，由吴文季的生前死后的孤寂，来讲述一位歌者被时代抛弃、被世人遗忘的悲剧人生。歌颂了《康定情歌》整理过程中吴文季的热烈与浪漫的生命，感慨了时代时局的变迁与对普通人的误解，感慨了世人对贡献者的遗忘。时局和世情造成了吴文季的悲剧命运。

　　本文精于组织，巧于安排，善于运用衬托。回叙采写溜溜调的历史，以一唱世人惊反衬采集美的人被世人遗忘之憾。以广场热闹、歌传全球来反衬无人探问整理者是谁。由遣送回家时他的天真反衬结局的凄惨。小路蜿蜒、行走困难，衬托墓地荒凉、少人来访、死后孤独。作者与死者的心灵对话，也定位在死者一生最美好的瞬间与半世纪的孤寂。陈三、五娘私奔终于找到了自己的幸福，衬托吴文季的爱情不幸，引出对"一个不敢爱或不敢被人爱的环境或条件"的时代的拷问。以"大约"的一丝的爱，来反衬时代的荒唐和人性的变异，来反衬吴文季一生和死后的孤寂。

　　作者善于运用伏笔照应。去坟墓的路旁臭菊，"叫臭菊，到处是，很贱的一种花，常用来沤肥的"，引得作者的惆怅，看似闲笔，实则别有深意，"沤肥"比喻贡献，"很贱"比喻被时代抛弃、被世人遗忘，看似随意的一句话隐喻了吴文季的贡献和命运。作者墓前献花就裹了一大朵正怒放的臭菊，照应了前文，表达深深的含义。写堆浅坟孤前的碑文，结尾又以改写碑文来照应突出了对"一个不敢爱或不敢被人爱的环境或条件"的时代的拷问。

说兴趣

过去一说某名人怎么成才，总讲如何坚忍不拔、刻苦努力，其实这些都是有了兴趣之后的事。他能有成就，首先是因为他对那件事有兴趣。兴趣是什么？就是人追求完美事物的一种本能，没有听说过谁专门对丑的、坏的、恶的、苦的有兴趣。孩子对糖块有兴趣，姑娘对打扮有兴趣，青年对恋爱有兴趣，老人对忆旧有兴趣。人们对休闲、娱乐、美食、华服、好房子、好车都有兴趣，因为这样活着就舒服。但只满足于此也不行，时间长了就要退步，要堕落，于是人们对学习、开拓、创造也有兴趣。这样人类才会活得更美好。有兴趣，有各种各样的兴趣，是人的天性，人要学会开发自己的天性，要发现兴趣、保护兴趣、扩大兴趣。这不用专门去教、去辅导，你只要不压抑、不干扰它就行。就像水，一打开闸门就自然往下流；像烟，你一点燃就自然往上走。

信佛者到处拜佛，佛经上说，你不必拜，佛就是你自己，只要你想成佛，就能立地成佛。如果你能发现自己内心深处对某种事物的强烈兴趣，你就立地成佛，你想成为什么样子，就能成什么样子，这才是一个最厉害的秘密武器。老师、家长总是怕孩子不学习，总嫌孩子不努力，"新松恨不高千尺"，其实，你不要急，也不必"恨"，更不要那么"狠"，搞得孩子们眉头常皱，心存压力。你只需细心地去发现他到底对什么有兴趣，就像发现落叶下的一棵春笋，只需浇一点水，一回头，它就蹿高好几米。园丁的作用不是用剪子把花草剪整齐，而是用锄头把杂草锄干净。

生物学、人才学研究已经揭示，基因决定了每一个人身上都有某种特殊的才能。"天生我才必有用"，李白这句话是没有错的。兴趣是寂夜里飘着的萤火虫，常在你不经意时灵光一闪，有人及时捕捉到了自己的兴趣，有人却在兴趣敲门时木然无应，花自飘零水自流，错过了机遇。歌德的父亲安排歌德学法律，他却对文学、科学有兴趣；伽利略的父亲安排伽利略学医学，他却对物理、天文有兴趣。每一届诺贝尔奖公布后，记者总要向得主提这样一个问题："你为什么要从事这项研究？"大部分人的回答是"不为什么，就是因为对它感兴趣"。

在比喻论证之后，列举了名人事例，证明强烈的兴趣有助于成大事。

兴趣是人的天性，但要成就功德，还得将它转化为目标和毅力，不达目的绝不罢休。达尔文小时候对生物有兴趣，一次，他在野外看见一只未见过的甲虫，就用右手捉住；又见一只，即用左手捉住。这时又发现第三只，情急之下他将一只放入口中，腾出手来去捉第三只。不想嘴里那只甲虫放出一种辛辣刺激的液体，他"哇"的一声大叫，三只全跑了。可以看出，这时他的兴趣还是一种孩童式的天性。但是，由此出发，他后来毅然参加了贝格尔舰的环球考察，一走五年。每到一地，就采挖生物标本，托运回国。五年后他定居伦敦郊外潜心研究这些资料，冷板凳一坐就是二十年。一八五九年终于出版了《物种起源》，创立了进化论，是目标和毅力巩固和延伸了他的兴趣。

举达尔文的典型例子，论证怎样保持毅力。

如果要想有更大的成就，兴趣还得转化为责任和牺牲，特别是从事社会科学，必得担大责，才能有大成。比如许多文学少年，当初只是因语言优美、情节曲折而对文学产生兴趣，但真正要成为大作家，如鲁迅、如托尔斯泰，则非得有为时代、为民众立言的责任心不可。至于说到社会活动家更是要心忧天下，以身许国。兴趣只有在注入了目标和责任之后才算成熟，才能抗风雨，破逆境，到达胜利的彼岸。

总之，兴趣是成就人生的一粒种子，种瓜得瓜，种豆得豆。你先得找见自己的基因，是瓜还是豆，然后再说培育之事。有的人从一开始就没有弄清楚自己是瓜还是豆，或因环境所迫，瓜秧爬上豆架，满拧着长；有的人知道自己是瓜是豆，春风得意，却耐不过夏的煎熬，等不到秋天的丰收。只有那些像达尔文一样，一开始就认定要收获一颗大瓜的人，栉风沐雨几十年，才能享受到秋收的喜悦。

逐层推进，提出"如果要想有更大的成就，兴趣还得转化为责任和牺牲"。

以种瓜种豆来类比兴趣对成就人生的作用，形象化地总结上文的几个层次，生动、深刻。

165

阅读指导

　　文章由评论生活现象引出话题。然后就话题"兴趣"进行了理论阐释，并分层分类，这是议论文常做的工作，对要论述的概念进行阐释、辨析，使论题明确。然后提出要"发现兴趣、保护兴趣、扩大兴趣"的观点。之后论证兴趣的意义，"强烈的兴趣有助于成大事"。在分析"是什么""为什么"之后，作者的分析进入"怎么办"，"兴趣是人的天性，但要成就功德，还得将它转化为目标和毅力，不达目的绝不罢休"；"如果要想有更大的成就，兴趣还得转化为责任和牺牲"。最后总结上文的几个层次结束全文。文章结构严谨，层次清晰，逐层推进，论述深刻，是中学生可以借鉴的议论文结构。

　　第四段是个典型事例论证的好例子。列举的事例要集中，针对性强，不能将这个人物的其他无关事情随意引入，也不能对引入的事情的方方面面、枝枝节节都讲清楚。本段列举达尔文的例子，先是写达尔文小时候对生物有兴趣，举了他捉虫的趣事，以腾不出手就用嘴捉虫的典型细节来突出他兴趣之大。至于那是几岁时的事，家长在不在场，在哪里的野外，那是怎样的野外，作者都没有交代，因为那些事情与达尔文的兴趣关系不大。写他后来毅然参加了贝格尔舰的环球考察，突出了"一走五年""每到一地，就采挖生物标本，托运回国"，五年后他定居伦敦郊外潜心研究这些资料，又突出"冷板凳一坐就是二十年"，因为突出这些，就能佐证"是目标和毅力巩固和延伸了他的兴趣"。可见，举例子要有侧重点地引用相关材料，这个"侧重"就是要紧扣你想论证的那个观点。再者，举例子要有所分析，不能只把例子一抄，就强加论点。本段就在举例子时侧重分析了"兴趣""巩固""延伸"，这才使最后总结的论点有坚实的基础和依托。

　　结尾段是个很好的类比段，以种瓜种豆来类比兴趣对成就人生的作用，从找基因、培育与巩固，形象化地总结上文的几个层次，生动深刻，鲜明形象。

教材的力量

　　人民教育出版社建社六十周年了，约我以课文作者的身份谈点感想。我首先想到的是教材的力量。

交代写作缘由。

　　中小学教育就是要教学生怎么做人，而教材就是改变人生的杠杆，是奠定他一生事业的基础。记得我小学六年级时，姐姐已上高中，我偷看她的语文书，里面有李白的《静夜思》，白居易的《卖炭翁》，抒情、叙事都很迷人，特别是苏东坡的《赤壁赋》，读到里面的句子"清风徐来，水波不兴"，"纵一苇之所如，凌万顷之茫然"，突然感到平平常常的汉字竟能这样的美。大概就是那一刻，如触动了一个开关，我就迷上了文学，底定了一生事业的走向，而且决定了我缘于古典文学的文章风格。我高中时又遇到一位名师叫李光英，他对语文教材的诠释到了出神入化的境界。至今我还记得他讲《五人墓碑记》时扼腕而悲的神情，和讲杜甫《客至》诗时喜不自禁，随手在黑板上几笔就勾出一幅客至图。他在讲韩愈文章时说的一句话，我终生难忘。他说："韩愈每为文时，必先读一段《史记》里的文字，为的是借一口司马迁的气。"后来在我的作品中，随时都能找见当年中学课堂上学过的教材的影子，都有这种借气的感觉。好的教材无论是给教者还是学者都能留出研究和发挥的空间，都有一种无穷的示范力。我对课文里的许多篇章都能熟背，直到上大学时还在背课文，包括一些数千字的现代散文，如魏巍的《依依惜别的深情》。这些理解

以偷读姐姐的课本为例，说明教材是改变人生的杠杆，奠定一生事业的基础。

以高中名师对自己的作品的影响来说明好教材都有一种无穷的示范力。

并记住了的文字影响了我的一生。近几十年来，我也有多篇作品入选语文教材，与不少学生、教师及家长常有来往，这让我更深地感觉到教材是怎样影响着学生的一生。

我的第一篇入选教材的作品是散文《晋祠》，1982年选入初三课本。当时我是《光明日报》驻山西记者。地图出版社要创办一种名为《图苑》的杂志，报社就代他们向我约稿，后来杂志中途下马，这稿子就留下，在四月十二日的光明日报副刊发表了，当年就入选课文，算是阴差阳错。那年我三十六岁，这在"文革"十年内乱之后青黄不接的年代算是年轻人了，我很有点受宠若惊。多少年后我在人民日报社任副总编，一个记者初次见到我，兴奋地说，我第一次知道"璀璨"这个词就是学你的《晋祠》，他还能背出文中"春日黄花满山，径幽而香远；秋来草木郁郁，天高而水清"的对仗句。这大大拉近了我与年轻人的距离。我一生中没有当过教师，却总常被人叫老师，就因为课文里的那几篇文章。

一次，我在山西出差碰到一位年轻的女公务员，是黑龙江人。我说，你怎么这么远来山西工作？她说："上学时学了《晋祠》，觉得山西很美，就报考了山西大学，又嫁给了山西人，就留在这里工作。想不到一篇文章改变了我的人生。"那一年，我刚调新闻出版署工作，陪署长回山西出差去参观晋祠，晋祠文管所的所长把首长晾在一旁，却和我热情地攀谈，弄得我很不好意思。原来，他于中山大学毕业后在广州当教师，教了好几年的《晋祠》，终于心动，调回家乡，当了晋祠文管所的所长。他说，我得感谢你让我与晋祠结缘，又送我一张很珍贵的唐太宗《晋祠铭》的大型拓片。他说上午中宣部长刚来过，我都没舍得送他。《晋祠》这篇课文一直到现在还使用，大约已送走了三十届学生，这其中不知还有多少故事，可能以后还会改变一些人的人生轨迹。而我没有想到的另一个结果是，晋祠为此也大大增加了游客，带来了更大的知名度和经济效益。常有北京的一些白领，想起小时的课文，假日里就自驾游，去山西游晋祠。有了这个先例，不少风景名胜点，都来找我写文章，说最好也能入选课文。最典型的是贵州黄果树景区，我曾为他们写过一篇《桥那边有一个美丽的地方》，他们将文章印在画册里，刻成碑立在景区，印成传单散发，还不过瘾，一定要活动进课文。我说不大可能了，他们还是专门进了一趟北京，请人民教育出版社的同志吃了一顿饭，结果也没有下文。可见教材在人心目中的力量。

一篇《晋祠》被选入课本，就改变了一些人的人生轨迹，也给当地带来了更大的知名度和经济效益，来说明教材改变人生，教材在人们心目中的力量。

　　时隔二十一年后，二〇〇三年我的另一篇写瞿秋白烈士的散文《觅渡，觅渡，渡何处？》又被选入高中课本。对我来说，从山水散文到人物散文，是一次大的转换，这在读者中的反响则更为强烈。后来我的母校人民大学出版社就以《觅渡》为书名出了一本我的散文集，发行很好，连续再版。秋白是共产党的领袖，我的这篇文章却不是写政治，也不是写英雄，是写人格，写哲人。我本来以为这篇文章对中学生可能深了一些，但没有想到那样地为他们所喜爱。我们报社的一位编辑的朋友的孩子上高中，就转托他介绍来见我。想不到这个稚嫩的中学生跟我大谈党史，谈我写马克思的《特利尔的幽灵》。北京101中学的师生请我去与他们见面，他们兴奋地交流着对课文的理解。一个学生说："这是心灵的告白，是作者与笔下人物思想交以学生的评价为例，说明好教材能点燃学生的心灵，因而深受学生喜爱。

以《觅渡》打开图书市场、宣传先烈、提高当地知名度等方面来说明教材的力量。

汇撞出的火花，从而又点燃了我的心灵。"在小礼堂里，老师在台上问："同学们，谁手里有梁老师的书？"台下人手一本《觅渡》，高高举起，红红的一片。当时让我眼睛一热。原来这已形成惯例，一开学，学生先到对面的书店买一本《觅渡》。人民大学出版社的同志说："我们得感谢人民教育出版社，他们的一篇文章为我们的一本书打开了市场。"这篇课文还被制成有声读物发行，又被刻成一面十二米长、两米高的大石碑，立在常州瞿秋白纪念馆门前，成了纪念馆的一个重要景观，因此也增加了更多瞻仰者。胡锦涛等领导人也驻足细读，并索要碑文。研究人员说："宣传先烈，这一篇文章的作用超过了一本传记。"纪念馆旁有一所小学就名"觅渡小学"，常举行"觅渡"主题班会或讨论会，他们还聘我为名誉校长。因此还弄出笑话，因这所小学是名校，入学难，有人就给我写信，托我这个"校长"走后门，帮孩子入学。总之，这篇课文无论是传播秋白精神，还是附带提高当地的知名度都起了很大的作用。

我还有其他一些文章入选从小学到大学的各种课本和师生读本，有山水题材的，如《苏州园林》《清凉世界五台山》《夏感》，但以写人物的为多，如《大无大有周恩来》《读韩愈》《读柳永》，还有写辛弃疾的《把栏杆拍遍》，写诸葛亮的《武侯祠》，写王洛宾的《追寻那遥远的美丽》，写一个普通植树老人的《青山不老》，等等。而影响最大的是写居里夫人的《跨越百年的美丽》，分别被选进了十三个不同的教材版本中。其次是《把栏杆拍遍》入选华东师大版高中语文等七个版本，上海一个出版社以此为契机，专为中学生出版了一本我的批注本散文集，就名为《把栏杆拍遍》，已印行到第十一版。（我真的应该感谢《光明日报》，以上提到的十二篇入选教材或读本的文章其中有五篇是任《光明日报》记者时所写，或后来所写又发在该报上的。）这些文章主要是从精神、信念、人格养成方面指导学生，但读者面早已超出了学生而影响到教师、家长并走向社会。我的其他谈写作的文章被选入各种教师用书，有的老师从外地打长途来探讨教学。一个家长在陪女儿读书时看到课文，便到网上搜出我所写的文章，到书店里去买书，并激动地写了博客说："这是些充满阳光的，让孩子向上，让家长放心的文字。"有的家长把搜集到的我的文章寄给远涉重洋、在外留学的孩子，让他们正确对待困难、事业和人生。这也从另一方面反衬出目前社会上不利孩子成长，让家长不放心的文字实在不少，呼唤着作家、出版社的责任。

作者的多篇作品被选入教材，有的作品被选入多版教材甚至反复印刷、发行，读者面走向了社会，就是因为这些教材从精神、信念、人格养成方面能指导学生，让人向上。

　　同样是一篇文章，为什么一放到教材里就有这么大的力量呢？这是因为：一、教科书的正统性，人们对它有信任感；二、课文的样板性，有示范放大作用；三、课堂教育是制式教育，有强制性；四、学生可塑，而且量大，我国在校中小学生年约两亿。教材对学生的直接作用是学习语言文字知识，但从长远来看，其在思想道德方面的间接作用更大。这是一种力量，它将思想基因植入到青少年头脑中，将影响他们的一生，进而影响一代人，影响一个国家、一个民族。

总结教材的力量，对教材的作用进行了分类，更强调教材的思想性和人文性作用。

阅读指导

作者应约谈教材，就选择了"教材的力量"这个话题。作者先从中小学教育的基础性谈起，教材就是改变人生的杠杆，是奠定他一生事业的基础。又从作者自己受课文熏陶，谈到好的教材无论是给教者还是学者都能留出研究和发挥的空间，都有一种无穷的示范力。作者在近几十年来，有多篇作品入选语文教材，这让他更深地感觉到教材影响着学生的一生，转入正文，集中以自己的例子来说明教材的力量：教材改变人生，教材在人们心目中很有力量；好教材能点燃学生的心灵；能带动图书市场、宣传先烈、提高当地知名度；能从精神、信念、人格养成方面指导学生，让人向上。最后概括了教材的力量的原因，并在对教材作用分类的基础上，提出其在思想道德方面的间接作用。指出这种力量将思想基因植入到青少年头脑中，将影响他们的一生，进而影响一代人，影响一个国家、一个民族。

本文的写作特点是全文以作者的体验和经历为例，真切，说服力强。以第五段为例，人民大学出版社以《觅渡》为书名出了作者的散文集，连续再版，中学师生兴奋交流读后感，101中学的学生每届人手一册，出版社的感谢，常州瞿秋白纪念馆门前的大石碑，胡锦涛等领导人索要碑文，一篇文章胜过一本传记的赞誉，"觅渡小学"的主题班会，等等，充满故事性，很吸引人，充分说明了好教材的巨大力量。并且，在介绍时，作者注重点面结合，特别是"点"的细节给人印象深刻。

怎样区分低俗、通俗和高雅

一次谈文化，有人问什么是低俗、通俗和高雅？我一时语塞。如果凭感觉来回答，当然谁都知道，再往深说，有什么理论根据呢？我就赶快回来查书和旧日的读书笔记，于是有了一点新的梳理。

谈这个问题先得承认一个基本的事实：人是由动物变来的。

恩格斯在《自然辩证法》中说："在最初的动物中发展出脊椎动物，而在这些脊椎动物中，最后又发展出这样一种脊椎动物，在它身上自然界获得了自我意识，这就是人"。于是人就有了两面性：动物性与人性；物质性与精神性。一般来说，"俗"是指人动物性、物质性的一面；"雅"是指人性、精神性的一面。黑格尔在《美学》一书中将人与外部世界的关系分为三种。一是欲望关系，占有的欲望，如见美食就想吃，见好衣就要穿，一个猎人见了老虎就必定要捕杀它。欲望关系是以占有、牺牲对象为前提。二是研究关系，只想弄清对象的真相、规律，并不占有或牺牲它，这是科学的任务。如动物学家跟踪老虎，只是为了研究，绝不干涉老虎的行为。三是审美关系，只是欣赏，并不占有，也不想对它做更深研究。黑格尔称这为心灵的美感。它的特点是不把对象看作实用的个体，心中不起欲望，与其保持一定的距离，只生起一种愉悦的美感。如观众看演出，

由一次讲学时的语塞谈起，引起读者的兴趣和思考。

明确前提，做论述前的准备。独立成段，强调观点，层次清楚。

173

旅游者看山水。我们从欣赏角度看老虎，也只欣赏它的花纹、雄姿，而绝不会有捕杀的欲望或研究的耐心。

就是说人面对一物会有三念：占有的欲望、冷静的思考和愉悦的欣赏，就看你选择哪一种。这三种念头第一种源于人的动物性、物质性，可称为"俗"；第三种体现人的精神存在，可称为"雅"。俗与雅之间还有一个过渡地带，这就是"通俗"。

人自身的两面性与对外的三种关系，使人在行为方面产生了六种精神需求，也可称为阅读需求，从低到高分别是：刺激、休闲、信息、知识、思想和审美的需求。大致说来，前两项刺激、休闲是满足物质需求的，可归于"俗"；后两项思想和审美是满足精神需求的，可归于"雅"。中间两项比较模糊，兼而有之。但最低、最高的两项，即刺激与审美的需求却是很典型的。刺激就是勾起人的欲望，满足人的动物性，是最低的一档。这是一切黄色、凶杀、打斗、赌毒类低俗作品的心理基础和市场基础。过去我在新闻出版署工作，人们常问：扫黄、扫黄，为什么总是扫不完呢？它不可能扫完。只要人动物性的一面还存在，人与外界的欲望关系还在，它就要寻求刺激、发泄与满足。我们只能把它控制在最低限度：不公开传播，不以营利为目的，不危害青少年。相反，这六种需求的最高一档，即审美需求则是来满足精神的心灵的需要，常表现为纯艺术。其代表如已被历史洗练、陶冶过的唐诗、宋词、古典音乐、名画及一切经典作品，它没有任何物欲的刺激，全在净化心灵，这无疑是最高雅的。但是人们食人间烟火，正常的欲望还是要的，还得有作品去满足他的休闲需求、信息需求、知识需求等，这里有物质的也有精

由伟人和哲学大师对人与外部世界的关系的科学论述，来区分"俗""雅"和"通俗"。

"人自身的两面性与对外的三种关系，使人在行为方面产生了六种精神需求，也可称为阅读需求"，过渡句既总结了上文，又引出下文，使层次清楚。

从现象、实质，怎么办的角度来论述六种精神需求。

神的，这就是"通俗"。通俗的标准是不刺激人的欲望心理但又不脱离人的物质的现实。所以纯艺术、纯思辨性的作品不在通俗之列，它归于高雅；另一方面，纯刺激性的作品也不在通俗之列，它归于低俗，或名粗俗、庸俗。

上面我们从接受角度，即人接受作品时的"两面性、三种关系、六点需求"，谈了低俗、通俗和高雅的存在基础，这样我们就知道社会上为什么会有三类截然不同的作品，古今中外，概不如此。低俗的作品是从人的物质欲望出发，刺激并满足人的贪占、享用要求；高雅的作品是从愉悦人的精神出发，满足人的审美要求。低俗作品让人回归动物的、物质的一面；高雅作品让人升华精神的、道德的一面。

通俗则是低俗与高雅间的过渡地带。但我们一般说的通俗是有方向性的，它是指从高到低的过渡。就是说作品内在的思想、艺术（审美）水准已经很高，但是照顾到接受者的接受能力，兼顾到他的需求（通常叫大众需求），而采用了他能接受的方式。注意，这里的要害是"高起低落"，是从高雅的标准出发落实到一个通俗的效果，从而避免了低俗。如果反过来从低俗的标准出发，就会滑落得更低，而永远不可能达到通俗的效果。就像委派一个大学文化程度的教师去教小学，可以把小学生培养成人才；而委派一个小学文化程度的教师去教中学，则只能把人才教成废才。真正的好作品都是"高起低落"，深入浅出，专家学者看了不觉为浅，工人、农民读来不觉为深，这就是通俗。这方面著名的例子，文艺作品如中国的四部古典名著，现代作家老舍、赵树理的作品，哲学著作如艾思奇的《大众哲学》。

175

阅读指导

这是一篇概念辨析的思想随笔。写议论文、评论事物，有时要明确概念，将相邻的概念进行区分，本文提供了一个典型例子。作者先明确前提，"先得承认一个基本的事实：人是由动物变来的"，做论述前的准备。于是人就有了两面性：动物性与人性，物质性与精神性。进而分析人与外部世界的三种关系：欲望关系，研究关系，审美关系。人自身的两面性与对外的三种关系，使人在行为方面产生了六种精神需求：刺激、休闲、信息、知识、思想和审美的需求。作者进行了本源性分析，并对人与外部世界、内在精神需求方面进行了分类分层。在这个大背景和大视野下，本文要辨析的三个概念就有了相应归位，其内涵就容易确定了。占有的欲望源于人的动物性、物质性，可称为"俗"；愉悦的欣赏体现人的精神存在，可称为"雅"。俗与雅之间还有一个过渡地带，这就是"通俗"。低俗的作品是从人的物质欲望出发，刺激并满足人的贪占、享用要求，让人回归动物的、物质的一面；高雅的作品是从愉悦人的精神出发，满足人的审美要求让人升华精神的、道德的一面；通俗是指从高到低的过渡，它有方向性。

写议论文、评论事物，有时要将概念的内涵与外延做辩证分析。本文最后一段讨论了"通俗"的方向性，通俗的要害是"高起低落"，是从高雅的标准出发落实到一个通俗的效果，从而避免了低俗。这就使论述更严谨，观点更清晰。

阐释和辨析抽象概念时，可以联系生活现象、事例，使抽象的概念形象化，便于读者理解和把握。本文第三段黑格尔在《美学》一书中将人与外部世界的关系分为三种时所举的例子，第五段举例说明黄色、凶杀、打斗、赌毒类低俗作品总是扫不完。就是运用这种方法。

第三单元

享受自然

享受自然吧，这是一种美丽的生存。

晋　祠

　　出太原西南行五十里，有一座山名悬瓮。山上原有巨石，如瓮倒悬。山脚有泉水涌出，就是有名的晋水。在这山下水旁，参天古木中林立着百余座殿、堂、楼、阁，亭、台、桥、榭。绿水碧波绕回廊而鸣奏，红墙黄瓦随树影而闪烁，悠久的历史文物与优美的自然风景，浑然一体，这就是古晋名胜晋祠。

交代晋祠所在方位，概括两大特点，作为"文眼"总领下文。

　　西周时，年幼的成王姬诵即位，一日与其弟姬虞在院中玩耍，随手拾起一片落地的桐叶，剪成玉圭形，说："把这个圭给你，封你为唐国诸侯。"天子无戏言，于是其弟长大后便来到当时的唐国，即现在的山西做了诸侯。《史记》称此为"剪桐封弟"。姬虞后来兴修水利，唐国人民安居乐业。后其子继位，因境内有晋水，便改唐国为晋国。人们缅怀姬虞的功绩，便在这悬瓮山下修一所祠堂来祀奉他，后人称为晋祠。

简介晋祠的历史渊源。

　　晋祠之美，在山美、树美、水美。

先介绍自然三美。

　　这里的山，巍巍的如一道屏障，长长的又如伸开的两臂，将这处秀丽的古迹拥在怀中。春日黄花满山，径幽而香远；秋来草木郁郁，天高而水清。无论何时拾级登山，探古洞，访亭阁，都情悦神爽。古祠设在这绵绵的苍山中，恰如淑女半遮琵琶，娇羞迷人。

写山以比喻、拟人写其情态。

　　这里的树，以古老苍劲见长。有两棵老树，一曰周柏，一曰唐槐。那周柏，树干劲直，树皮皱裂，冠顶挑着几根青青的疏枝，偃卧于石阶旁，宛如老者说古；那唐槐，腰粗三围，苍枝屈虬，老干上却发出一簇簇柔条，绿叶如盖，微风拂动，一派鹤发童颜的仙人风度。其余水边殿外的松、柏、槐、柳，无不显出沧桑几经的风骨，人游其间，总有一种缅古思昔的肃然之情。也有造型奇特的，如圣母殿前的左扭柏，拔地而起，直冲云霄，它的树皮却一齐向左边拧去，一圈一圈，丝纹不乱，像地下旋起了一股烟，又似天上垂下了一根绳。其余有的偃如老妪负水，有的挺如壮士托天，不一而足。祠在古木的荫护下，显得分外幽静、典雅。

每个美景，总是将特点置于段首，醒目。

这里的水，多、清、静、柔。在园内信步，那里一泓深潭，这里一条小渠。桥下有河，亭中有井，路边有溪，石间有细流脉脉，如线如缕；林中有碧波闪闪，如锦如缎。这么多的水，又不知是从哪里冒出的，叮叮咚咚，只闻佩环齐鸣，却找不到一处泉眼，原来不是藏在殿下，就是隐于亭后。更可爱的是水清得让人叫绝。无论多深的渠、潭、井，只要光线好，游鱼、碎石，丝纹可见。而水势又不大，清清的波，将长长的草蔓拉成一缕缕的丝，铺在河底，挂在岸边，合着那些金鱼、青苔、玉栏倒影，织成了一条条的大飘带，穿亭绕榭，冉冉不绝。当年李白至此，曾赞叹道："晋祠流水如碧玉，百尺清潭泻翠娥。"你沿着水去赏那亭台楼阁，时常会发出这样的自问：怕这几百间建筑都是在水上漂着的吧！

一个层层递进，转入历史文物之美——古建筑三绝。

然而，最美的还是祖先留给我们的文化遗产。这里保存着我国古建筑的"三绝"。

180

一是圣母殿。这是全祠的主殿，是为虞侯的母亲邑姜所修的。建于宋天圣年间，重修于宋崇宁元年（一一〇二年），距今已有八百八十年。殿外有一周围廊，是我国古建筑中现在能找到的最早实例。殿内宽七间、深六间，极宽敞，却无一根柱子，原来屋架全靠墙外回廊上的木柱支撑。廊柱略向内倾，四角高挑，形成飞檐。屋顶黄绿琉璃瓦相扣，远看飞阁流丹，气势雄伟。殿堂内宋代泥塑的圣母及四十二尊侍女，是我国现存宋塑中的珍品。她们或梳妆、洒扫，或奏乐、歌舞，形态各异，人物形体丰满俊俏，面貌清秀圆润，眼神专注，衣纹流畅，匠心之巧，绝非一般。

二是殿前柱上的木雕盘龙。这是我国现存最早的盘龙殿柱。雕于宋元祐二年（一〇八七年）。八条龙各抱定一根大柱，怒目利爪，周身风从云生，一派生气。距今虽近千年，仍鳞片层层，须髯根根，不能不叫人叹服木质之好与工艺之精。

三是殿前的鱼沼飞梁。这是一个方形的荷花鱼沼，却在沼上架了一个十字形的飞梁，下由三十四根八角形的石柱支撑，桥面东西宽阔，南北翼如。桥边栏杆、望柱都形制奇特，人行桥上，随意左右，如泛舟水面，再加上鱼跃清波，荷红映日，真乐而忘归。这种突破一字桥形的十字飞梁，在我国现存的古建筑中是仅有的一例。

以圣母殿为主的建筑群还包括献殿、牌坊、钟鼓楼、金人台、水镜台等，都造型古朴优美，用工精巧。全祠除这组建筑之外，还有朝阳洞、三台阁、关帝庙、文昌宫、胜瀛楼、景清门等，都依山傍水，因势砌屋，或架于碧波之上，或藏于浓阴之中，糅造化与人工一体。就是园中的

刻画宋代泥塑，从形态、形体、眼神、衣纹等方面简笔勾勒，形神毕现。"珍品""最早""仅有"，来写古建筑三绝的历史悠久、艺术水平之高的特点，自豪之情溢于言表。

用石雕小和尚、大虎，以点带面，来具体刻画园中小品的传神和精致，以突出晋祠的文物之美。

许多小品，也极具匠心。比如这假山上本有一挂细泉垂下，而山下却立了一个汉白玉的石雕小和尚，光光的脑门，笑眯眯的眼神，双手齐肩，托着一个石碗，那水正注在碗中，又溅到脚下的潭里，却总不能满碗。和尚就这样，一天一天，傻呵呵地站着。还有清清的小溪旁，突然跑来一只石雕大虎，两只前爪抓着水边的石块，引颈探腰，嘴唇刚好埋入水面，那气势好像要一吸百川。你顺着山脚，傍着水滨去寻吧。真让你访不胜访，虽几游而不能尽兴。历代文人墨客都看中了这个好地方，至今山径石壁、廊前石碑上，还留着不少名人题咏。有些词工句丽，书法精湛，更为湖光山色平添了许多风韵。

这晋祠从周唐叔虞到任立国后自然又演过许多典故。当年李世民就从这里起兵反隋，得了天下。宋太宗赵光义，曾于太平兴国四年（九七九年）在这里消灭了北汉政权，从而结束了中国历史上五代十国的分裂局面。一九五九年陈毅同志游晋祠时兴叹道："周柏唐槐宋献殿，金元明清题咏遍。世民立碑颂统一，光义于此灭北汉。"

突出晋祠的人文价值。

晋祠就是这样，以她优美的身躯来护着这些珍贵的历史文化。她，真不愧为我国锦绣河山中一颗璀璨的明珠。

以拟人和比喻来照应开头，总结全文。

阅读指导

　　文章短小精悍，不蔓不枝，紧紧围绕"优美的自然风景""悠久的历史文物"两个方面来介绍和描写晋祠之美。层次清晰，结构完整。

　　作者善于抓住景物的特点，寥寥数笔，就能形神兼备。如写周柏，有树干整体形象，有树皮和冠顶疏枝的局部刻画，有形态的描写，再加上"宛如老者说古"的类比，使周柏情形毕现，真切感人。作者还善于以点带面，以局部具体的形象感受来帮助读者获得整体感，如写晋祠园中小品就采撷了两处作为代表，给读者以"极具匠心"的整体印象，从而使读者对整个晋祠建筑的优美工巧有了形象化的感受。再者，作者善于从整体形象的角度来概括景物特点，如介绍每处景物时，总是先将景物特点揭示出来，简洁、精准、鲜明，给读者深刻印象。

　　作为游记，本文善于将历史知识与眼前景物有机结合，使读者对晋祠的来龙去脉、历史沿革有全局了解，也有助于深入体会景物的美和文物的价值。记叙描写相结合，增强了文章的趣味性，增添了观景长知识提智慧的旅游价值。

　　文章语言深受中国古典文学的影响，古朴、典雅。如"春日黄花满山，径幽而香远；秋来草木郁郁，天高而水清"，让人想起欧阳修《醉翁亭记》的语句，读来古色古香，又新颖清新。

吴县四柏

一千九百多年前，东汉有个叫邓禹的大司马在今天苏州吴县栽了四棵柏树。经岁月的镂雕陶冶，这树竟各修炼成四种神态。清朝皇帝乾隆来游时有感而分别命名为"清""奇""古""怪"。

"修炼"一词，拟人手法，令人新奇；皇帝的命名，独具特色。开篇就激起读者的兴趣。

最东边一棵是"清"。近两千年的古树，不用说该是苍迈龙钟了。可她不，数人合抱的树干，直直地从土里冒出，像一股急喷而上的水柱，连树皮上的纹都是一条条的直线，这样一直升到半空中后，那些柔枝又披拂而下，显出她旺盛的精力和犹存的风韵。我突然觉得她是一位长生的美人，但她不是那种徒有漂亮外貌的浅薄女子，而是满腹学识，历经沧桑。要在古人中找她的魂灵，那便是李清照了。你看那树冠西高东低，这位女词人正右手抬起，扶着后脑勺，若有所思。柔枝拖下来，风轻轻拂着，那就是她飘然的裙裾，"险韵诗成，扶头酒醒，别是闲滋味"。

由古树美好的形态，想到了长生的美人，想到了李清照。虚实结合，传神地刻画了"清"之美。

西边一棵曰"奇"。庞然树身斜躺着，若水牛卧地，整个树干已经枯黑，但树身的南北两侧各披挂下一片皮来，就只那一片皮便又生出许多枝来，枝上又生新枝，一直拖到地上，如蓬蒿，如藤萝，像一团绿云，像一汪绿水，依依地拥着自己的命根——那截枯黑的树身。就像佛家说的她又重新转生了一回，正开始新的生命。黑与绿，老与少，生与死，就这样相反相成地共存。你初看她确是很怪的，

由树的黑与绿，想到生命的生死轮回。这树"奇"得有理。

但再细想，确又有可循的理。

北边一棵为"古"。这是一种左扭柏，即树纹一律向左扭，但这树的纹路却粗得出奇，远看像一条刚洗完正拧水的床单，近看树表高低起伏如沟岭之奔走蜿蜒，贮存了无穷的力。树干上满是突起的肿节，像老人的手和脸，顶上却挑出一些细枝，算是鹤发。而她旁边又破土钻出一株小柏，柔条新叶，亭亭玉立。那该是她的孙女了。我细端详这柏，她古得风骨不凡，令人想起那些功勋老臣，如周之周公，唐之魏徵。

还有一棵名"怪"。其实，她已不能算"一棵"树了。不知在这树出土的第几个年头上，一个雷电，将她从上至下劈为两半，于是两半树身便各赴东西。她们仰卧在那里相向怒目，像是两个摔跤手同时跌倒又各不服气，正欲挣扎而起。长时间地雨淋使树心已烂成黑朽，而树皮上挂着的枝却郁郁葱葱，缘地而走。你细找，找不见她们的根是从哪里入土的。根就在这两片裸躺着的树皮上。白居易说原上草是"野火烧不尽"，这古柏却"雷电击又生"。她这样倔，这样傲，令人想起封建士大夫中与世不同的郑板桥一类的怪人。

这四棵树挤在一起，一共占地也不过一个篮球场大小，但却神志迥异地现出这四种形来，实在是大自然的杰作。那"清"柏，像是扎根在什么泉眼上，水脉好，土气旺，心情舒畅。那"古"柏，大约根须被挤在什么石缝岩隙间，未出土前便经过一番苦斗，出土后还余怒未尽。那"奇""怪"二柏便都是雷电的加工，不过雷刀电斧砍削的部位、轻重不同，她们也就各奇各怪。真

老树已是风骨不凡，新株相衬，更是"古"若功勋老臣。只有拟人的想象，才能写出树的神韵。

"雷电击又生"的倔、傲，确实只有郑板桥之类的"怪"才可比拟。

是天雕地塑,岁打月磨,到哪里去找这有生命的艺术品呢?而且何止艺术本身,你看她们那清、奇、古、怪的神态,那深扎根而挺其身的功力,那抗雷电而不屈的雄姿,那迎风雨而昂首的笑容,那虽留一皮亦要支撑的毅力,那身将朽还不忘遗泽后代的气度,这不都是哲理、思想与品质的含蓄表现吗?大自然本身就是一部博大的教科书,我们面对它常常是一个小学生。我想应该让一切善于思考的人来这树下看看,要是文学家,他一定可以从中悟到一些创作的规律,《唐诗》《聊斋》《山海经》《西游记》不是各含清、奇、古、怪吗?要是政治家,他一定会由此联想到包公那样的清正,贾谊那样的奇才,伯夷、叔齐那样的古朴,还有扬州八怪等那些被社会扭曲了的怪人。就是一般的游人吧,到此也会不由地停下脚步,想上半天。云南石林里那些冰冷的石头都会引起人种种联想,何况这些有生命的古树呢?她们是牵着一条历史的轴线,从近两千年以前的大地上走来的啊!

继续描写和赞美这四件艺术品,有生命,是哲理、思想与品质的含蓄表现。排比了几种假设,赞扬了古树给人的启迪和教益,令人深思,感情充沛。

阅读指导

梁衡山水散文之工，主要表现在层次明晰、结构匀称上。这篇《吴县四柏》，先是总写吴县四棵古柏树分别有"清""奇""古""怪"的特点。接着四段分写这四棵树：最东边一棵"一直升到半空中后，那些柔枝又披拂而下"，树冠西高东低，如李清照在行吟；西边一棵，树身斜躺，树干枯黑，树身南北两侧各披挂下一片皮，皮又生枝，枝又生新枝，一直拖到地上拥着自己的命根；北边一棵，树纹一律向左扭，纹路粗得出奇，树干上满是突起的肿节，顶上却挑出一些细枝；还有一棵，两半树身仰卧，相向怒目，树心已烂成黑朽，而树皮上挂着的枝却郁郁葱葱，缘地而走。最后一段概括和升华，不仅是艺术品，而且"那深扎根而挺其身的功力，那抗雷电而不屈的雄姿，那迎风雨而昂首的笑容，那虽留一皮亦要支撑的毅力，那身将朽还不忘遗泽后代的气度"，"都是哲理、思想与品质的含蓄表现"。

作者的散文求工，还表现在追求由景及情再及理上。从全文看，作者写树及人，表达了他对人与自然命运相关性的深入思考。

作者的散文求工，还表现在语言考究上。善用比喻和比拟，形象生动表现了四柏的神态和品性，如写"怪"，"雷电击又生"的倔、傲，确实只有郑板桥之类的"怪"才可比拟。多用短句和对句，使语言表达情感充沛，富有韵律和节奏感。如赞美四柏具有哲理、思想和品质时，运用了排比，增强了崇敬之情与表达的气势。

冬日香山

反常季节登临，才有非同寻常的收获。开篇两句反问，勾起读者兴趣。

要不是有公务，谁会在这天寒地冻的时节来香山呢？可话又说回来，要不是恰在这时来，香山性格的那一面，我又哪能知道呢？

开三天会，就住在公园内的别墅里。偌大个公园为我们独享，也是一种满足。早晨一爬起来我便去逛山。这里，我春天时来过，是花的世界；夏天时来过，是浓阴的世界；秋天时来过，是红叶的世界。而这三季都游客满山，说到底是人的世界。形形色色的服装，南腔北调的话音，随处抛撒的果皮、罐头盒，手提录音机里的迪斯科音乐，这一切将山路林间都塞满了。现在可好，无花、无叶、无红、无绿，更没有人，好一座空落落的香山，好一个清净的世界。

果然反常。继续渲染。点出"清静"文眼。

过去来时，路边是夹道的丁香，厚绿的圆形叶片，白的或紫色的小花。现在只剩下灰褐色的劲枝，头挑着些已弹去种子的空壳。过去来时，林间树下是厚厚的绿草，茸茸地由山脚铺到山顶；现在它们或枯萎在石缝间，或被风扫卷着聚缠在树根下。过去来时，山坡上是些层层片片的灌木，扑闪着已经霜红的叶片，如一团团的火苗，在秋风中翻腾；现在远望灰蒙蒙的一片，其身其形和石和土几乎融在一起，很难觅到它的音容。如果说秋是水落石出，冬则是草木去而山石显了。在山下一望山顶的鬼见愁、黑森森的石崖、蜿蜒的石路，历历在目。连路边的巨石也都像

仿苏轼"水落石出"造词句，简洁、清新、新奇，别有风味。

是突然奔来眼前，过去从未相见似的。可以想见，当秋气初收，冬雪欲降之时，这山感到三季的重负将去，便迎着寒风将阔肩一抖，抖掉那些攀附在身的柔枝软叶，又将山门一闭，推出那些没完没了的闲客。然后正襟危坐，巍巍然俯视大千，静静地享受安宁。我现在就正步入这个虚静世界。苏轼在夜深人静时去游承天寺，感觉到寺之明静如处积水之中，我今于冬日游香山，神清气朗如在真空。

与春夏相比，这山上不变的是松柏。一出别墅的后门就有十几株两抱之粗的苍松直通天穹。树干粗粗壮壮，溜光挺直，直到树梢尽头才伸出几根遒劲的枝，枝上挂着束束松针，该怎样绿还是怎样绿。树皮在寒风中呈紫红色，像壮汉的脸。这时太阳从东方冉冉升起，走到松枝间却寂然不动了。我徘徊于树下又斜倚在石上，看着这红日绿松，心中澄静安闲如在涅槃，觉得胸若虚谷，头悬明镜，人山一体。此时我只感到山的巍峨与松的伟岸，冬日香山就只剩下这两样了。苍松之外，还有一些幼松，栽在路旁，冒出油绿的针叶，好像全然不知外面的季节。与松做伴的还有柏树与翠竹。柏树或矗立路旁，或伸出于石岩，森森然，与松呼应。翠竹则在房檐下山脚旁，挺着秀气的枝，伸出绿绿的叶，远远地做一些铺垫。你看他们身下那些形容萎缩的衰草败枝，你看他们头上的红日蓝天，你看那被山风打扫得干干净净的石板路，你就会明白松树的骄傲。他不因风寒而筒袖缩脖，不因人少而自卑自惭。我奇怪人们的好奇心那么强，可怎么没有想到在秋敛冬凝之后再来香山看看松柏的形象。

当我登上山顶时回望远处，烟霭茫茫，亭台隐隐，脚

冬日香山，如闭关静修的老僧，真是个虚静世界。拟人手法，使景物富有情趣。

相看两不厌，只有冬香山了。作者以自己的澄静来突出山的巍峨与松的伟岸。

189

以山水画来比喻风景，更显冬日香山的本质和风骨。

下山石奔突，松柏连理，无花无草，一色灰褐，好一幅天然焦墨山水图。焦墨笔法者舍色而用墨，不要掩饰只留本质。你看这山，他借着季节相助舍掉了丁香的香味、芳草的倩影、枫树的火红、还有游客的捧场。只留下这常青的松柏来做自己的山魂。山路寂寂，阒然无人。我边走边想，比较着几次来香山的收获。春天来时我看她的妩媚，夏天来时我看她的丰腴，秋天来时我看她的绰约，冬天来时却有幸窥见她的骨气。她在回顾与思考之后，毅然收起了那些过眼繁花，只留下这铮铮硬骨与浩然正气。靠着这骨这气，她会争得来年更好的花，更好的叶，和永远的香气。

香山，这个神清气朗的冬日。

阅读指导

提到香山，人们的印象都是它满山的红叶，但这篇散文却选择了冬日香山这一角度来写，全文以作者冬游香山的游踪为线索，把一路所见到的夹道的丁香、层层片片的灌木、黑森森的石崖、蜿蜒的石路、路旁的巨石、不变的松柏、山脚旁的翠竹、茫茫的烟霭、隐隐的亭台慢慢写来，以对香山的山石、松柏的描写为主体，突出冬日下的特点，写出了对冬日香山独特的发现，即铮铮铁骨与浩浩正气的一面。

由于选择的视角独特，所以作者要将冬日与春夏秋相比较。香山冬日表现出来的是铮铮硬骨与浩浩正气的"那一面"，香山的另一面性格就是春、夏、秋三季的妩媚、丰腴、绰约的美感。只有比较才能突出冬日的特点。但同是比较，作者用笔也有所选择。把冬同春夏秋三季比较，是因为春夏秋都能突出冬日香山的"清、静""草木去而山石显"的特点；只把春夏与冬比较，是因为只有春夏能突出香山"草木变"而"松柏不变"的特点，而"秋"在这点上与冬相近，不能突出冬日香山的这一特点。

作者描写景物，手法多样。提到苏轼夜深人静时游承天寺的内容，采用的是模拟的方法，让读者十分真切地感受到作者冬游香山的那份"神清气朗"的感觉。"这时太阳从东方冉冉升起，走到松枝间却寂然不动了。"寂然不动"显然有违常理，但确是作者体察细微、描写生动的体现。从视觉看，由于树高大，因而短时间内难以看出它移动。从心境看，表现出作者内心澄静、安闲，天地如同静止了一般的心境。"她在回顾与思考之后，毅然收起了那些过眼繁花，只留下这铮铮硬骨与浩然正气"，以拟人手法，用"毅然"一词，形象生动地突出了冬日香山与春夏秋时香山的不同特点，并用"妩媚""丰腴""绰约"，与"骨气""铮铮硬骨与浩然正气"来赋予四季的香山以人格魅力。

在印度看乞讨

尽管我们受到了特殊的礼遇，尽管这里的风光是平生从未见过的美，但是在将离开印度时，我们几个人都发誓不愿再来第二次了。我们实在受不了那一双双总是在你面前晃着的乞讨的手。

开篇发誓，设置悬念。

七日凌晨三时到德里，住五星级阿育王饭店。旅途劳顿，蒙头大睡，早晨醒来一开门，两个白衣黑汉（印度的饭店全是男服务员）就进来打扫。我们下楼吃饭，回来时房间已收拾好，这时他们又进来挥着大抹布比画着说："打扫一下好吗？"我点头表示同意。他不打扫，出去一趟，又敲门进来，又比画一下，我又点头，他又不打扫，出去又回来。这样骚扰再三，我终于明白是来要小费的。但刚下飞机，饭店银行还未开门，卢比换不出来。一大早我们同行的几个人都受到这种反复地"问候"。直到换来钱，发了小费我们才有了一点自由，才能静下来观察一下这座以印度历史上的秦始皇命名的豪华的饭店。

加引号的问候，就是骚扰，实质上是为了几个小费。用豪华饭店的盛名来反衬讨要小费的"乞讨"。

一会儿，使馆同志来约去看看市容。浓绿阔叶的参天巨木，沿街随意怒放的玫瑰，嫩细的草坪，使我们顿生新奇兴奋之感。沿着总统府前气势雄浑的大道，我们漫步到印度门下。这是一座如巴黎凯旋门式的纪念碑建筑，我掏出相机，仰头辨认着门楣上的字迹，准备作一会儿历史的沉思，身后却响起清脆的小锣声，回头一看，一个精瘦的黑汉子牵着两只猴子，龇着一口白牙，不知何时已蹲在我们身后的草坪上，那两只猴子正围着他挤眉弄眼地转圈。他一见我们回头，便招手请照相。陪同连说："那是讨钱的。"话音未落，快门已按，那汉子早起身伸手，那两只小精灵也立即停止舞动，静静地伺立两旁。我们猝不及防，只好掏出十个卢比，打发走玩猴人，重又抬头研究印度门的历史。忽然背后又响起呜呜的笛声，又一个头上缠着一大团花布的汉子，不知何时已盘膝坐在我们身后，他面前摆着一个小竹盘，盘中蜷缩着一条比拇指还粗些的长蛇。那蛇随着笛声将头挺起一尺高，吐出长长的信子，样子十分凶残。思古幽情让这一猴一蛇是给彻底吹掉了，况且我们刚才匆匆出来，也没有换几个零钱。大家便准备上车走路。但那玩蛇的汉子却拦住路不肯放行，说少给一点也行，又突然将夹在腋下的竹盘一翻，那蒙在布里本来蜷成一盘的蛇突然人立前身，探头吐信，咄咄逼人。汉子脸上涎笑着，一手托蛇，一手伸着要钱，没办法，又投下十个卢比，我们慌慌而去。

> 从小猴的密切配合，可以看出对乞讨，它们也熟悉了。

> 不仅思古幽情没了，还受到乞讨的威胁和恐吓。

从印度门出来到红堡，这是一座印度末代王朝的皇宫。门口熙熙攘攘，卖水果的，卖孔雀毛的，卖假胡子的，拦住路非要给你剪个影不可的，五光十色，喊声不绝，像一锅冒着热气的八宝粥。这回有了经验，不管什么人上来，连声"NO，NO"，目不旁视。但是当我们从堡内出来，又有几个人拥了上来，非要领你到停车场不可，真是笑话，我们自己刚才停的车，还用别人领路？但是不行。特别是一个拄拐的残腿青年，你左突右冲，他东拦西堵，而且故意在你面前晃动那条半截腿。只好给他十个卢比。拿了卢比也不领路了，我们自己去上车，这简直有点强夺了。

从红堡出来去看甘地墓，进墓地要脱鞋，门口早有一堆人争着给你看鞋子，又是十卢比。接着看比拉庙，在印度凡进庙和旧王宫、城堡之类的地方都要脱鞋，于是给人看鞋，成了最方便的要钱行业，类似北京街上存车的老太太，见车就收钱。这里是见鞋就收钱，而且你非脱鞋不可，不给钱不行。比拉庙前又被敲了一次竹杠。这座庙是全石建筑，太阳晒得石板火烫，我们赤着脚，龇咧着嘴，正想欣赏一下各种雕像，一个穿黄衣、持竹棍的警察（印度警察的警棍是一根一米长的普通竹竿）走上来喝道开路，要为我们领路。我们一行中有三人英语很好，又有使馆同志陪同，实在想自己静静地观赏一下这古代的建筑艺术。但是不行。你从这座房子里进去，他就在门口堵你，非要领你进另一座房子不可，还把别的游人推开，像是对我们特别照顾。我们心里实在烦透了，而你越烦，他越缠住不放，在一个个神像前指指画画，又用乌黑的食指蘸一点朱砂，强在你的额头上按一个红痣。其实他那半生不熟的英语，那点历史、艺术知识真说不出什么东西。但我们成了他的俘虏，只得跟他一处一处地绕，终于走完了这座庙，脚也烫得成了烙饼。他自然又向我们伸出手。刚才因为无零钱，一咬牙给了看鞋人五十卢比，现在除了一百的一张，再无小票了。况且，到印度还不过半天，照这样下去我们每人三十美元的补助，怕只填了这些人的手心也不够。陪同的同志只好拔下身上的一支圆珠笔。那警察接过看也不看一眼，老大不高兴地走了。

在印度讨钱成了一种风气，一种行业。好像一切人都可以想出要钱要东西的招数，而且毫不脸红。孟买海湾中

194

有一个象岛，星期天我们乘船去玩，一下船，一个五六十岁的老太婆便来搀扶你。我看她这一身打扮，花里胡哨的"沙丽"（印度妇女穿的服装，就是身上裹的一块大布），两个大耳环，黑如树皮的面部闪着两只贼亮的眼，额头上一个大红吉祥痣，额顶发缝里也有一道红朱砂，像被人刚砍了一刀，很是吓人，忙摆手避让。这时，一对欧洲夫妇跳下船。老太婆就上来扶那欧洲女人，她那双枯瘦如柴的黑手紧扣着那女人肥嫩的白手臂，指甲几乎掐到肉里去，生怕这个到手的猎物逃掉。那白女人大概不知其意，边走边听她指指画画地说海边的树林、滩上的鹭鸟，很为异乡情趣所醉。一会儿走过栈桥，那老太婆就拉着白女人要照相，跟在后面的丈夫忙举起相机。这时，旁边果然又跳出一个同样打扮的老太婆，一照完相，两人都伸手要钱，丈夫愕然，准备走，哪能走了，只好掏出一张纸币给了第一个老太婆，但第二个却坚决缠住不放。我窃喜自己的经验，聪明的白人活该上当。

　　岛上有一个从整座石山中掏出的印度教庙，是游人必到之地。这庙前也就成了向游客讨钱的主战场。许多如刚才那样的当地妇女，着"沙丽"服装，头顶两个高高的铜壶，缠着人照相，而且一般你很难摆脱她的纠缠。我从庙里出来汗水湿透了衣裳，便躲在一棵大树下，揪起衣领扇风，树上一群猴子蹦来蹦去，抓着树枝打秋千，我不由掏出相机。突然觉得有人在扯后衣襟，回头一看，一个十来岁的女孩，穿一件地方味很浓的新裙子，头顶一个铜壶，正向我伸出手。她那对小黑眼珠中还透出几分稚气，但脸上的神情分明已很老练，看来操此业至少已有几年。我一

"紧扣""掐"，精选动词，写出了老妇人的恶狠和贪婪。

一个"果然"，写出了乞讨人的狡诈。

稚气的小女孩都操此业至少已有几年，用实例证明印度"从大人到孩子，人人处处都讨钱"，并进一步思考这种职业盛行的缘由。

195

时陷入深思，像这种从大人到孩子，人人处处都讨钱的现象，到底是生活所迫呢，还是一种方便省事的职业（尽管在国内我也听说有乞丐万元户的，但绝没有这样一个天罗地网），这小孩子身上的裙子、头上的铜壶分明是一套要钱的道具。而我这几日在印度看到的不是向你挥舞蛇头，就是伸出断腿，或让你看腿上流脓的疮，或抢着为你领路，在饭店里送行李时就是一个箱子也要两人提，吃饭则一再要给你送到房间，手纸也要故意送一次，又送一次，费尽心机，想出许多要钱手段。总之，一起床，你周围就晃着许多乞讨的手。

穷人自然是值得同情的，但只有穷而有志的人才该同情。向人伸手乞讨如同妇女卖身一样，是真正被逼到绝路之后才不得已而为之的求生之法。但如果把穷当成一种要钱手段，甚至不穷也要变着法要钱，而根本无所谓人的尊严，那么这种同情心便会立即变为厌恶。我想起昨天和几位印度知识分子的谈话，他们也很为这种乞讨的恶习忧虑。说政府为无业人想了许多办法，包括在海边造了房子，但他们不愿劳动，把房子租了出去，又到城里来讨钱。事实上，这种乞讨风已经无所谓有无职业了，人人都可毫不脸红地伸出自己的手。我想，大凡给予有两种，一是对对方付出劳动的补偿，是平等的交换；二是对对方的爱和怜，是愉快的奉献或捐助。当对方既无付出劳动，又无可爱可怜之处时，你无端地付出倒是对自己自尊心的践踏了。但我还是无法拒绝身边这个女孩，我掏出口袋里仅有的两个卢比，给她照了一张相。关上相机，这镜头里，不，我的心里像收进一个魔影……

不愿劳动，丧失自尊的乞讨，引起中印知识分子共同的忧虑。

196

阅读指导

印度是古老文明发源地之一，去印度访问和旅游应该是很惬意的事，作者给我们展现的却是可怕可怜的一幕，"到处都伸出一双乞讨的手"，给我们带来强烈的心理反差。作者并对乞讨盛行进行了思考，引发我们对这一现象去做进一步探究。

作者突出记述了"到处都伸出乞讨的手""总是在你面前晃着"的乞讨的普遍性。五星级阿育王饭店的服务员借打扫卫生来讨要小费；印度门下玩猴人、耍蛇人想方设法讨钱；红堡皇宫前，那残腿青年高超熟练地引路讨钱；甘地墓比拉庙门前的看鞋人、自愿强行导引的警察；孟买象岛老太强行搀扶游客、强行拍照……在印度，乞讨成了风气，人人都可以想出要钱要东西的招数，而且毫不脸红，上至老太太，下至小女孩，甚至有劳动能力的人以及有职业收入的警察等都随时伸出乞讨的手。作者一行，被乞讨的手包围，一点思古幽情也被冲跑了，还常常陷入尴尬和"逃难"的处境。

针对这一社会问题，作者陷入了思考。"穷人自然是值得同情的，但只有穷而有志的人才该同情"。但如果把穷当成一种要钱手段，甚至不穷也要变着法要钱，而根本无所谓人的尊严，那么这种同情心便会立即变为厌恶。并梳理了自己的内心，"当对方既无付出劳动，又无可爱可怜之处时，你无端地付出倒是对自己自尊心的践踏了"。并谈到这是中印知识分子共同的忧虑。

夏 感

充满整个夏天的是一个紧张、热烈、急促的旋律。

好像炉子上的一锅冷水在逐渐泛泡、冒气而终于沸腾一样。山坡上的芊芊细草渐渐滋成一片密密的厚发，林带上的淡淡绿烟也凝成了一堵黛色的长墙。轻飞曼舞的蜂蝶不见了，却换来烦人的蝉儿，潜在树叶间一声声地长鸣。火红的太阳烘烤着金黄的大地，麦浪翻滚着，扑打着远处的山、天上的云，扑打着公路上的汽车，像海浪涌着一艘艘的舰船。金色主宰了世界上的一切，热风浮动着，飘过田野，吹送着已熟透了的麦香。那春天的灵秀之气经过半年的积蓄，这时已酿成一种磅礴之势，在田野上滚动，在天地间升腾。夏天到了。

夏天的色彩是金黄的。按绘画的观点，这大约有其中的道理。春之色为冷的绿，如碧波、如嫩竹，贮满希望之情；秋之色为热的赤，如夕阳、如红叶，标志着事物的终极。夏正当春华秋实之间，自然应了这中性的黄色——收获之已有而希望还未尽，正是一个承前启后、生命交替的旺季。

你看，麦子刚刚割过，田间那挑着七八片绿叶的棉苗，那朝天举着喇叭筒的高粱、玉米，那在地上匍匐前进的瓜秧，无不迸发出旺盛的活力。这时她们已不是在春风微雨中细滋慢长，而是在暑气的蒸腾下，蓬蓬勃发，向秋的终点做着最后的冲刺。

夏天的旋律是紧张的，人们的每一根神经都被绷紧。你看田间那些挥镰的农民，弯着腰，流着汗，只是想着快割、快割。麦子上场了，又想着快打、快打。他们早起晚睡已够苦了，半夜醒来还要听听窗纸，可是起了风；看看窗外，天空可是遮上了云。麦子打完了，该松一口气了，又得赶快去给秋苗追肥浇水。"田家少闲月，五月人倍忙"，他们的肩上挑着夏秋两季。

遗憾的是，历代文人不知写了多少春花秋月，却极少有夏的影子。大概春日融融，秋波澹澹，而夏呢，总是浸在苦涩的汗水里。有闲情逸致的人，自然不喜欢这种紧张的旋律。我却想大声赞美这个春与秋之间的金黄的夏季。

用对比的手法突出作者对夏天的热爱赞美之情。并进而赞美紧张、热烈的生活，点明并深化全文主旨，使赞美之情达到最高潮。

阅读指导

    文人笔下，夏并不是一个特别受到青睐的季节。梁衡独辟蹊径，用热情洋溢的语言，抓住夏天的充满紧张、热烈、急促、收获已有而希望未尽的特点，描绘了夏天金黄色大地上万物蓬勃生长的景象，表达了作者对夏天的喜爱之情，以及对农民的深情赞颂。

    首段直入主题，概述夏季总体特点。再分别具体描述夏景之感，色彩之感和农人之感，最后抒情赞美夏季，为总分总的写作顺序。

    全文是六百六十六字凝成的精美镜头。写大地夏景，抓住最能体现夏的特色的麦子，写麦浪又从色香形几个方面来写。"金色主宰了世界上的一切，热风浮动着，飘过田野，吹送着已熟透了的麦香"，用了两个拟人，分别从人的视觉、嗅觉、触觉来描写夏之韵。再如，"好像炉子上的一锅水在逐渐泛泡、冒气而终于沸腾一样"，具有视觉效果，突出了夏季紧张热烈急促的特点，化抽象为具象。再如，"那挑着七八片绿叶的棉苗，那朝天举着喇叭筒的高粱，那在地上匍匐前进的瓜秧，……在暑气的蒸腾下，蓬蓬勃发，向秋的终点做着最后的冲刺"，一个"挑"字，让我们几乎感到了棉苗均匀有力的喘息；一个"举"字，让我们差不多感到了高粱摇头晃脑的欢悦；一个"匍匐"中，我们同样感到了瓜秧的腰肢抖动，蜿蜒蛇行。出神入化的描绘让我们从这些夏的宠儿身上，感到了人的丰采，人的气度，人的灵秀。

    人，是夏的色彩的真正涂染者；也正是人，拨响了夏的紧张的旋律。"田间那些挥镰的农民，弯着腰，流着汗，只是想着快割、快割；麦子上场了，又想着快打、快打""麦子打完了，该松一口气了，又得赶快去给秋苗追肥浇水",白描了普通劳动者收麦子的劳作和休息的过程,快割快打快追肥浇水以及休息时的急切的目光、企盼丰收的焦灼,人的感情都与夏的律动所共鸣、齐律动。几个细节极其平易,而又极其传神,天然而又活灵活现。

作者不仅赞美夏季黄金般的色彩,更赞美夏季黄金般的时间,赞美在夏季里,勤劳的人们那黄金般美好的品质,更赞美夏季不可遏止的生命力量和生命气息。本文也因此入选人民教育出版社中学语文教材。

草原八月末

　　朋友们总说，草原上最好的季节是七八月。一望无际的碧草如毡如毯，上面盛开着数不清的五彩缤纷的花朵，如繁星在天，如落英在水，风过时草浪轻翻，花光闪烁，那景色是何等的迷人。但是不巧，我总赶不上这个季节，今年上草原时，又是八月之末了。

看草原又没赶上最好的季节，以遗憾开篇，为写八月末的草原之美做铺垫。

　　在城里办完事，主人说："怕这时坝上已经转冷，没有多少看头了。"我想总不能枉来一次，还是驱车上了草原。车子从围场县出发，翻过山，穿过茫茫林海，过一界河，便从河北进入内蒙古境内。刚才在山下沟谷中所感受的峰回路转和在林海里感觉到的绿浪滔天，一下都被甩到另一个世界上，天地顿然开阔得好像连自己的五脏六腑也不复存在。两边也有山，但都变成缓缓的土坡，随着地形的起伏，草场一会儿是一个浅碗，一会儿是一个大盘。草色已经转黄了，在阳光下泛着金光。由于地形的变换和车子的移动，那金色的光带在草面上掠来飘去，像水面闪闪的亮波，又像一匹大绸缎上的反光。草并不深，刚可没脚脖子，但难得的平整，就如一只无形的大手用推剪剪过一般。这时除了将它比作一块大地毯，我再也找不到准确的说法了。但这地毯实在太大，除了天，就剩下一个它；除了天的蓝，就是它的绿；除了天上的云朵，就剩下这地毯上的牛羊。这时我们平常看惯了的房屋街道、车马行人还有山水阡陌，

"好像连自己的五脏六腑也不复存在"，运用夸张的手法来突出草原天地的开阔。

已都成前世的依稀记忆。看着这无垠的草原和无穷的蓝天，你突然会感到自己身体的四壁已豁然散开，所有的烦恼连同所有的雄心、理想都一下逸散得无影无踪。你已经被融化在这透明的天地间。

车子在缓缓地滑行，除了车轮与草的摩擦声，便什么也听不到了。我们像闯入了一个外星世界，这里只有颜色没有声音。草一丝不动，因此你也无法联想到风的运动。停车下地，我又疑似回到了中世纪。这是桃花源吗？该有武陵人的问答声；是蓬莱岛吗？该有浪涛的拍岸声。放眼尽量地望，细细地寻，不见一个人，于是那牛羊群也不像是人世之物了。我努力想用眼睛找出一点声音。牛羊在缓缓地移动，它不时抬起头看我们几眼，或甩一下尾，像是无声电影里的物，玻璃缸里的鱼，或阳光下的影。仿佛连空气也没有了，周围的世界竟是这样空明。

这偌大的草原又难得的干净。干净得连杂色都没有。这草本是一色的翠绿，说黄就一色的黄，像是冥冥中有谁在统一发号施令。除了草便是山坡上的树。树是成片的林子，却整齐得像一块刚切割过的蛋糕，摆成或方或长的几何图形。一色桦木，雪白的树干，上面覆着黛绿的树冠。远望一片林子就如黄呢毯上的一道三色麻将牌，或几块积木，偶有几株单生的树，插在那里，像白袜绿裙的少女，亭亭玉立。蓝天之下干净得就剩下了黄绿、雪白、黛绿这三种层次。我奇怪这树与草场之间竟没有一丝的过渡，不见丛生的灌木、蓬蒿，连矮一些的小树也没有，冒出草毯的就是如墙如堵的树，而且整齐得像公园里常修剪的柏树墙。大自然中向来是以驳杂多彩的色和参差不齐的形为其

"无垠的草原和无穷的蓝天"，天地大得把人的烦恼与雄心都融化了。

两句设问，以虚写实，写出了草原之静。

以牛羊的动来写草原的静。

"蓝天之下干净得就剩下了黄绿、雪白、黛绿这三种层次"，色彩鲜明更突出草原之净。

203

变幻之美的，眼前这种异样的整齐美、装饰美，倒使我怀疑不在自然中。这草场不像内蒙古东部那样风吹草低见牛羊，不像西部草场那样时不时露出些沙土石砾，也不像新疆、四川那样有皑皑的雪山、郁郁的原始森林做背景。它像什么？像谁家的一个庭院，"庭院深深深几许"。这样干净，这样整齐，这样养护得一丝不乱，却又这样大得出奇。本来人总是在相似中寻找美。我们的祖先创造了苏州园林那样的与自然相似的人工园林，获得了奇巧的艺术美。现在轮到上帝向人工学习，创造了这样一幅天然的装饰画，便有了一种神秘的梦幻美，使人想起宗教画里的天使浴着圣光，或郎世宁画里骏马腾啸嬉戏在林间，美得让人分不清真假，分不清是在天上还是人间。

在这个大浅盘的最低处是一片水，当地叫泡子，其实就是一个小湖。当年康熙帝的舅父曾带兵在此与阴谋勾结沙俄叛国的噶尔丹部决一死战，并为国捐躯，因此这地名就叫将军泡子。水极清，也像凝固了一样，连云朵的倒影也纹丝不动，对岸有石山，鲜红色，说是将士的血凝成。历史的活剧已成隔世渺茫的传说。我遥望对岸的红山、水中的白云，觉得这泡子是一块凝入了历史影子的透明琥珀，或一块凝有三叶虫的化石。往昔岁月的深沉和眼前大自然的纯真使我陶醉。历史只有在静思默想中才能感悟，有谁会在车水马龙的街市发思古之幽情？但是在古柏簇拥的天坛，在荒草掩映的圆明废园，只会有一些具体的可确指的联想。而这空旷、静谧、水草连天、蓝天无垠的草原，叫人真想长啸一声念天地之悠悠，想大呼一声魂兮归来。教人灵犀一点想到光阴的飞逝，想到天地人间的长久。

我们将返回时，主人还在惋惜未能见到草原上千姿百态的花。我说，看花易，看这草原的纯真难。感谢上帝的安排，阴差阳错，我们在花已尽，雪未落，草原这位小姐换装的一刹那见到了她不遮不掩的真美。正如观众在剧场里欣赏舞台上浓妆长袖的美人是一种美，画家在画室里欣赏裸立于窗前晨曦中的模特又是一种美。两种都是艺术美，但后者是一种更纯更深地展示着灵性的美。这种美不可多得也无法搬上舞台，它不但要有上帝特造的极少数的标准的模特，还要有特定的环境和时刻，更重要的，还要有能与美感共鸣的欣赏者。这几者一刹那的交汇，才可能迸发出如电光石火般震颤人心的美。大凡看景只看人为的热闹，是初级；抛开人的热闹看自然之景，是中级；又能抛开浮在自然景上的迷眼繁华而看出个味和理来，如读小说分开故事读里面的美学、哲学，这才是高级。这时自然美的韵律便与你的心律共振，你就可与自然对话交流了。

呜呼！草原八月末。大矣！净矣！静矣！真矣！山水原来也和人一样会一见钟情，如诗一样耐人寻味。我一步三回头地离开那块神秘的草地。将要翻过山口时又停下来伫立良久，像曹植对洛神一样"背下陵高，足往神留，遗情想象，顾望怀愁"，明年这时还能再来吗？我的草原！

阅读指导

梁衡先生构思文章，注重结构的"大团圆"。本文以来不逢时的遗憾开篇，以大有收获还想再来收尾，首尾呼应，圆合无缝。在描写草原之美时，每层围绕一个角度去描写和想象，最后以"大矣！净矣！静矣！真矣"的感叹来总括全文，层次清楚，结构完整，放收自如。

写景，抓住景物特点，简笔勾勒，就形象突出。如写草原之大，作者是坐在车内随车行而远眺，特殊的立足点使作者只能粗粗勾勒，大写意。山"都变成缓缓的土坡"，"随着地形的起伏，草场一会儿是一个浅碗，一会儿是一个大盘"，草色转黄"在阳光下泛着金光"，粗笔涂抹写出了地形、走势、草场形状、草色，形象鲜明。由于地形的变换和车子的移动，"那金色的光带在草面上掠来飘去，像水面闪闪的亮波，又像一匹大绸缎上的反光"，写出了色彩及动感。草"如一只无形的大手用推剪剪过一般"，草原"一块大地毯"，比喻简单、有质感，突出了形象。

作者还善于虚实结合，便于抒发观感，突出景物的神情。如写草原之静，首先以幻觉写出整体感受"我们像闯入了一个外星世界，这里只有颜色没有声音"，"草一丝不动"，有神秘感。又感觉似乎穿越到了中世纪的桃花源、蓬莱岛，虚写"静"的神韵。写"牛羊在缓缓地移动，它不时抬起头看我们几眼，或甩一下尾"，以动衬静，"像是无声电影里的物，玻璃缸里的鱼，或阳光下的影"，比喻中含有虚幻感、神秘感。"仿佛连空气也没有了，周围的世界竟是这样空明"，这错觉突出了草原的空彻明静。整段文字的实景描写始终置于幻觉之中，写得迷离倘恍，如梦如幻，渲染出了作者的陶醉与沉迷。

长岛读海

要想知道海吗？先选一个岛子住下来，再拣一条小船探出去，你就会有无穷的感受。八月里在烟台对面的长岛开会，招待所所长是一个很热情的人，叫林克松，与美国总统尼克松只一字之差。一天下午，他说："我给你弄一条小船，到海里漂一回怎么样？"

吃过早饭，我们驱车来到了海边。船工们说风太大不敢出海，老林与他们商议了一会儿，还是请我们上了船。他说："你来了，我们没有惊动官府，要不然，你今天就享受不上这小船的味道了。"我想今天就冒上一回险。

快艇高高地昂起头在海上划出一道白色的浪沟，海水一望无际，碎波粼粼，碧绿沉沉。片刻，我们就脱离了陆地，成了汪洋中的一片树叶。这时基本上还风平浪静。大家有说有笑，一会儿就到了庙岛。这岛因地利之便是一座天然的避风港，历代都十分繁华。岛上有一座古老的海神庙，海神为女性，这里称海神娘娘，在福建一带则叫妈祖。妈祖在历史上确有其人，是福建湄州的一林姓女子，善航海，又乐善好施，死后人们奉为海神。宋代时朝廷封林家女为顺济夫人，元时封天妃，清时封天后，神就这样一步步被造成了。这反映了不管是官府还是百姓，都祈求平安。后殿右侧是一陈列室，有各种不同时代、不同类型的船只模型，大多是船民、船商所献。室后专有一块空地，供人

自问自答，以设问句的事理开篇，引出长岛读海。

交代风大出海是冒险，为下文做铺垫。

们祭神时燃放鞭炮之用。人们出海之前总要来这里放一挂鞭炮，是求神也是自慰，地上的炮皮已有寸许厚。我国沿海一带，直至东南亚，甚至欧美，凡靠海又有华人的地方都有妈祖庙。有人说，如果组织一个妈祖党，那将是世界上最大的政党。

庙岛的海神庙依山而建，山门上书"显应宫"三个大字，据说十分灵验。山门两侧立哼、哈二将，门庭正中则供着一个当年甲午海战时致远舰上的大铁锚。这铁锚和致远舰，还有舰的主人，带着一个弱国的屈辱和悲愤，以死明志一头撞进敌阵，与敌船同沉海底，半个多世纪后它又显灵于此昭示民族大义。锚重一吨，高二点五米，环大如拳，根壮如股。海风穿山门而过，呼呼有声，大锚拥链而坐，锈迹斑斑，如千年古树。我手抚大锚，远眺山门之外，水天一色，烟波浩渺，遥想当年这一带海域，炮火连天，血染碧波，沉船饮恨，英雄尽节。再回望山门以内，哼、哈二将本是佛教的守护神，因为他们有力便借来护庙。这大铁锚本是海战的遗物，因为它忠毅刚烈也就入庙为神。人们是将与海有关的理想幻化为神，寄之于庙。这庙和海真是古往今来一部书，天上人间一池墨。

离开庙岛我们向外海方向驶去，海水渐渐变得烦躁不安。这海水本是平整如镜，如田如野，走着走着我们像从平原进入了丘陵，脚下的"地"也动了起来。海像一面宽大的绿锦缎，正有一个巨人从天的那一头扯着它抖动，于是层层的大波就连绵不断地向我们推压过来。快艇更加昂起头，在这幅水缎上急速滑行。老林说，开花为浪，无花为涌。我心中一惊，那年在北戴河赶上涌，军舰都没敢出海，今天却乘着小船来闯海了。离庙岛越来越远，涌也越来越大。船上的人开始还兴奋地说笑，现在却一片寂静，每个人的手都紧紧地扣着船舷。当船冲上波峰时，就像车子冲上了悬崖，船头本来就是向上昂着的，再经波峰一托，就直向天空，不见前路，连心里都是空荡荡的了。我们像一个婴儿被巨人高高地抛向天空，心中一惊，又被轻轻接住。但也有接不住的时候，船就摔在水上，炸开水花，船体一阵震颤，像要散架。大海的波涌越来越急，我们被推来搡去，像一个刚学步的小孩在犁沟里蹒跚地行走，又像是一只爬在被单上的小瓢虫，主人铺床时不经意地轻轻一抖，我们就慌得不知所措。我不知道这海有多深，下面有什么东西在鼓噪；不知道这海有多宽，尽头有谁在抻动它；不知道天有多高，上面有什么东西在抓吸着海水。我只担心这只半个花生壳大小的小船别让那只无形的大手捏碎，这时我才感到要想了解自然的伟大莫过于探海了。在陆地上登山，再高再陡的山也是脚踏实地，可停可歇，而且你一旦登上顶峰，就会有一种把它踩在了脚下的自豪。可是在海里呢，你始终是如来佛手心里的一只小猴子，你才感到了人的渺小，你才理解人为什么要在自然之上幻化出一个神，来弥补自己对自然的屈从。

我们就这样在海上被颠、被抖、被蒸、被煮，腾云驾雾般走了约半个小时。这时海面上出现了一座小山，名龙爪山，峭壁如架如构，探出水面，岩石呈褐色，层层节节如龙爪之鳞。山上被风和水洗削得没有一棵树或一根草，唯有巨流裹着惊雷一声声地炸响在峭壁上。山脚下有石缝中裂，海水急流倒灌，雪白的浪花和阵阵水雾将山缠绕着，

呼应前文海水平静时的人们反应，衬托出涌大海险。

小船由"一片树叶"转为"半个花生壳大小"，从感觉的变化来写探海的凶险。与登山类比，用如来佛手心里的小猴子作比，还呼应前文人们幻化海神对大自然的屈从。写出人之渺小，自然的博大。

"被颠、被抖、被蒸、被煮"，写尽海上的可怕感觉。

龙爪山山形怪异，巨流炸响，突出海浪凶险。

209

看不清它的本来面目。老林说这山下有一洞名隐仙洞，是八仙所居之地，天好时船可以进去，今天是看不成了。我这时才知道，在我国广泛流传的八仙过海原来发生在这里。古代的庙岛名沙门岛，是专押犯人的地方，犯人逃跑无一不葬身海底。一次有八个人浮海逃回大陆，人们疑为神仙，于是传为故事。现在我们随着起伏的海浪，看那在水雾中忽隐忽现的仙山，仿佛已处在人世的边缘。在海上航行确实最能悟出人生的味道。当风平浪静，你"纵一苇之所如，凌万顷之茫然"，觉得自己就是仙；当狂涛遮天，船翻桅摧，你就成了海底之鬼。人或鬼或仙全在这一瞬间。超乎自然之上为仙，被制于自然之下为鬼，千百年来人们就在这个夹缝里追求，你看海边和礁岛上有多少海神庙和望夫石。

　　离开龙爪山我们破浪来到宝塔礁。这是一块突出于海中的礁石，有六七层楼高，酷似一座宝塔。海水将礁石冲刷出一道道的横向凹槽，石块层层相叠如人工所垒，底座微收，远看好像风都可以刮倒，近看却硬如钢浇铁铸。我看着这座水石相搏产生的杰作，直叹大自然的伟力。过去在陆地上看水与石的作品，最多的是溶洞，那钟乳石是水珠轻轻地落在石上，水中的碳酸钙慢慢凝结，每万年才长一毫米，终于在洞中长成了石笋、石树、石塔、石林。可今天，我看到水是怎样将自己柔软的身子压缩成一把锉、一把刀，日日夜夜永无休止地加工着一座石山，硬将它刻出一圈圈的凸凸凹凹，分出塔层，磨出花纹，完工后又将塔座多挖进一圈，以求其险，在塔尖之上再加一顶，以证其高，又在塔下洗削出一个平台，以供那些有幸越海而来的人凭吊。这些都做好之后还不算完，大海又将宝塔后的背景仔细调动一番。

离塔百多米之远是一片壁立的山坳，像一道屏风拱卫相连，屏面云飞兽走，沙树田园。屏与塔之间，奇石散布，如谁人的私家花园。我选了一块有横断面的石头，斜卧其旁，留影一张。石上云纹横出，水流东西，风起林涛，万壑松声，若人之思绪起伏不平，难以名状。脚下一块大石斜铺水面，简直就是一块刚洗完正在晾晒的扎染布。粉红色的石底上现出隐隐的曲线，飘飘落落如春日的柳丝，柳丝间又点洒些黑碎片，画面温馨祥和，"燕子声声里，相思又一年"。这是任何一个画家都无法创作出的作品。大海作画就是与人工不同，如果我们来画一张画，是先有一个稿子，再将颜色一层一层地涂上去，而这海却是将点、线、色等，在那天崩地裂的一瞬间，统统熔铸在这个石头胚子里，然后就用这一汪海水，蘸着盐，借着风，一下一下地磨，一遍一遍地洗，这画就制成了。实际上，我们现在看着的这一幅画仍在创作中。《蒙娜丽莎》挂在巴黎博物馆里，几百年还是原样，而我们再过十年、百年后再来看这幅石画，不知又将是什么样子。现代科技发明了高速摄像机，能将运动场上的快动作分解来看，有谁再来发明一个超低速摄像机，将这幅画的形成过程动起来，拿到美术院校的课堂上去放，那将是一门绝顶精彩的"自然艺术"课。

下午看九丈崖。这是北长山岛的一段海岸，虽名九丈实则百丈不止。从崖下走一遍可以感受海山相吻、相接、相拼、相搏的气魄。我们从南面下海，贴着山脚蹭着崖壁走了一圈。右边是水天相连的大海，海上迎风而起的白浪像草原上奔驰的马群，翻腾着、嘶鸣着，直扑身旁。左边

从景物之间的关联来写观景的感受，使画面有了灵魂和动感。突出大海作画的猛烈和坚韧两大特点，照应前文的刻画。

是冰冷的石壁，犬牙交错，刀丛剑树，几无退路。那浪头仿佛正是要把人拍扁在这个砧板上，我们就在这样的夹缝中觅路而行。但是脚下何曾有什么路，只是一些散乱的踏石和在崖上凿出的石阶。行人如履薄冰地探路，一边又提心吊胆地看着侧面飞来的海浪。老林走在前面，他喊着："数一、二、三！三个浪头过后有一个小空当，快过！"我们就像穿越炮火封锁线一样，弓腰塌背，走走停停。尽管非常小心，还是会有浪头打来，淋一身咸汤。这时最好的享受就是到悬崖下，仰着脖子去接几滴从天而降的甘露。原来与海的苦涩成对比，九丈崖顶上不断飘落下甜甜的水珠。这些从石缝里渗出来的水，如断线的珍珠，逆着阳光折射出美丽的色彩。我们仰着脸，目光紧追定一颗五色流星，然后一口咬住，在嘴里咂出甜甜的味道。在仰望悬崖的一霎间，我又突然体会到了山的伟大。它横空出世，托云踏海，崖壁连绵曲折尽收人间风景。半山常有巨石与山体只一线相连，如危楼将倾；山下礁石则乱抛海滩，若败军之阵。唯半山腰一条数米宽的浅红色石层，依山势奔突蜿蜒，如海风吹来一条彩虹挂在山前。背后海浪从天边澎湃而来，在脚下炸出一阵阵的惊雷，山就越发伟岸，崖就越发险绝。我转身饱吸一口山海之气，顿觉生命充盈天地，物我两忘，神人不分。

从"海山相吻、相接、相拼、相搏的气魄"，来写山的伟大。以海浪越激烈、山越发伟岸、人越发生命充盈来作结，点出了人与大自然的关系，扣住和突出了"读海"的感受。

阅读指导

　　作者记述了长岛闯海的经历，为读者展示了他读海的体验，思考了人与自然的关系。体验强烈，思考深沉，读出了多种收获。

　　本文可以用梁衡先生提出的"好文章的标准"来欣赏。好文章要"一文、二为、三境、五诀"。一文是指文采。"二为"是写文章的目的：一是为思想而写，二是为美而写。"三境"是指文章要达到三个层次的美，或曰三个境界：一是景物之美，描绘出逼真的形象，让人如临其境，谓之"形境"，类似绘画的写生；二是情感之美，创造一种精神氛围叫人留恋体味，谓之"意境"，类似绘画的写意；三是哲理之美，说出一个你不得不信的道理，谓之"理境"，类似绘画的抽象。这三个境界一个比一个高。"五诀"是指要达到这三境的办法，即"形、事、情、理、典"，文中必有具体形象，有可叙之事，有真挚的情感，有深刻的道理，还有可借用的典故知识。

　　刚出海，"海水一望无际，碎波粼粼，碧绿沉沉"，还风平浪静。离开庙岛我们向外海方向驶去，海水渐渐变得烦躁不安，海水层层的大波连绵不断地向船只推压过来，船冲上波峰，跌落谷底，"被推来搡去，像一个刚学步的小孩在犁沟里蹒跚地行走，又像是一只爬在被单上的小瓢虫"。这大海"形境"的描绘，类似写生，形象逼真，让人如临其境。写山坳"屏与塔之间"，奇石散布，"画技"超人；大海作画"却是将点、线、色等，在那天崩地裂的一瞬间，统统熔铸在这个石头胚子里，然后就用这一汪海水，蘸着盐，借着风，一下一下地磨，一遍一遍地洗"，从景物之间的关联来写观景的感受，使画面有了灵魂和动感，以情写景，写出"意

213

境"美。写庙岛妈祖庙信仰、致远舰大铁锚忠毅刚烈的"事"和"典",得出人们对神的信仰和大海有关,突出庙和海是一部大书。写小船由"一片树叶"转为"半个花生壳大小",与登山类比,用如来佛手心里的小猴子作比,得出人们幻化海神是对大自然的屈从,写出了人之渺小,自然的博大。奇特的宝塔礁,写出了大海的韧性与大自然的伟力。穿越九丈崖,以海浪越激烈、山越发伟岸、人越发生命充盈来点出了人与大自然的关系。"形、事、情、典"使"读海"的"理"有了丰富的收获,使本文为美而写,为思想而写。文章由景到理,由情到理,由事到理,给人以知识和美的享受。

文采上,如"炮火连天,血染碧波,沉船饮恨,英雄尽节",平仄对应,铿锵有力。写留影的那块有横断面的石头,作者组织了"水流东西""风起林涛""万壑松声",以几个极有动感的词,写出了一块静石的神韵。

天星桥，桥那边有一个美丽的地方

全国的山水也不知道去了多少处，竟没有想到还有这么美丽的地方。确实，全国知道天星桥的人很少，它在贵州黄果树瀑布旁八公里处，许多年来黄果树的名声太大，很少有人注意到它。

天星桥的美就美在你突然发现世界上的风景还有这样一种美。只要你一走进这个景区，就一步一吃惊，一步一回头，你总要问："这是真的吗？"一般的"真像""真美"之类的词在这里已经苍白无力。因为这景你从没见过，从没想过，就是在小说中，在电影上，在幻想时，在睡梦里也没有出现过。现在，突然从你的心灵深处抓出一种美，摆在你眼前。你心跳，你眼热，你奇怪自己心里什么时候还藏有这样的美。

天星桥景区不算很大，方圆五点七平方公里，三个半小时就可逛完，基本上是走平地，也不会让你很累。你可以从从容容地看，慢慢悠悠地品。整个景区前半部以山石之奇为主，后半部以水秀之美为主，而渗透在全过程的是绿色的树、绿色的风。所以当你从那个美梦中醒来，细细一想，其实这天星桥的美和其他地方一样，还是跑不了石美、水美、树美。但是它却硬能够化平淡为神奇，将几个最普通的音符谱成了一首天上的仙乐。

石头哪里没有？但这里的石头总要变出个样，变出别

一个"竟"字，写出了对天星桥美丽的震惊，也写出了世人不识的遗憾。开篇设置了悬念，蓄势待发，吊足了读者的胃口。

进一步铺垫奇异的美，勾起人们的好奇心。

简介天星桥景区的地理位置、规模、格局，概括"石美、水美、树美"的文眼，总领下文。

215

用一个比喻转折复句总写天星桥石头"熟悉中透着新鲜","有一种感觉到却说不出的激动"的别致与神奇。

一种形、别一种神，像一个曲子的变奏，熟悉中透着新鲜，叫你有一种感觉到却说不出的激动。比如石的表面经常会隆起一簇簇的皱褶。它本是个铜头铁脑、生硬冰凉的东西，却专向柔弱多情方面取貌摄形，如裙裾之褶，如秋水之纹，如美人蹙眉，如枯荷向空。这种强烈的反差，从你心里揉搓出一种从未有的美感，你忍不住要叫、要喊，难怪国画专有一种表现法叫"皴"法。再说它的形，也实在不俗，它绝不肯媚身媚脸地去像什么，是什么，反而是它什么也不像，什么也不是，在你头脑的储存里根本就没有这样的构图。比如一座山石，大约有城里的一座高楼么大，侧面看它却薄得像一本书，或者干脆是一张纸。硬是挺立在那里，水从脚下绕，藤在身上爬。它是什么？什么也不是，就是美。脚下的，头上的，还有那些在坡上、沟里随意抛掷的石头，都要美出个样儿。你可以伸手随意抚摸崖边一块突出的石，那就是一朵凝固的云。有时你走过一座小桥，这桥身是一块整石，但你怎么看也是一段枯了多年的树。有时路边或山根的石头连成灰蒙蒙一片，那就是一群抵角的山羊，前弓后绷，吹胡子瞪眼，跃然目前。

为石形之奇、石形之美而激动，写得趣味横生。

天星桥景区的前半部是石在水中。浅浅的水面托起无数错落的石山、石壁，又折映出婆娑多姿的影。有的山平光如洗，在水里是一面立着的镜子；有的中裂一缝，在水里就是一道飞来的剑影。而在这很多但并不太高的群峰之间则是三百六十五块踏石，游人踩着这些石头，鞋底贴着水面，在绿波上荡漾。当你看着水里的青山倒影时，也就惊奇地发现了自己什么时候也变得这样美。因为这石的数目暗合了一年的天数，所以在这里总会有一块正是你的生

水石同写，姿影相衬。

日，此园就名"数生园"。你站在生日石上可以体会一下降世以来这最美丽的一天。景区的中部是两座对峙的山峰，相距数十米之遥，他们各探出一只手臂呼唤对方。但就在相差一拳之远时，臂长莫及，徒唤奈何。这时一块巨石从天而降，上大下小，正好卡在其间，于是两手以石相连，成一座云中石桥，千年万年，苍松杂树扎根其上，枯藤野花牵挂其旁。石头能变到这等花样，也算是中外奇观。这桥景区的名字大概就是因它而取，就像我们一本散文集取名，就拣其中最得意的一篇。

以"云中石桥"为例，写石头的奇异。

天星桥的水是为石而生的。一入景区，脚下就是水，水里倒映着各色的山石。所以这水实际上是一面大镜子，就是为了让你正面、反面、侧面，从各个角度来看山、看石。只不过这镜子太大，你无法拿在手里，于是人就走到镜子里，踏在镜面上，"镜不转人转"。刚入景区，在数生园一带，水面极浅，山石也不高，清秀娴静。如庭院深深。但静中有变，水一时被众山穿插成千岛之湖，一时又被变幻成漓江秋色，忽而又错落成武夷九曲，当然都是微型美景。总之随石赋形，依山而变，曲尽其态。到过了那云中之桥，山高谷深，就渐有恢弘之气了。谷底有一座深潭，方圆数里，一泓秋水深不可测。潭为四山所合，不见源头；水从深底冒出，成两米多高的水柱，又静静滑落潭面，如夜空中的礼花。问之于当地人，说这潭就叫"冒水潭"，可见开发之迟。连名字也还没有受过文人们的"污染"。潭边有一株古榕，干粗二抱，叶繁如山。依树临潭，遥望天桥，只恨眼前不是夜晚，否则山高月小，好一篇《后赤壁赋》。

重点写水之秀美，动静结合。

水从冒水潭里流出之后，泻在一片石滩里，没有了先前的浅静，也没有了刚才的深沉，撞在各样石上，翻起朵朵浪花，叩响潺潺轻鸣。要知这滩绝不是一般的乱石滩，而是一根根直立的石柱、石笋，此景就名水上石林。云南的石林是看过的，那些无枝无叶的树，无言地伸向天空，让你感到生命的逝去；桂林的溶洞子也是看过的，那些湿漉漉、阴沉沉的石笋、石塔在幽暗中枯坐默守，让你感到岁月的凝固。当石头们只是同类相聚时，无论怎样地表现，也脱不出冰冷生硬，就像一场纯由男性表演的晚会。而现在绿水碧波欢快地冲入了这片石林，手之舞之，足之蹈之。绕过这片石轻翻细浪，撞上那座崖忽喧涛声，整个滩里笑语朗朗，湿雾蒙蒙。你再次体会到水就是生命。这些无生命的石头这时也都顾盼生辉，变出无穷的仙姿神态。游人从这块石跳到那块石，就在这水欢快的伴奏和伴唱中，舞蹈着穿过这片已有亿万年的生命之林。

天星桥的水不像我们过去随便看过的一条河、一个湖或者一座瀑布，你始终无法看到它一个完整的形，不知它从哪里出来，最后又回到何处。就像我们看一座房子，要找水泥只有到那砖与砖之间的勾缝中去寻。我只知道那水的结尾处是一个叫作珍珠泉的地方。蹚过数生园，钻出冒水潭，又漫过石林的水，不知道还做了哪些事，最后汇到了这里。这里名泉实则是一个大瀑布，但它不是一匹直垂下来的布而是一圈卷成漏斗状的布。平软的水波滑过整石为底的圆形沟坡，在石面上滚成一颗颗的珍珠，在阳光中幻出五颜六色。这时，你的面前是一只大斗，一只不停地吸进金银珠宝的斗。围着这急吸灌的珍珠飞流，四周翻起

"水上石林"的奇观。同写水石，突出生命力。

惊叹水的灵动神秘——来无踪去无影。

218

细碎的浪花，奏起喧闹的乐声。然而这一切突然就消失在一块巨石之下。当你翻过这一道石梁时，仿佛刚才就没有见过什么水，也没有听到水声，只有垒垒的石和石缝中绿绿的树，这水是一个来无踪去无影的洛神。

天星桥的树以榕树为多，叶大荫浓，满谷绿风。这里的树常会变出许多的形。有一株名"美人树"，树身高大绰约，枝叶如裙裾飘动，女士们都争着与她合影。有一株叫"民族大家庭"，一从石中钻出即分成五十六根树干，大家就一根一根地去数。还有一株并不是树，是一株老藤，不知有多少年月，甚至也看不清它从哪里长出，只见从山坡上搭下来，也许当初是被风吹了下，就挂在了对面的一棵高树上又绕了几匝。生命之力竟将这藤拉得笔直，数丈之长，一腕之粗，像一根空中的单杠。当我环顾四周，贪婪地饱餐这些秀色时突然发现这里除了石就是水，基本上没有土。大大小小的树，不是抓吸在石上，就是浸泡在水中。无论是在路旁，在头上，在脚下，那些奔突蜿蜒，如雕如刻的树根，招惹得你总想用手去摸一摸，用身子去靠一靠，甚至想用脸去贴一贴。这些本该深埋在土层下的不见光日的精灵一下子冒了出来，排兵布阵，做了一次惊人的展示。这实在是天星桥的个性。

从数生园出来，路边有一块一楼多高的巨石，光溜溜的石壁上却顶出一株胳膊粗的小树。远看这树就如假的一般。导游小姐总喜欢考考游人，问这树根在哪里？你俯近石壁细细一看，石上蛛丝马迹，那树根粗者如箸，细者如丝，嵌缝觅隙，纵贯南北，奔走东西。我忽觉头上轰然一响，眼前的石面成了一片广袤的平原，于无声处河网如织，

写树形之异，点面结合。先介绍这里树的种类和满谷绿风的特色。再将镜头摇向一棵"美人树"和一株"老藤"，从其身高、枝叶、美誉、形态、树根的生存环境、生存状态，以及顽强的生命之力等方面生动地展示了天星桥水、石、树"无拘无束地相拥相抱"的独具个性的魅力。

以石、水衬托树，突出秀、奇。

水流涓涓。那红色的"之"字形须根就像一道道闪电，生命的惊雷在天际隐隐作响。面对这株亭亭玉立的榕树和这块光溜溜的寻根壁，我一下子寻到了生命的美、生命的理。

我在这里徘徊，几乎每一块巨石都立在水中，而每块石上都爬满了树根。那根贴着石面匍匐而下，纵横交错又将巨石网了个结实然后再慢慢抽紧，就像我们在码头上看到的，吊车用网绳从水里提起一件重物。那赭色的根涨满了力，像一个大木桶外条条的铜箍，像力士角斗时臂上暴突的青筋。有长得粗些的，如臂如股披挂石上，像冬天崖上的冰柱，像佛殿后守门的韦驮，凛然而不可撼。霎时我觉得天星桥全部的美都在这根与石的拥抱之中。回看刚才的水美、石美全都做了树的铺垫。这是一种多么美妙的有机结合。你看石临水巧妆，极尽其意，因水而灵；水绕石弄影，曲尽其媚，因石而秀。而这树呢，抱坚石而濯清流，展青枝而吐绿云，幻化出一团浓烈的生命。这种生命的力量和美感充盈在这条不大的山谷之中，令你流连忘返，回肠荡气。天下的好景有的是，但有的路途遥远，一生只能做一次游；有的以险取胜，只能供一部分人做冒险的旅行。只有这天星桥，路又不远，山又不险，景却特美，你可以一来再来，细品漫游。

生存之艰难，才有了"生命的惊雷"。由树石相生，寻到了生命的美。

总结水美、石美、树美的关系，敬畏天星桥生命的力量和美感。

阅读指导

　　文章结构安排巧妙，层层递进。先写"石之奇"，中间通过水石同写巧妙过渡到描写"水之秀"，然后再写"树"生存环境之艰难，在水石树同写中赞扬天星桥美景的生命力。

　　文章为美而写，为思想而写。天星桥的石、水、树都有各自独特的美：石刚硬中透着柔情，不俗不媚；水清秀娴静，灵动神秘；树叶大荫浓，满谷绿风；但"硬能够化平淡为神奇"的，却是石、水、树三者的亲密拥抱，美妙结合。天星桥的石因为水的环绕、树的紧抱而更显生机与活力；天星桥的水为石而生，随石赋形。天星桥的树抱坚石而濯清流，展青枝而吐绿云，因为石的依傍、水的滋养得以彰显生命的顽强与美丽；三者相互映衬，相互滋养，让生命的美感和力量充盈在整个山谷，化平淡的景物美为神奇的生命之美，和谐之美。

　　本文语言生动形象。福楼拜说："你要描写一个动作，就要找到那个唯一的动词，你要形容一个东西，就要找到那个唯一的形容词。"作者采用"冲入""喊着""叫着"这样的动词，生动形象地写出了绿水碧波快速流入石林时的力与美；又采用"欢快""朵朵""蒙蒙"这样的形容词和叠词，写出了流水撞击在石林中水花四溅、水雾弥漫的情景。采用比喻的修辞手法，把水波划过整石为底的沟坡形成的水珠比喻成一颗颗珍珠，生动形象地写出了水珠的圆润、晶莹剔透。又把流过沟坡的水波比作一群快乐的孩子，写出了水流的灵活与动感。

雨中明月山

写登山之缘由。起笔古雅，突出世人不识之恨。

以有人失望而归，来为游山发现美做铺垫。

江西西部有明月山，藏于湘赣之间，不为人识。当地政府恨世人不识璧中之玉，闺中之秀，便邀海内外作家记者团作考察之游。

头一日，游人工栈道，乘缆车登顶，云绕脚下，雾入衣襟，游者不为所动；第二日，看大庙，殿宇巍峨，新瓦照人，更不为动。当晚，人走一半。

第三日，微雨，主人再邀所余之人作半日之游。无车无马，徒步爬山。一入山门，立见毛竹数竿，有两握之粗。青绿滚圆的竹面上泛出一层细蒙蒙的白雾，竹节处的笋叶还未退净，一看就是当年的新竹。但其拔地接天，已有干云提月之势。众人精神为之一振，纷纷冲上去照相。然后开始爬山。

路沿峭壁而修，左山右河。山几不见土石，全为翠竹所盖；河却无岸无边难见其貌，其实就是两山间一谷。谷随山的走势成"之"字形，忽左忽右，渐行渐高。谷间只有四样东西：竹、树、石、水。水流漱石，雪浪横飞，竹木相杂，堆绿染红，好一幅深山秋景图。石头一色青黑。大者如楼，小者如房，横空出世，杂布两岸。有那顺洪水而流落谷底者，无论大小皆平滑圆滚，俯仰各态。雨，似下非下，朦朦胧胧，湿衣润肤。正行间，路边有一石探向谷中，四围藤树横绕围成天然扶栏，我说好个"一石观景

细语湿衣，看似闲笔。

222

处”，凭“栏”望去，只见竹浪层层，满川满山，一直向天上翻滚而去。近处偶有一枝，探向林外，正是苏东坡诗意“竹外一枝斜更好”。竹子这东西无论四季，总是一样的青绿，永葆青春朝气。大家就说起苏东坡，宁肯食无肉，不可居无竹，又说到城里菜市场上卖的竹笋。主人见我们对竹感兴趣，突然说：“你们知道不知道，这竹子是分公母的？”我们一下子静了下来，都说不知。他说：“你看，从离地处起往上数，找见第一片叶子，单叶为公，双叶为母。”众人大奇，拨开竹子一找，果然单双有别。我自诩爱竹，却还不知这个秘密。大家又问，这有何用？“采笋子呀！山里人都知道，只有母竹根下才能挖到笋子。”这山原来不只是为了人看的。

写竹海，点面结合，远视与近观相结合，写出了气势和情趣。

登山记趣，长了知识。

等到又爬了几里地，过了一座吊桥，再折上一段石板路，半天里忽一堵石壁矗立面前，壁上有瀑布垂下，约有几十层楼房那么高。石壁的背后和四周都簇拥着绿树藤萝，如一幅镶了边的岩画，而画面就是直立起来的江河奔流图。它不像我们在长江或黄河边，看大浪东去，浩浩千里，而是银河泻地，雪浪盖顶。我自然无法接近水边，只试着往前探了一点身子，便有湿云浓雾猛扑过来，要裹胁我们上天而去。我赶紧转身向后，这时再回望来路，只见云雾倏忽，群山奇峰飘忽其上，古庙苍松隐约其间。近处谷底绿竹拍岸，流水奏琴，偶有一束红叶，伏于石间，如夜间火光之一闪。

“湿云浓雾猛扑过来”的拟人手法，写出了山中雨雾。回望来路，看到奇景，奇峰飘忽，庙松隐约，红叶于绿竹白石间闪烁，都是因为雨雾增加的情趣。

这时，主人在下面半山腰的一间石室前招手，待我们款款下来，他已设好茶桌。茶备两种，一为当地的黄豆、橙皮、姜丝所制，祛寒暖胃，咸辣香绵，慢慢入心；而另一种则为山上采的野茶，清清淡淡，似有似无，就如这窗外的湿雾。我们都不再说什么，只是端着杯子，静静地望着远处。许久，不知谁喊了一声："天不早了，该下山了。"我说："不走了，就这样坐着，等到来年春天吃笋子。"

石室品茗，茶淡如窗外之雾，行文中一直紧扣"雨中"。

坐等来年吃笋，写出了作者对雨中明月山的沉醉痴迷，照应了登山辨竹的记趣。写得幽默，有情趣。

阅读指导

　　明月山虽是闺中之秀，但因为是新近开发，似无什么历史人物、风流掌故可追缅寻趣，所以虽是作家记者团成员，不少人还是失望离去。作者选择了一个独特的角度，以"雨"来写山中之景，使文章富有情趣。

　　山谷间四样东西，情趣各异，并且互为增色。水流漱石，雪浪横飞，竹木相杂，堆绿染红，这一幅深山秋景图又是笼罩在朦胧的雨雾之中，别有情趣。人到石板路，石壁上有瀑布垂下，几十层楼房高，可谓壮观；背后和四周簇拥的绿树藤萝如江河奔流，人想接近，便有湿云浓雾猛扑，似要裹胁游客上天而去，写出了山中雨雾特点。回望来路，奇峰飘忽、庙松隐约、红叶于绿竹白石间闪烁，这些奇景，都是因为雨雾增加的情趣，其间还有流水奏琴，音乐作伴。以至石室品茶也是湿雾弥漫，增添了不少情趣。

　　作者的精于构思还体现在曲折和照应上。首段以世人不识之憾引起读者兴趣，然后以众人游兴不佳作为铺垫，刻画山门新竹之姿为读者提精神，作者在不停地蓄势。写辨识竹子的公母，是山中记趣；结尾处又以来年吃竹笋来照应，使文章缝合圆熟，又增情趣。

乌梁素海，带伤的美丽

假如让你欣赏一位带伤流血的美人，那是一种怎样的尴尬。四十年后，当我重回内蒙古乌梁素海时，遇到的就是这种难堪。

乌梁素海在内蒙古河套地区东边的乌拉山下。四十年前我大学刚毕业时曾在这里当记者。叫"海"，实际上是一个湖，当地人称湖为"海子"，乌梁素海是"红柳海"的意思。红柳是当地的一种耐沙、耐碱的野生灌木。单听这名字，就有几分原生态的味道。而且这"海"确实很大，历史上最大时有一千两百多平方公里，是地球上同纬度的最大淡水湖。

那时我还没有见过真正的大海，每当车行湖边，但见烟水茫茫，霞光滟滟。翠绿的芦苇，在岸边小心地勾起一道绿线，微风吹过，这绿线就起伏着舞动开去，如一首天堂里的乐曲。湖里的水鸟，鸥、鹭、鸭、雁、雀等就竞相起舞，或掠过水波，或猛扎水中，浪花轻溅，像有一只无形的手在弹拨着水面。而水中的鱼儿好像急不可耐，等不到水鸟来抓它，就自动倏地一下跳出水面，闪过一个个白点，像是五线谱上跳动的音符。这时走在湖边，心头会突然涌起那已忘却多时的优美文章，什么"落霞与孤鹜齐飞，秋水共长天一色"，什么"沙鸥咸集，锦鳞游泳，岸芷汀兰，郁郁葱葱"，我知道从来不是好文章写出了真美景，而是真美景成就了好文章。乌梁素海就是这样一篇写在北国大地上的锦绣文章。每当船行湖上时，我最喜欢看深不可测的碧绿碧绿的水面，看船尾激起的雪白浪花，还有贴着船帮游戏的鲤鱼。而黄昏降临，远处的乌拉山就会勾出一条暗黑色的曲线，如油画上见过的奔突的海岸，当时我真觉得这就是大海了。

描写当年乌梁素海的美好生态，比喻为"一篇写在北国大地上的锦绣文章"，为下文做铺垫。

那时，"文革"还未结束，市场上物资供应还比较匮乏，城里人一年也尝不到几次肉，但这海子边的人吃鱼就如吃米饭一样平常。赶上冬天凿开冰洞捕鱼，鱼闻声而来，密聚不散，插进一根木杆都不会倒。那个岁月时兴开"学习毛主席著作讲用会"，有一次我们整理材料，在河套各县从西向东采访，很辛苦，伙食也没有什么油水。乌梁素海是最后一站，还有好几天，大家就盼望着到那里去解馋。到达的当晚，我们果然吃到了鱼，而这种吃法，为我平生第一次所见。每人一大碗堆得冒尖的大鱼块，就像村里人捧着大碗蹲在大门口吃饭一样，这给我留下永久的记忆，当时的鱼才五分钱一斤。以后走南闯北，阅历虽多，但无论是在我国南方的"鱼米之乡"还是在国外以海产为主的国家，再也没有碰到过这种吃法，再也没有过这样的享受。那时，每当外地人一来到河套，主人就说："去看看我们的乌梁素海！"眼里放着亮光，脸上掩饰不住的骄傲。

"插进一根木杆都不会倒"，这一细节，形象地突出了当年渔产的丰富。

这次我们真的又来看乌梁素海了，是水务部门的特别邀请，但不是为看海的美丽，而是来参加会诊的，来看它的伤口。

过渡句，转入乌梁素海的伤口。

七月的阳光一片灿烂，我们乘一条小船驶入湖面，为了能更有效地翻动历史的篇章，主人还请了一些已退休的老"海民"，与我们同游同忆。船中间的小桌上摆着河套西瓜、葵花籽，还有油炸的小鱼，只有寸许来长。主人说，实在对不起，现在海子里最大的鱼，也不过如此了。我顿觉心情沉重。坐在我对面的王家祥，原乌梁素海渔场的工会主席，他说："那时打鱼，是用麻绳结的大眼网。三斤以下的都不要，开着七十吨的三桅大帆船进海子，一网十万斤，最多时年产五百万吨。打上鱼就用这湖水直接煮，那才叫鲜呢。现在，这水你喝一口准拉肚子。"（不知是否为验证他的话，当天下午，我们一行中就有俩人拉肚子，而不能正常采访了。）当年的兵团知青、退休干部于秉义说："上世纪七十年代时，这里随便打一处井，七米深，就自动往上喷水。"水务公司的秦董事长在一旁补充："到九十年代已是三十米深才能见水；到二〇〇七年，要一百二十米才见水，十五年水位下降了九十米，年均六米。"

海上泛轻舟，本来是轻松惬意的事，可是今天我们却无论如何也轻松不起来，这应了李清照的那句词"只恐双溪舴艋舟，载不动许多愁"。我们今天坐的船真的由过去的七十吨三桅大船退化成像一只蚱蜢似的舴艋小舟。河套灌区是我国三大自流灌区之一。黄河自宁夏一入内蒙古境内，便开始滋润这八百里土地，经过总干、干、分干、支、斗、农、毛七级灌水渠道，流入田间，又再依次经总排干、排干等七级排水沟，将水退到乌梁素海，在这里沉淀缓冲后，再退入黄河。所以，这海子是河套平原

"只有寸许来长"，与前文的鱼多个子大相比，谁的心情不沉重。

以数字来说明当年渔产量大，水位高。巨大的反差，可见现在生态破坏的严重。

228

的"肾",首先起储水排水的作用。同时，又是河套的"肺"，它云蒸雾霭，吐纳水汽，调节气候，所以才有八百里平原的旱涝保收，才有北面乌拉山著名的国家级森林保护区的美景。但是，近几十年来人口增加，工厂增多，农田里化肥农药增施，而进入湖中的水量却急剧减少，水质下滑。你想：排进湖里的这些水是什么水啊？就是将八百里平原浇了一遍的脏水。河套农田每年施用农药一千五百吨，化肥五十万吨，进入乌梁素海的工业及生活污水三千五百万吨，这些都要洗到湖里来啊。当地人说，乌梁素海已经由河套平原的肾和肺，退化为一个"尿盆子"了。这话虽然难听，但很形象，也很警人。

点出生态恶化的原因。

在船舱里坐着，听大家叙往事，说今昔，虽清风拂面，还是拂不去心头的一怀愁绪，我便到后甲板散步。只见偌大的湖面上，用竹竿标出二三十米宽的一条水道，我们的这个"舴艋"小舟只能在两杆之间小心地穿行。原来，湖面的水深已由当年的平均四十米，降为不足一米，要行船，就只好单挖一条行船沟。我再看船尾翻起的浪，已不是雪白的浪花，而是黄中带黑，像一条刚翻起的犁沟。半腐半活的水草，如一团团乱麻在水面上荡来荡去，再也找不见往日的碧绿，更不用说什么清澈见鱼了。乌海难道真的应了它的名字，成了乌黑的海、污浊的海？只有芦苇发疯似的长，重重叠叠，吞食着水面。主管农水的李市长说，这不是好现象，典型的水质富营养化，草盛无鱼，恶性循环。

以乌梁素海是河套地区的肾和肺来比喻它的重要意义；以现在退化成了"尿盆子"的比喻，来揭示近几十年来人们对它的生态破坏。

以汉语乌海的释义来反问，表达对环境破坏极其严重的痛心。

现在如果你不知内情，远眺水面，芦苇还是一样的绿，天空还是一样的蓝，水鸟还是一样的飞，猛一看好像无多变化。可有谁知道这乌梁素海内心的伤痛，她是林黛玉，两颊微红，弱不禁风，已经是一个病美人了，是在强装笑颜，强支病体迎远客。我举目望去，远处的岸边有些红绿房子，泊了些小游船，在兜揽游客。船边地摊上叫卖着油炸小鱼，船上高声放着流行歌曲。不知为什么，我一下想起那句古诗："商女不知亡国恨，隔江犹唱《后庭花》。"

以林黛玉病体迎客，来比喻眼前受伤的乌梁素海，照应标题。

中午饭就在岸边的招待所里吃。俗话说，无酒不成席，而在内蒙古还要加上一句"无歌不成宴"。乐声响起，第一支歌就是《美丽的乌梁素海》。歌手是一位漂亮的蒙古族姑娘，旋律婉转，琴声悠扬，只是听不清歌词。歌罢，我请歌手重新念一遍歌词，她顿时有几分不自然。李市长出来解围说："不好意思，这还是当年的旧歌词，和现在的实景已经远不相符了。"我说："不怕，我们随便听听。"她就念道："乌梁素海美，美就美在乌梁素海的水。滩头芦苇密，水中鱼儿肥，点点白帆伴渔歌，水鸟空中飞。夜来泛舟苇塘荡，胜游漓江水，暖风吹绿一湖水，船入迷津人忘归。"

以歌声中对乌梁素海美丽的赞颂，来反衬今日的受伤。

刚才人们还沉静在美丽的旋律中，她这一念倒像戳破了一层华丽的包装。现在水何绿？鱼何肥？帆何见？怎比漓江水？顿时满场陷入片刻的沉默与尴尬，主客皆停箸歇杯，一时无言。客中只有我一人是当年从这里走出去的，四十年后重返旧地，算是亦客亦主。便连忙打破沉默说："是有点找不到这歌词里的影子了。这次回来我发现，四十年来在这块土地上已消失了不少东西。老李、老秦你们还记得三白瓜吗？白籽、白皮、白瓤，吃一口，上下唇就让蜜糊住了；还有冬瓜，有枕头大，专门放到冬天等过年时吃，用手轻轻一拍，都能看到里面蜜汁的流动；糜子米，当年河套人的主食米，煮粥一层油，香飘口水流。现在都一去不回了。"我这几句解嘲的话，又引来主人一阵欷歔。他们说，都是化肥、农药、人多惹的祸。

乌梁素海啊，过去多么绰约多姿健康美丽，而现在这样的苍老，这样的伤痕累累。但就是这样的病体，它还在承担着难以想象的重负：每年要给黄河补充一点三亿方的下游水；给天空补充三点六亿方的气候调节水；给大地补充六千万方的地下水。可是她自己补进来的只有4亿立方溶进了化肥、农药、盐碱的排灌水。入不敷出，强它所难啊！它得的是综合疲劳征，是在以疲弱之躯勉强地支撑危局，为人们尽最后的一丝气力。李市长说，如不紧急施救，它将在数十年内如罗布泊那样彻底干涸。现在设想的办法是，在黄河上引一专用水开渠，于春天凌汛期水有多余时，给它补水输血。大家听得频频点头，都忘了吃饭。正说着，主人忽觉不妥，忙说："不要这样沉重，办法总会有的，饭还是要吃，歌还是要唱的。"于是，乐声又轻轻响起。歌声中又见青山、绿水、帆白、鱼肥。

受伤的乌梁素海，我们祈祷着你快一点康复，快一点找回昨日的美丽。

今日重负，已严重透支，以疲弱之躯勉强地支撑危局。

不仅分析原因，还提出了补救的办法。

231

阅读指导

本文沉重雄浑的感情基调在标题和开头就被作者捕捉和确定了。"带伤的美丽",一开头就写了欣赏流血美人的尴尬,开篇点题,奠定了全文惋惜、痛心的情调,又总领全文,为下文对乌梁素海今昔的强烈对比作铺垫。同时还凸显主题,通过生动、形象的比喻,表达了作者内心强烈的思想感情。善于抓住典型的意象,以巧妙的切入口进行大情大理的抒发是梁衡散文的特色。

作者先大力描绘四十年前乌梁素海的美丽。从车行湖边、船行湖上直接描绘,烟水、霞光、绿苇、水鸟、鱼儿、远山,由远及近又由近及远,动静结合,有色有声有态。面对美丽的湖景,作者涌起已忘却多时的优美文句,感叹"乌梁素海就是这样一篇写在北国大地上的锦绣文章",就以为那就是大海了。然后介绍那时冬天凿开冰洞捕鱼的情景,和每人一大碗堆得冒尖的大鱼块的吃法,来写乌梁素海的富有与对民力的滋养,字里行间满溢着掩饰不住的骄傲。这两段文字给下文做了有力的铺垫。

作者笔锋一转,这次我们不是为看海的美丽,而是来参加会诊的,来看它的伤口。油炸小鱼只有寸许来长,水不能喝了,水位极度下降,水深难以行船,水质富营养化,草盛无鱼。八百里平原的旱涝保收,乌梁素海已经由河套平原的肾和肺,退化为一个恶性循环的"尿盆子"了。四十年后的乌梁素海渔业资源枯竭、水质恶化、水量锐减,面对"受伤的海子",海上泛轻舟,"我们却无论如何也轻松不起来"。作者在介绍中运用多种修辞来增强表达效果。"而是黄中带黑,像一条刚翻起的犁沟",运用比喻手法,生动地刻画了乌梁素海水质恶化的程度。"也是在强装笑颜，强支病体迎远客"，运用拟人的手法，表现了生态严重恶化的乌梁素海，仍被严重透支的现状。多次引用诗句，表达作者抑制不住的赞美或哀伤。

好在领导们已组织力量来会诊，也有了初步方案，文末以"焦渴的大地"显示出作者思虑的深广，不仅水量锐减的乌梁素海变得越来越饥渴，乌梁素海只是中国大地上工业化进程中生态环境的缩影，还有若干个"乌梁素海"处在饥渴的状态中，作者还将思考指向人的欲望饥渴，隐含着希望日益浮躁的世人实现理性回归的深沉期盼。招待所宴会上的歌声不应成为绝唱，今日的伤口还会愈合，今日的沉默与尴尬还会变成赞美与骄傲。善待自然，爱护自然，保护美丽家园，浮躁的世人、激进的社会定要拿出切实的行动。为民鼓呼，为时代发声，抒写家国情怀、人民忧思，总结治平得失，这是梁衡散文一贯的宗旨追求。

榆林红石峡记

以类比突出红石峡在榆林的重要。简介红石峡的方位和形成。

每个城市都有自己的名片，如巴黎之铁塔、北京之天安门、上海之黄浦江、长沙之橘子洲头。在榆林则是红石峡。峡在城北三里。正大漠北来，浩浩乎平沙无垠，忽巨峡断野，黄绿两分，奇景突现。

峡之奇有三。一是沙中见河，曰榆溪河。此大漠之地，人常以为黄沙漫漫，旱象连连。殊不见，却有一河无首无尾涌出沙中，绿波映天，穿峡而过。二是山色全红。大漠有峡已自为奇，而石又赤红，每当晨曦晚照之时，两岸峭壁危岩，就团团火焰，接地映天。三是峡中遍布石刻。刀凿斧痕，题刻满山。这是它的迷人之处。

概括三奇。

自秦汉以来，榆林即为北疆要塞，红石峡天险其北，镇北台雄视其上，历代征战以此为烈。古诗云："屯兵红石峡，斩将黑山城。血染芹河赤，氛收榆塞清。"想当年，鼙鼓震天，马嘶镝鸣。将军战罢归来，弹剑呼酒，分麾下炙，长烟落日，悲笳声声。于是便削石为纸，振河为墨，铁钩银划，直抒胸臆。个中人物，最知名者有二。一是清代名臣左宗棠。清朝后期，列强瓜分中国，英、俄染指西北，左于同治五年受命陕甘总督。其时，朝中正起"海防""塞防"之争。投降派谓塞外不毛之地，不值经营，更欲放弃新疆，任其存亡。左力排谬说，以陕督之职筹粮备饷，又领钦差之命，提兵西进，一举收复新疆，固我中华万世之基业。其用兵之时更植树千里左公柳，春风直度玉门关。他的老部下刘厚基时任榆绥总兵就向他为红石峡求字。他即大书"榆溪胜地"。左宗棠在陕甘经营十多年，雄图大略，边情难舍。这四字虽赞榆溪，却更赞西北。观其书法，用笔沉着，结字险劲，雄踞壁上，隐隐肱股之臣，浩浩大将之风。还有一位，是抗日名将马占山。马曾任东北边防军师长，黑河警备司令。一九三一年率部在黑龙江打响抗日第一枪，后受排挤，移驻西北，一腔热血，报国无门。他一九四一年来游此地，眼见祖国河山破碎，愤而连刻两石"还我河山"。其字笔捺沉重，深陷石中，说不尽的臣子恨、亡国痛。石峡中这类慷慨激昂文字还有许多，如"巩固山河""威震九边""力挽狂澜"等，皆横竖如枪戟，点撇响惊雷。今日读来仍虎震幽谷，风卷残云。

中国之大何处无峡；峡多刻石，何处无字？然红石峡正当中原大漠之分，蒙汉农牧之界。北望牛羊轻牧而白云落地，南眺稻粱初熟又绿浪接天。天老地荒，沉沉一线，地分绥陕，史接秦汉。呜呼，收南北而溶古今，唯此一峡。其全长三百米，南北走向，东西两岸，一川文字，满河经典。除述边关豪情，还有写风光之秀，如"蓬莱仙岛""塞北江南"；写地势之险，如"天限南北""雄吞边际"；有感念地方官吏的治民之德，如"功在名山""恩衍宗嗣"；有表达民族团结之情，如"中外一统""蒙汉一家"；等等，各种汉、满文字题刻凡二百余幅。好一部刻在石壁上的地方志，一枚盖在大漠上的中国印。正是：

赤壁青史，铁铸文章。大漠之魂，中华脊梁。

235

阅读指导

古典文学中为一地一景写"记"的名篇有不少，不过，《小石潭记》透着清冷孤寂，《赤壁赋》虽以旷达自慰，然而有志难伸的郁闷之情还是挥之不去，它们多是借题发挥，抒发贬谪失意或隐逸自得的小感情。本篇是山水题记文中的奇文，景奇情奇，抒发了大情怀。

先是景奇。"大漠北来，浩浩乎平沙无垠，忽巨峡断野，黄绿两分，奇景突现"，这背景就奇，大漠穷沙忽然黄绿两分，巨峡斩断荒漠，这气势、这力度、这颜色就令人一振。然后具体写"奇景"的三奇：黄沙漫漫中却有一河无首无尾涌出沙中，绿波映天，穿峡而过，奇得够神、够亮丽；每当晨曦晚照之时，两岸峭硝壁危岩，就团团火焰，接地映天，奇得热烈而壮观；峡中遍布石刻，题刻满山，奇得尤为迷人。有了初步观感后，作者就如高明的导游已领着大家向幽深处去体会红石峡之奇了。

历代征战以此为烈，鼙鼓震天，马嘶镝鸣，战场惨烈之奇中更有将军奇情，将军战罢归来，弹剑呼酒，分麾下炙，真是豪情冲天，衬以"长烟落日，悲笳声声"，征战之苦便穿透千年风烟向你袭来。奇上加奇者，将军还削石为纸，振河为墨，在这峭壁危崖上铁钩银划，直抒胸中块垒。作者此时重点介绍了两处题刻。"榆溪胜地"四字，书法雄奇，用笔沉着，结字险劲，雄踞壁上；而背后的左公的胆识、胸怀、宏略与伟业，更是写出了一位奇人伟人，峭壁之上"隐隐肱股之臣，浩浩大将之风"。"还我河山"其字笔捺沉重，深陷石中，说不尽的臣子恨、亡国痛，抗日名将马占山身上的爱国情怀与不屈精神，使得他又成为一代奇人。

这"收南北而溶古今"的红石峡，一川文字，满河经典，慷慨激昂者

"横竖如枪戟，点撇响惊雷"，豪情壮志能不激荡游人胸怀。更为奇特的是，这里石刻不仅述边关豪情，写地势之险，还有写风光之秀，铁骨柔情，这里都有；有感念地方官吏的治民之德，有表达民族团结之情，可以看出，不仅有征战，还有治国平天下、天下一家的家国情怀。这里又写出了奇情。作者不由赞叹，这石刻是"好一部刻在石壁上的地方志，一枚盖在大漠上的中国印"，不由作诗赞叹中华脊梁。

可见，本文处处写奇，步步铺垫，由奇景到奇石刻，再到奇人，由奇人再到奇情，如万川归海，指向了中华脊梁的情怀。笔墨指处，奇景变换，一变再变，使读者也豪气干云，奇情满怀，这大手笔、大视野、大情怀，是古文游记中罕有的。文中"形、事、情、理、典"兼备，具体形象、可叙之事、真挚的情感、深刻的道理，还有可借用的典故知识，从而经历了作者提倡的好文"三境"的层次：一是景物之美，描绘出逼真的形象，让人如临其境，谓之"形境"，类似绘画的写生；二是情感之美，创造一种精神氛围叫人留恋体味，谓之"意境"，类似绘画的写意；三是哲理之美，说出一个你不得不信的道理，谓之"理境"，类似绘画的抽象。

本文采用古文体，吸收了赋的特点，言简意赅，又极有气势，情感更显深沉浓郁。多用四字词语，对偶句式，双句押韵，发挥了汉语古典美的独特简洁美、对称美、声韵美等神韵。如"将军战罢归来，弹剑呼酒，分麾下炙，长烟落日，悲笳声声"，节奏鲜明，气势如虹，表现了将士们豪迈慷慨、视死如归的气概和战场的苍凉悲壮，几千年的历史和文化积淀都涌现出来。古典文学的独特表现力和强大的生命力在本文得以令人震撼地显现出来。

万里长城一红柳

中国北方最明显的地理标志就是长城。从山海关到嘉峪关，逶迤连绵穿行在崇山峻岭之上，将秦汉到明清的文化符号——镌刻在苍茫的大地上。如果是夕阳西下的时候，一抹红霞涂染了曲曲折折的石墙，又为烽火台、戍楼勾勒出金色的轮廓。这时，你遥望天边的归雁，听北风掠过衰草黄沙，心头不由会泛起一种历史的苍凉。可是谁也没有注意到万里长城由东向西进入陕北府谷境内后，轻轻地拐了一个弯。这个弯子很像旧时耕地的犁，此处就叫犁辕山。这气势浩大，如大河奔流般的长城，怎么说拐就拐了呢。现在能给出的解释，只是为了一座寺和一棵树——一棵红柳树。

那天，我沿着长城一线走到犁辕山头，一抬眼就被这棵红柳惊呆了，心中暗叫：好一个树神。红柳是专门在沙漠或贫瘠土地上生长的一种灌木，极耐干旱、风沙、盐碱。因为生在严酷的环境下，它长不高，也长不粗。当年我曾在乌兰布和沙漠的边缘工作，常与红柳为伴。它大部分的枝条只有筷子粗细，披散着身子，匍匐在烈日黄沙中或白花花的碱滩上。为减少水分的流失，它的叶子极小，成细穗状，如不注意你都看不到它的叶片。这红柳自己活得艰苦却不忘舍身济世。它的枝叶煮水可治小儿麻疹。它的枝条鲜红艳丽，韧性极好，是农民编筐、编篱笆墙的好材料。

238

我大约有一年多的时间，就住在红篱笆墙的院子里，每天挑着红柳筐出入。如果收工时筐里再装些黄玉米、绿西瓜，这在一色黄土的塞外真是难得一见的风景。但它最大的用途是防风固沙，防止水土流失。红柳与沙棘、柠条、骆驼刺等，都是黄土地上矮小无名的植物，最不求闻达，耐得寂寞，许多人都叫不出它的名字。但是眼前的这棵红柳却长成了一株高大的乔木，有一房之高，一抱之粗。它挺立在一座古寺旁，深红的树干，虬劲的老枝，浑身鼓着拳头大的筋结，像是铁水或者岩浆冷却后的凝聚。我知道这是烈日、严霜、风沙、干旱九蒸九晒、千难万磨的结果。而在这些筋结旁又生出一簇簇柔嫩的新枝，开满紫色的小花，劲如钢丝，灿若朝霞。只有万里长城的秦关汉月、漠风塞雪才能孕育出这样的精灵。它高大的身躯摇曳着，扫着湛蓝的天空，覆盖着这座乡间的古寺，一幅古典的风景画。而奇怪的是，这庙门上还挂着一块牌子：长城保护站。

　　站长姓刘。我问保护站怎么会设在这里？他说：这是佛缘。说是保护站，其实是几个志愿者自发成立的团体。老刘当过兵，在部队上曾是一个营教导员，他给战士讲课，总说军队是长城，退下来后回到了长城脚下，看着这些残破的戍楼土墙，心里说不清是什么味道，就想保护长城。府谷境内共有明代长城一百公里，上有墩台一百九十六个，这寺正好在长城的中点。他每次走到这里，就在这棵红柳树下歇歇脚，四周少林无树，就只有这一点绿色。放眼望去，茫茫高原，沟壑纵横，万里长城奔来眼底。他稍一闭眼，就听到马嘶镝鸣，杀声隐隐。可再一睁眼，只有残破的城墙和这株与他相依为命的红柳。一开始为了巡视方便，

介绍自己见过的红柳的生长环境、形状、品性，为写眼前红柳作铺垫。

刻画眼前红柳的身躯、树干、老枝、筋结、新枝、小花，突出红柳的苍劲古朴。照应前文的"树神"惊叹。并与风沙、边塞、长城相映衬，引出对古庙挂牌长城保护站的惊异。

借老刘介绍，虚实结合，进一步写古柳的非凡和它所依存的现实环境与历史环境。

他就借住在寺里。后来身边慢慢聚集了五六个志愿者，就挂起了牌子。

人们常说"天下名山僧占尽"，可这里并不是什么名山，黄土高原，深沟大壑，山穷水枯。也可能就是那"犁辕"一弯，这里才被先民视为风水宝地。犁弯子就是粮袋子，象征着永远的丰收。在这里盖寺庙是寄托生存的希望。寺不知起于何时，几毁几修，仍香火不绝。最后一次毁于"文革"，被夷为平地。但奇怪的是，这寺无论毁了多少次，墙边的那棵红柳却顽强地生存下来，于是就成了重新起殿建寺的标记。从树的外形判断它当在千年以上，明长城距今也只有六百来年。就是说当初无论是修城的将士，还是修寺的僧人，都在仰望着这棵树工作。长城，这座我们民族抵御战争，保卫和平生活的万里长墙，在这里拐了个弯，轻轻地把这寺庙、这红柳搂在怀里。这是生命的拥抱、信仰的倾诉和文化的传递。而这棵红柳，为怕长城太孤寂，年年报得紫花开，花开香满院，又成了寺庙的灵魂。民间常有耗子成精、狐狸成精，及柳树、槐树成精的故事。红柳实现了从灌木到乔木的飞跃，算是成了精，修成了正果。它与长城与寺庙相伴，俯视人间，那密密的年轮和丝绕麻缠的筋结里不知记录了多少人世的轮回。

从文化角度概括了长城、古寺和红柳的关系与意义。古寺建在风水宝地，寄托着人们生存的希望，长城是为了保卫和平生活，红柳历经千年沧桑，记录人世轮回。

如果说长城是人工的智慧，红柳是自然的杰作，那么这寺庙就是人们心灵的驿站。先民日出而作，日入而息，面朝黄土背朝天，他们疲倦的魂灵也需要歇息。这寺庙不大，除了僧房就是佛堂。堂可容六七十人，地上一色黄绸跪垫，前面供着佛像并香烛、水果。可以说，这是我见过的国内最安静的佛堂。堂内窗明几净，无一尘之染。窗外是蓝天白云，人坐室内如在天上。这里既没有名刹大寺里烟火缭绕的喧闹，也无乡间小庙里求报心切的俗气。我少留片刻便返身出来，不忍扰其安宁。

我问，这座寺庙真的灵验？老刘说屡毁屡修总是有一定的道理，反正当地人信。最近一次发起修寺的是一位煤老板，煤矿总出事故，寺一起，事立止。还有，寺下有一村，村里一对小夫妻刚结婚时很恩爱，后渐成反目。妻子恨丈夫如仇敌，打骂吵闹，凶如母虎，家无宁日。公婆无奈，求之于寺。托梦说，前世女为耕牛，男为农夫。农夫不爱惜耕牛，常喝斥鞭打，一次竟将一条牛腿打断。今世，牛转生为女，到男家来算旧账了。公婆闻之半信半疑，遂上寺许愿。未几，小夫妻和好如初，并生一子。这样的故事还可讲出不少。我不信，但教人行善总是好事，借佛道神道设教也是中国民间的传统。就问，怎么不见僧人？答曰，现在不是做功课的时间，都去山下栽树去了。想要香火旺，先要树木绿。村民信佛，寺上的人却信树。也是，没有那株红柳，哪有这寺里千年不绝的香火？

保护站已成立五六年，慢慢地与寺庙成为一体。连僧带俗共十来个人，同一个院子，同一个伙房，同一本经济账。志愿者多为居士，所许的大愿便是护城修城；僧人都爱树，禅修的方式就是栽树护树。早晚寺庙里做功课时，志愿者也到佛堂里听一会儿诵经之声，静一静心；而功课之余，和尚们也会到寺下的坡上种地、浇树、巡察长城。不管是保护站还是寺上都没有专门经费。他们自食其力，自筹经费维持生活并做善事，去年共收获玉米两千斤，春天挑苦菜卖了六千元，秋里拾杏仁又收入八百元。这使我想起中

"不忍扰其安宁"，衬托出古庙的安静，进一步指出古庙是人们心灵的驿站。

由民间信仰和传闻，来说明古庙屡毁屡修的原因，并以僧人种树的信仰来突出红柳对古寺的意义。

国古代禅宗"一日不作一日不食"的农禅思想，一切信仰都脱离不了现实。正说着，人们回来了，几个和尚穿着青布僧袍，志愿者中有农妇、老人、学生，还有临时加入的游客。手里都拿着锄头、镰刀、修树剪子，一个孩子快乐地举着一个大南瓜。有一个年轻人戴着眼镜，皮肤白皙，举止文雅，一看就不是本地人。我问这是谁，老刘说是山下电厂的工程师，山东人。一次他半夜推开院门，见寺外一顶小帐棚里一人正冷得打哆嗦，就邀回屋过夜，遂成朋友。工程师也成了志愿者，有时还带着老婆孩子上山做义工，这院子里的电器安装，他全包了。大山深处，长城脚下，黄土高原上的一所小寺庙里聚集着一群奇怪的人，过着这样有趣的生活。佛教讲来世的超度，但更讲现时的解脱：多做好事，立地成佛，心即是佛，佛即是我。山外的世界，正城市拥堵、恐怖袭击、食品污染、贪污腐化、种族战争等等，这里却静如桃源，如在秦汉。只有长城、古寺、志愿者和一棵红柳。无论中国的儒、佛、道还是西方的宗教都以善行世，就是现在中央提倡的十二条社会主义核心价值观，"友善"也赫然其中。我突然想起马致远的那首名曲《天净沙》，不觉在心里叹道：

长城古寺戍楼，蓝天绿野羊牛，栽树种瓜种豆。红柳树下，有缘人来聚首。

老刘说，其实单靠他们几个志愿者，是保护不了长城的。也曾当场抓获过偷城砖的、挖草药的，甚至还有公然用推土机把长城挖个口子的，但是都不了了之。对方眼睛

"大山深处，长城脚下，黄土高原上的一所小寺庙里聚集着一群奇怪的人，过着这样有趣的生活"，是长城、古庙、红柳与人们共同结下的缘分使他们聚集在一起。这缘分穿越历史和中西文化，就是"友善"。

作者一曲《天净沙》，点出红柳与缘，突出红柳的意义。

242

瞪得比牛眼还大，说："你算个球！县长都不管呢。"确实他们一不是公安，二不是警察，遇到无赖还真没有办法。但是现在可以"曲线护城"了，这就是来借助树和佛。目前虽还没有一个管用的"护城法"，却有详细的《林业法》，作恶者敢偷砖挖土，却不敢偷树砍树。保护站就沿长城根栽上树，无论人砍、牛踏、羊啃都是犯法。而同样是巡城、执法，志愿者出来管，对方也许还要争执几句，僧人双手一合十，他就立马无言。头上三尺有神明，人人心中有个佛呀。这真是妙极，人修了寺，寺护了树，树又护了长城。文物保护、治理水土、发展林业、改善生态等，无论从哪一方面来说这都是个很有意思的典型。就像那棵无人问津、由灌木变成乔木的红柳，在这个古老的犁辕弯里也有一个少为人知、亦俗亦佛、既是环保又是文保的团体。县长下乡调研，见此很受感动，随即拨了一笔专项经费给这个不在册的保护站。县长说，这笔钱就不用审计了，他们花钱比我们还仔细。两年来老刘用这钱打了一眼井，栽了三百亩的树，为站里盖了几间房。寺不可无殿，城不可无楼。他还干了一件大事，率领他的僧俗大军（其实才十来个人）走遍沿长城的村子，收回了一万多块散落在民间的长城砖，在文物局指导下修复了一个长城古戍楼。完工之日，他们在寺庙里痛痛快快地为历年阵亡的长城将士做了一个大法会。

那天采访完，我在寺上吃晚饭，大块的南瓜、土豆、红薯特别的香。他们说，这是自己种的，只有地里施了羊粪才能这样好，山外是吃不到的。饭后，我要下山，老刘送我到寺门口。香客走了，志愿者晚上回城去住，寺里突

人与自然、现实与历史相互保护，相互依存，作者借长城站的僧俗大军的故事，揭示了作者新的发现与深沉思考，点出文章主旨。

以夕阳下红柳的奇异色彩，来衬托老刘等志愿者的精神境界。

然冷清下来。晚风掠过大殿屋脊的琉璃瓦，吹出轻轻的哨音。归鸟在寺庙上空盘旋着，然后落到了墙外的林子里。夕阳又给长城染上一圈金色的轮廓。人去鸟归，万籁俱静，我突然问老刘："这么多年，你一个人守着长城，守着寺庙，是不是有点孤寂？"他回头看了一眼红柳，说："有柳将军陪伴，不孤单，胆子也壮。"这时夕阳已经给红柳树镀上一层厚重的古铜色，一树紫花更加鲜艳。我说："回头，在北京找个专家来给你测一下这树的年龄。"他说："不用了，我已经知道。"我大奇："你怎么知道的？""去年秋八月的一个晚上，后半夜，月光分外地明。我在房里对账，忽听外面狗叫。推开院门，在红柳树旁站着一位红盔绿甲的将军。他对我说，你不是总想知道这树的年龄吗？我告诉你，此树植于周南王十四年，到今天已 2326 年。说完就消失了。"我看看他，看看那树，这一次我真的是惊呆了。

"第一件事"，写出作者对树龄的崇敬探寻，"不忍心"写出作者对老刘们的崇敬。以对红柳和人的崇敬之情结束全文。

回京后，我第一件事就是去查中国历史年表，史上并没有"周南王"这个年号。但是，我不忍心告诉老刘。

阅读指导

陕北府谷境内，长城拐了个弯，长城脚下有一座古庙，庙旁有一株古红柳，庙里和红柳旁聚集了一群僧俗，他们和它们来自一个共同的缘分。作者以那长城、那古寺、那红柳，写了那历史、那群人、那缘分、那人与自然与历史与未来的思考，笔意曲折，娓娓道来，说神道异，含义深远。

古寺建在风水宝地，寄托着人们生存的希望，长城是为了保卫和平生活，红柳历经千年沧桑、记录人世轮回。民间信仰佛，相信古寺的佛力，古庙得以屡毁屡修；僧人以种树为信仰，古红柳对古寺意义重大。这独特的地理位置、古柳古庙的撼人魅力，吸引了一群奇怪的人到这大山深处、长城脚下、黄土高原上的一所小寺庙里，一株古树旁，过着一种有趣的生活，这穿越历史和中西文化的缘分，儒道佛及各种向善的信仰，就是"友善"。红柳引导僧人种树，种树可以防风沙、固水土，更可以护长城、防破坏，长城站的志愿者和热心的游客，因各种机缘走在了一起，一起做着保护文物、保护大自然、开发自然与历史的事，做着开启人与自然、与现实与历史的新关系的大小事，引导人们思考一种新的信仰，新的修行，就是人与大自然、与历史相互保护，相互依存，一种大"友善"的世界观。作者借长城站僧俗大军的故事揭示了新发现，借夕阳下的奇异红柳，来写老刘等志愿者的精神境界，提出了新的深沉的思考，点出了文章主旨。

文章以惊异开篇，以破解怪异说法而不忍说破结束，行文一直在民间信仰和神奇传闻中，在文化感召、在神秘力量的吸引下勾连历史与现实、勾连长城古庙红柳僧俗大军，写得新奇神异，有一种独特的魅力。

作者用笔老练圆熟，写景用几句就能描绘出神韵，叙事用几句就能写出人物境界。如写红柳，"浑身鼓着拳头大的筋结，像是铁水或者岩浆冷却后的凝聚。我知道这是烈日、严霜、风沙、干旱九蒸九晒、千难万磨的结果"，寥寥数语，形神兼备。"而在这些筋结旁又生出一簇簇柔嫩的新枝，开满紫色的小花，劲如钢丝，灿若朝霞"，由形、色写出了古红柳的生命力苍劲旺盛。问老刘是否孤寂，以"夕阳已经给红柳树镀上一层厚重的古铜色，一树紫花更加鲜艳"来融情于物，借物抒情，隐喻了古生命力古信仰的再绽新花。

第四单元

行走人生

行走在人生的旅途，你总能看到最美的风景。

忽又重听走西口

正月里回家乡过年，初三那天作家赵越、亚瑜夫妇请吃饭，点的全是山西菜，不为别的，就是要个乡土味。席间，我问赵兄，最近又写了什么好歌词。我知道这几年他在词界名声大振。从中央电视台的春节晚会，到山西歌舞剧院出国演出，无不有他的新词。他说别的没有，倒有一首《走西口》，是旧瓶装新酒，还可自慰。我知道《走西口》是在山西、内蒙古、陕西一带流行极广的一首民歌。过去晋北、陕北一带生活苦寒，一些生活无着的人便西出内蒙古谋生，有的是去做点小买卖，有的是春种秋回，收一季庄稼就走。这一生活题材在民间便产生了各种版本的《走西口》，大都是叙青年男女的离别之情，且多是女角来唱，其词凄切缠绵，感人肺腑。赵君这一说，再加上这满桌莜面、山药蛋、酸菜羊肉汤，乡情浓于水，歌情动于心，我忙停箸抬头请他将新词试说一遍。他以手辗转酒杯，且吟且唱：

吃饭要乡土味，为写歌要乡土味营造气氛。

简介《走西口》的流行区域、情感内容。

叫一声妹妹哟你泪莫流，

泪蛋蛋就是哥哥心上的油。

实心心哥哥不想走，

真魂魂绕在妹妹身左右。

叫一声妹妹哟你不要哭，

哭成个泪人人你叫哥哥咋上路？

人常说树挪死来人挪活,

又不是哥哥一人走西口。

啊,亲亲!

挣挣上那十斗八斗我就往回走。

就这么几句,我心里一惊,不觉为之动容。确实是旧瓶新酒,变女声为男声,男儿有泪不轻弹,其悲中带壮,情中有理,虽无易水之寒,却如长城上北风之号,只有在黄土地上,在那裸露的沙梁土坎上,那些坡高沟深,无草无树,风吹塬上旷,泥屋炊烟渺的黄土高原上才可能有的这种质朴的赤裸裸的爱。这是小溪流水,竹林清风,《阿诗玛》《刘三姐》等那种南国水乡式的爱情故事所无法比拟的。赵君过去写过许多洋味十足的诗,其外貌风度也多次被人错认为德国友人、墨西哥影片里的角色等,不想今日能吐出如此浑厚的黄土之声。我说你以前所有的诗集、歌词都可以烧掉了,只这一首便可使大名传世。这时一旁的亚瑜君插话:"别急,你听下面还有对妹子的呵护之情呢。"赵君接着吟唱:

叫一声妹妹你莫犯愁,

愁煞了亲亲哥哥不好受。

为你码好柴来为你换回油,

枣树圪针为你插了一墙头。

啊亲亲!

到夜晚你关好大门放开狗。

……

叫一声妹妹哟你泪莫流，

挣上那十斗八斗我就往回走！

我是在西口外生活过整整六年的。大学一毕业即被分
配到那里当农民，也算是走西口，不过是坐着火车走。那
时当然比现在苦，但还不至于苦到生活无着，并不是为了
糊口，是为了"支边"，或者是充边，是"文化大革命"
中对"臭老九"的发配。当时我也未能享受到歌中主人翁
的那份甜丝丝的苦，那份缠绵绵的愁。因为那时还没有一
个能为我流泪滴油的妹妹。正是天苍苍，野茫茫，孤旅一
人走四方。但那天高房矮，风起沙扬，枣刺柴门，黄泥短墙，
寒夜狗吠，冷月白窗的塞外景况我实在是太熟悉了。你想
孤灯长夜，小妹一人，将要走西口的哥哥心里怎么能放心
得下，于是就在墙头上插满枣刺，又嘱咐夜晚小心听着狗
叫。人走了，心还在啊。"妹的泪是哥心上的油，真魂魂
绕在妹身左右"，这是何等痛彻心骨的爱啊！这种质朴之
声，直压中国古典的《西厢记》，西方古典的《罗密欧与
朱丽叶》。赵君谈得兴起，干脆打开了音响，请我欣赏著
名民歌演唱家牛宝林演唱的这首《走西口》。霎时，那嘹
亮的带有塞外山药蛋味的男高音越过了边墙内外和黄土高
坡上的沟沟坎坎、峁峁塔塔。我的心先是被震撼，接着被
深深地陶醉了。

祖逖闻鸡起舞，我今闻赵君一歌思绪起伏。爱情这东
西实在属于土地，属于劳动，属于那些无产、无累、无任、
无负的人。古往今来有多少专吃爱情饭的作家，从曹雪芹
到张恨水到琼瑶，连篇累牍，其实都赶不上塞外这些头缠

白毛巾的小伙子掏出心来对着青天一声吼。就像人类在科学上费尽心机，做了许多发明，回头一看远不如自然界早已存在的物和理，又赶快去研究仿生学。赵君也是写了大半辈子诗的人了，绕了一圈回过头来，笔墨还是落在了这一首上。人以五谷为本，艺术以生活为根。黄土地实在是我们永远虔诚着的神。这使我想起四十年代在陕北那块贫瘠的土地上，一批肚子里装满了翰墨的知识分子，他们打着裹腿，穿着补丁褂子，抿着干裂的嘴唇，顶着黄风，在土沟里崖畔上白天晚上地寻寻觅觅，为的是寻找生活的原汁原味，寻找艺术的源头。这其中最具代表性的是李季的《王贵与李香香》：

沟湾里胶泥黄又多，

挖块胶泥捏咱两个。

捏一个你来捏一个我，

捏的就像活人托。

摔碎了泥人再重和，

再捏一个你来再捏一个我。

哥哥身上有妹妹，

妹妹身上有哥哥。

我请赵君给我随便讲一件在晋西北采风的事。他说："一次在黄河边上的河曲县采风，晚上油灯下在一家人的土炕上吃饭，我们请主人随意唱一首歌。小伙子一只大手卡着粗瓷碗，用筷子轻敲碗沿，张口就唱'蜜蜂蜂飞在窗棂棂上，想亲亲想在心坎坎上'，不羞涩，不矫情。像吃

模拟四十年代延安文艺工作者从民间寻找艺术的起源，指出"艺术以生活为根"。

252

饭喝水一样自然。"这也使我想起那一年在紧靠河曲的保德县（歌唱家马玉涛的家乡）采访，几位青年男女也是用这种比兴体张口就为我唱了一首怀念周总理的歌，立时催人泪下。这些伟大的歌手啊，他们才是大师，才是音乐家，就像树要长叶，草要发芽，他们有生就有爱，有爱就有歌，怎么生活就怎么唱。在他们面前我们真正自愧不如。到后来，等到我也开始谈恋爱时，虽然也是在西口古地，也是大漠孤烟，长河落日，锄禾田垄上，牧马黄河边，但是无论如何也吼不出那句"泪是哥哥心上的油"。现在闻歌静思才明白，真正的爱、质朴的爱最属于那些土里生土里长的山民。他们终日面对黄土背朝天，日晒脊梁汗洗脸，在以食为天的原始劳作中油然而生的爱，还没有受过外面世界的惑扰，还保有那份纯那份真。

以自己谈恋爱不敢这样表达，来赞扬乡间歌手，赞扬他们怎么生活就怎么唱，赞扬他们爱得质朴纯真。

就像要找真人参还得到深山老林中的悬崖绝壁上去寻，像我们这些城市中的文化人每天挤汽车、找工作、评工资，还有什么迪斯科、武打片、环境污染、公共关系，早已疲惫不堪，许多事都是"欲说还休（羞）"，哪里还有什么"泪蛋蛋、真魂魂、枣圪针、实心心"，更没有什么晚上能卧在你脚下的狗。

用城市中的文化人所受污染，来衬托乡间歌手的纯真。

听着歌，我不禁想起两件事。一是著名学者梁实秋，晚年丧妻后爱上了比他小二十多岁的孤身一人的歌星韩菁菁。这是个人的私事本来很自然，但却舆论哗然。首先梁的学生起来反对，甚至组织了"护师团"来干预他的爱。老教授每天早晨起来手拿一页昨晚写好的情书，仰望着情人的阳台。这位感情丰富、古文洋文底蕴极厚，又曾因独立翻译完成《莎士比亚》而得大奖，装了一肚子爱情悲喜以梁实秋先生不敢大胆示爱，来强调文化的重负造成了爱的弯曲。

剧的老先生绝不敢在静静的晨曦中向楼上喊一嗓子："叫一声妹妹你莫愁。"文化的负重，倒造成了爱的弯曲，至少是爱的胆怯。

　　还有一件事，是那一年我在西藏碰到的一件极普通但又印象极深的事。那天我在布达拉宫内沿着曲曲折折的石阶木梯正上下穿行，这座千年旧宫正在大修，到处是泥灰、木料，我仔细地看着脚下的路，忽然隐隐传来一阵歌声。我初不经意，以为是哪间殿堂里在诵经。但这声音实在太美了，乐声如浅潮轻浪，一下下地冲撞着我的心。我心灵的窗户被一扇一扇地推开了，和风荡漾，花香袭人。我便翻架钻洞，上得一层楼上，原来是一群青年男女正在这里打地板。西藏楼房的地板是用当地产的一种"阿嘎"土，以水泡软平铺地上一下一下地砸，砸出的地板就像水磨石一样，能洗能擦，又光又亮。从一开始修布达拉宫到以后历朝历代翻修，地面都是这样制作，他们称为土水泥。我钻出楼梯口探头一看，只见约三十个青年分成男女两组，一前一后，每人手中持一根齐眉高的细木杆，杆的上端以红绸系一个小铜铃铛，下端是一块上圆下平如碗之大的夯石。在平坦的地板上，后排方阵的小伙子都紫红脸膛，虎背熊腰，前排方阵的姑娘们则长辫盘头，腰系彩裙，面若桃花。只听男女歌声一递一进，一问一答，铃声璨璨，夯声墩墩，随着步伐的进退，腰转臂举，袍起袖落。这哪里是劳动，简直就是舞台演出，这时旁边的游人被吸引得越聚越多。青年们也越打越有劲，越唱越红火，特别是当姑娘们铃响夯落，面笑如花，转过脸去向小伙子们甩去一声歌，那群毛头小伙子就像被鞭子轻轻抽了一下，喜得一蹦

先闻其声，后见其方阵，边劳动边歌舞，浓浓的生活情趣怎不酝酿爱情，怎不吸引游客？描写得真切传神。

一跳，手起铃响，轰然夯落，又从宽厚的胸中发出一声山呼之响，嗡嗡然，声震屋瓦绕梁不绝。和我同去的一位年轻人竟按捺不住自己，跳进人群，抢过一根夯杆也手之舞之，足之蹈之起来。我看之良久，从心里轻轻地喊出一声："这样的劳动怎么能不产生爱情！"

爱是男女相见相知，不由得生发出的相悦相恋之情。对这种感情的表达不同生活环境中的人会有不同的方式。李清照与其夫金石家赵明诚算是中国历史上文化层次很高的一对了。两人分居两地十分思念，李清照便写了一首后来在中国文学史上极有名的《醉花阴》：

薄雾浓云愁永昼，瑞脑消金兽。佳节又重阳，玉枕纱橱，半夜凉初透。东篱把酒黄昏后，有暗香盈袖。莫道不销魂，帘卷西风，人比黄花瘦。

李将这首词寄给丈夫，赵明诚喜其情切词美，发誓要回写一首并超过她，便谢客三天，废寝忘食，得五十首，杂李词于其中以示友人。友人玩之再三，说只有这三句最佳："莫道不销魂，帘卷西风，人比黄花瘦。"赵自叹不如。像这种爱，早已经是非要爱出个花样不可，有点斗法的味道了。梁实秋与他所爱的大歌星当着面什么不能说，非得先写好一份情书，然后再捧书上门。这真是"人生识字扭捏始，偏要拐那十八道弯"。学问越高，拐的弯就越多。

文者，纹也，装饰，花样之谓也。文人办什么事都爱包装一下，连表达爱也是这样。但物极必反，弯子拐得过多，作品就没有人看了，文人自己也会觉得没趣，于是又寻找

不同生活环境中的人会有不同的爱情表达方式。以李清照夫妇为例提出"学问越高，拐的弯就越多"，来衬托乡间爱情表达得直白、质朴。

255

回归。胡适说："中国文学史上何尝没有代表时代的文学？但我们不应向那古文传统史里去找。应该向旁行斜出的不肖文学里去找寻，因为不肖古人，所以能代表当世。"胡适其他观点暂不去论，他的这句话倒很合毛泽东同志讲的，人民生活"是一切文学艺术取之不尽、用之不竭的唯一的源泉"，"过去的文艺作品不是源而是流"。所以从古到今，诗歌都有向民歌，特别是向民间的情歌学习的好传统。明代出了个作家冯梦龙，清代乾隆朝有个王迁绍，专向白话俚语学习，大量收集民间创作。有一首情诗《牛女》这样写道：

闷来时

独自个在星月下过。

猛抬头，

看见了一条天河，

牛郎星、织女星俱在两边坐。

南无阿弥陀佛，

那星宿也犯着孤。

星宿儿不得成双也，

何况他与我。

用这首诗来比李清照的《醉花阴》如何？更能感觉到直接来自生活源头的清纯。而且在表现手法上，先是平平道来，最后用了逆挽之法，说是技法的成熟，不如说是真情所在，情到技到，大道无形，真情无文。其实一切好的民歌的美，正在于此。无论铺排、比兴，全在一个真实自然，

（侧栏）

引用胡适、毛泽东话语，明清事例，来表明生活是艺术的源泉，还是来自生活源头的比较清纯。进而提出要向民间学习，去掉文人身上的珠光色和脂粉气。

256

见情而不露文。唐代是我国诗歌发展史上的一个高峰。像白居易那样的大家写罢诗后也要去向老太婆读，好求得民间的认同。刘禹锡在向民歌学习方面也很见成效，他的《竹枝词》就很有质朴之美："杨柳青青江水平，闻郎江上唱歌声，东边日出西边雨，道是无晴却有晴。"在诗歌创作方面，这种学习从古至今一直不衰。连那个只会写词不会治国的亡国之君李后主也有一首写得很直率的《菩萨蛮》：

花明月暗笼轻雾，今宵好向郎边去！袜步香阶，手提金缕鞋。画堂南畔见，一向偎人颤。奴为出来难，教郎恣意怜。

看来不管是皇帝老子还是风流名士，要写好诗就得向百姓学习，努力去掉文人身上的珠光色和脂粉气。当然学习也要有个度，也不是越土越好，土到《红楼梦》里的薛蟠体也就糟了。

注意辩证，使持论更严密。

其实，赵君的诗大多是为歌、为舞而写的。这几年在舞台上有一股不太好的风气，哪怕是唱一首很淳朴的民歌，也要灯光陆离，烟雾漫漫，然后再找一些不明不白的伴舞，在歌手的前后左右伸胳膊蹬腿，非得把那清粼粼的旋律，蓝格莹莹的舞台，搅得一团混沌才甘心。而赵君的词却自带着一份不可亵渎的清纯。所以他的词也给舞台的台风带来了可喜的回归。他这几年的一大功劳是与著名编舞王秀芳等人合作创作了两台乡土味极浓的歌舞《黄河儿女情》和《黄河一方土》。这两台戏大震京华，并多次远征国际舞台。可见人心思土，艺风贵朴。

以灯光陆离、一团混沌的歌舞来反衬赵君词作的清纯，指出人心思土，艺风贵朴。

剧中有一段《背河》舞，就是编舞在他那首极富动感的歌词的启发下编出的，效果极佳。北方的河水清浅，又多无桥，男人一般能蹚水过河，姑娘、媳妇胆小怕凉不敢蹚水，于是就专门有人在河边做起背人过河的生意，挣个小钱。前面说过，凡有劳动的地方就有爱，就在河边这种特殊劳动的小皱褶里也藏着爱。赵君的《背河》词是这样写的：

　　　　背起小妹妹河中走，

　　　　背了个欢喜扔了个愁。

　　　　妹妹的细腰扭呀扭，

　　　　扭得哥哥甜格滋滋，

　　　　像喝了蜜酒。

　　　　得儿哟，得儿哟，

　　　　莫怕那风浪三丈三，

　　　　妹妹哟，妹妹哟？

　　　　哥的劲头九十九丈九！

　　　　背起小妹妹河中走，

　　　　叫声妹妹不要害羞；

　　　　小心那掉在河里头，

　　　　快把哥哥亲格热热，

　　　　紧紧地搂。

　　　　得儿哟，得儿哟，

　　　　明年再背你下花轿，

　　　　妹妹哟，妹妹哟？

　　　　亲手给你揭开红盖头！

他的这首歌，又使我想起当年在口外当农民劳动锻炼时的一幕戏。春天里大地刚刚苏醒，春风吹过河套平原，有一丝丝的温馨，一丝丝的甜润。柳条开始发软，枯草刚顶出新芽。劳动休息时，四野空旷无以为乐，经常的节目是摔跤。让我们这些洋学生大吃一惊的是，那些还没有脱去老羊皮袄或者厚棉袄的姑娘，手大腰壮，竟敢向小伙子叫阵，一会儿就龙腾虎跃，翻滚在松软的犁沟里，羞得我们看都不敢看。在劳动中油然而生爱心，爱心萌动就以歌抒之，歌之不足，舞之蹈之。现在想来田野上这种超出舞蹈的游戏中又一定还藏有那歌之舞之所未能表达尽的爱。

大自然春意萌动，姑娘小伙爱心萌动，劳动之中，歌之舞之乃至别有意味的摔跤。凡有劳动的地方就有爱。

在赵君家吃了一顿饭，听了几首歌，倒惹我想了这许多。临走时赵君送我两盒《走西口》的磁带，这回赴宴真是货真价实。

首尾呼应。

阅读指导

　　"忽又重听走西口"，标题就充满情感的冲击力。在浓浓的乡土味的酒席间，老朋友随口说起一首新填词的民歌，使作者想了很多。西北地区流行的各种版本的《走西口》，大都是叙述青年男女的离别之情，且多是女角来唱，其词凄切缠绵，感人肺腑。朋友新作的《走西口》由男声来唱，其悲中带壮，情中有理，黄土高原上才可能有的这种质朴、赤裸裸的爱，令人痛彻心骨。这种质朴之声，直压中西古典的经典之作。

　　作者由歌词的直白想到了"艺术以生活为根"，艺术的源头在民间。并借不同生活环境中的人会有不同的爱情表达方式（乡间爱情表达得直白质朴，而文化的重负造成了爱的弯曲），来提出要向民间学习，去掉文人身上的珠光色和脂粉气，进而指出人心思土、艺风贵朴，艺术上推崇质朴之风。结合一些舞台台风，文章起到了文艺批评的作用，看似随意写来，实则苦心安排。

　　文章联想丰富，以对《走西口》的感悟为线索，组织了古今中外的文艺材料，逐层推进提出了自己的文艺观。有作者大西北的生活体验，有对《走西口》民谣的既有认识，有朋友的旧瓶装新酒，有李季的《王贵与李香香》，有赵君晋西北采风，写出了《走西口》民间文艺的质朴，为文艺走百姓之路、向民间学习作铺垫。有梁实秋先生不敢大胆示爱，有藏族青年男女边劳动边歌舞，有李清照夫妇诗词酬和，有胡适、毛泽东话语、明清事例，来强调同生活环境中的人会有不同的爱情表达方式，文化的重负造成了爱的弯曲，民间爱情表达得直白质朴，从而表明生活是艺术的源泉，来自生活源头的艺术比较清纯，要向民间学习。又联系现实生活中的舞台正反例子，联系赵君的《背河》，又由此想到西北初春男女摔跤的旺盛的生命力，提出"人心思土，艺风贵朴"的文艺观。丰富的材料使说理自然，可读性强，避免了枯燥的说理和严肃的说教。

"打地板"一段描写，生动形象，热烈感人。抓住劳动队伍的组成、布局、工具、劳动方式、歌舞方式，使读者有整体画面感。再以姑娘们铃响夯落，转脸甩歌，毛头小伙子一蹦一跳，手起铃响，轰然夯落，胸中一声山呼，来具体刻画，有形有声有色。更以年轻游客抢过一根夯杆也手舞足蹈，来刻画和渲染歌舞劳作的民间文艺的魅力。本段点面结合，刻画逼真，令人置身当时的环境，感染力强，生动形象。

书与人的随想

在所有关于书的格言中，我最喜欢赫尔岑的这句话：书是行将就木的老人对刚刚开始生活的年轻人的忠告……种族、人群、国家消失了，但书却留存下去。

人类社会是一个连续发展的过程，我们常将它们比作历史长河，而每个人都是途中搭行一段的乘客。每当我们上船之时，前人就将他们的一切发现和创造，浓缩在书本中，作为欢迎我们的礼物，同时也是交班的嘱托。由于有了这根接力魔棒，所以人类几十万年的历史，某一学科积几千年而有的成果，我们便可以在短时间内将其掌握，而腾出足够的时间去进行新的创造。书籍是我们视接千载、心通四海的桥梁，是每个人来到这个世界上首先要拿到的通行证。历史愈久，文明积累愈多，人和书的关系就愈紧密相连。

现实生活中我们常常会发现一个新世界，比如海洋、太空、微生物，等等。凡新世界都会给我们带来无穷的乐趣。但真正大的世界是书籍，它是平行于物质世界的另一个精神世界。有位养生家说："健康是幸福，无病最自由。"这是讲作为物质的人。大多正常的人刚生下来没有任何疾病，一张白纸，生机盎然，傲对现世。以后因风寒相侵，细菌感染，七情六欲，就灾病渐起，有一种病就减少一份活动的自由。作为精神的人正好与此相反。他刚一降生时，

<!-- 左侧批注 -->
引用名言，点明书与人的关系，点明中心论点：读书有很大意义。

从人类历史的角度，以书是人类历史的接力魔棒的比喻来论证书与人的关系。

对这个世界一无所知，迷蒙蒙，怯生生，茫然对来世。于是就识字读书，读一本书就获得一份自由，读的书越多，获得的自由度就越大。所以一个学者到了晚年，哪怕他是疾病缠身，身体的自由度已极小极小，精神的自由度却可达到最大最大，甚至在去世之后他所创造的精神世界仍然存在。哥白尼一生研究日心说，备受教会迫害，到晚年困顿于城堡中，双目失明，举步维艰，但他终于完成了划时代巨著《天体运行》。到去世前一刻，他摸了摸这本刚出版的新书欣然离开了人世。这时他在天文世界里已获得了最大自由，而且还使后人也不断分享他的自由。

从现实生活的角度，指出书是平行于物质世界的精神世界。举哥白尼的例子来佐证一个人读的书越多，获得的自由度越大，从而论证书对人的意义。

中国古代有人之初性恶性善之争。我却说，人之初性本愚，只是后来靠读书才解疑释惑，慢慢开启智慧。凡书籍所记录、所研究的范围，所涉及的东西，他都可以到达，都可以拥有。不读书的人无法理解读书人的幸福，就像足不出户者无法理解环球旅行者或者登月人的心情。既然书总结了人类的一切财富，总结了做人的经验，那么读书就决定了一个人的视野、知识、才能、气质。当然读书之后还要实践，但这里又用到了高尔基的那句话："书籍是人类进步的阶梯"，如果你脚下不踏一梯，你的实践又能走出多远呢？那就只能像一只不停刨洞的土拨鼠，终其一生也不过是"吃穿"二字。你可以自得其乐，但实际上已比别人少享受了半个世界。一个人只有当他借助书籍进入精神世界，洞察万物时，他才算跳出了现实的局限，才有了时代和历史的意义。古语言：读书知理。谁掌握了真理谁就掌握了世界。所以读书人最勇敢，常一介书生敢当天下。像毛泽东当年不就是以一青年知识分子而独上井冈，面对腥风血雨坚信必能再造一个新中国，他懂得阶级分析、阶级斗争这个理。像马寅初那样，敢以一朽老翁面对汹汹批判，而坚持到胜利，他懂得人口科学这个理。他知道即使身不在而理亦存，其身早已置之度外。读书又给人最大的智慧。爱因斯坦在伽利略、牛顿之书的基础上，发现相对论，物理世界一下子进入一个新纪元。马克思穷读了他之前的所有经济学著作，发现了剩余价值规律，指出资本主义必然灭亡，一下子开辟了社会主义革命的新纪元。他们掌握了事物之理，看世界就如庖丁观牛，"以神遇而不以目视"，这是常人之所难及。所以从一定意义上讲读书造人。你要成为某方面有用的人，就得攻读某方面的书，你要有发现和创造就得先读过前人积累的书。毛泽东讲，从孔夫子到孙中山都要给以总结，历史也就真的产生了毛泽东、邓小平这样的巨人。这就是为什么一个民族的或者世界的伟人，必定是一个知识分子，一个读书人，一个读书最多的人。

我们作为一个历史长河中的旅人，上船时既得到过前人书的赠礼，就该想到也要为下一班乘客留一点东西。如果说读书是一个人有没有求知心的标志，那么写作就是一个人有没有创造力和责任感的标志。读书是吸收，是继承；写作是创造，是超越。一个人读懂了世界，吸足了知识，并经过了实践的发展之后才可能写出属于他自己而又对世界有用的东西，这就叫贡献。这样他才真正完成了继承与超越的交替，才算尽到历史的责任。写作是检验一个人的学识才智的最简单方法，写书不是抄书，你得把前人之书糅进自己的实践，得出新的思想，如鲁迅之谓吃进草，挤出牛奶。这是一种创造，如同科学技术的发现与发明，要智慧和勇气。小智勇小文章，大智勇大文章。唐太宗称以铜为镜、以史为镜、以人为镜，其实文章也是一面大镜子，验之于作者可知驽骏。古往今来，凡其人庸庸，其言云云，其政平平者，必无文章。古人云立德立言，人必得有新言汇入历史长河尔后才得历史的承认。无论马、恩、毛、邓，还是李、杜、韩、柳，功在当世之德，更在传世之文——他们有思想的大发现大发明。我们不妨把每个人留给这个世界的文章或著作算作他搭乘历史之舟的船票，既然顶了读书人的名，最好就不要做逃票人。这船票自然也轻重不同，含金量不等，像《资本论》或者《红楼梦》，那是怎样一张沉甸甸的票据啊。书的分量，其实也是人的分量。

读书、写书与做人有机统一起来。

不读书愚而可哀，只读书迂而可惜，读而后有作，作而出新，是大智慧。

总结各部分，点出论点，照应标题和开头。

265

阅读指导

　　本文说是"随想"，也不是散漫地想，而是层次清楚，首尾照应，结构完整。首先是借名言指出书与人的关系，然后分别从人类历史和现实生活的角度论证书对人的意义，进而从"读书就决定了一个人的视野、知识、才能、气质""读书人最勇敢""读书又给人最大的智慧"三个方面，进一步论述读书对人的意义，对一个民族的意义。在此基础上，提出人不仅要读书，还要发挥自己的才智去写书留给后人。

　　文章以每个人是历史长河中的乘客为喻，用接受前人的礼物也要为下一班乘客留下一点东西，来形象论证读书与写书对人的重要意义。"我们不妨把每个人留给这个世界的文章或著作算作他搭乘历史之舟的船票，既然顶了读书人的名，最好就不要做逃票人。这船票自然也轻重不同，含金量不等，像《资本论》或者《红楼梦》，那是怎样一张沉甸甸的票据啊。书的分量，其实也是人的分量"，文末整体采用这个比喻，贴切、生动、幽默，便于说理。

佩莱斯王宫记

我曾暗发宏愿，如可能要遍访世界上现存的王宫。因为王是一国权力的最高象征，王宫自然集中了这个国家最好的东西，包括自然风景、建筑艺术、历史文化，等等。所以当罗马尼亚主人邀请我们访问佩莱斯王宫时，我窃喜正中下怀。

车子从布加勒斯特出发，向北驶去，一望无际的平原上刚翻过的土地袒开褐色的胸膛，天边或路旁不时出现一片茂密的森林，我顿然感到大自然的辽阔和这异国风光的美丽。路边靠着公路很近的地方常有农民的住房，这极普通的建筑却令我在车里激动得无法坐稳，欠着身子，贴着车窗贪婪地向外看。我的第一感觉是：这房子不是给人住的，而是给人看的。大凡给人住的房子，总是面积求大，结构简单，用料用工求省，所以现代民居，要是平房就是一个火柴盒子，要是楼房就是一个大集装箱。而这些房子却绝不肯四面整齐划一，房子的一面或凸或凹，呈折线或弧线的美。我的视线紧紧捕捉着一套扑过来又急急闪过的房子，它的门厅有意不开在正中，而是于房角挖掉一块，像一个熟鸭蛋被切了四分之一，露出蛋黄剖面，颜色和方位都十分雅致。路边所有的房顶都不像中国的房子一样，成一面坡或两面坡，那房收顶时才是建筑师大露一手之际，屋顶伸出许多尖的、圆的、多棱形的高柱，如魔盒子里探

由发下宏愿入手，点出受到邀请去游皇宫的窃喜。开篇富有情趣，引人入胜。

267

介绍路旁民居的异域独有特点，造型奇特，追求艺术性，为写王宫做铺垫。

以电影之虚写山谷之实，虚实结合，渲染气氛。以至于希望电影中的勇士会从这山谷中走出，最后以山风吹雪来表达"落花有意，流水无情"的遗憾，进一步为后文得以饱览王宫做铺垫。

出的手。我想这房主人都是些大公无私、为他人着想的人。要是只为实用，大可不必这样复杂，他却花钱花工，给来往的行人制造了一件工艺品，免费参观，提供美的享受，使许多如我这样的外乡人大饱眼福。这是参观王宫前的一个铺垫，我的情绪先有了一个适应异域的空间转换。

车子甩脱平原渐入山区，远处是白雪皑皑的山峰，公路沿着一条条山谷，谷下有河，名佩莱斯河，此地就因河得名。河隐藏在浓密的松树、白桦、冷杉深处，水流潺潺，只闻其声。树是特别的高大，一般要二人合抱，密密地插在山坡上。积雪压在叶上，铺在树下，雪静树更绿，空山不见人，有一种莫名的幽邈。我忽然想起曾看过的一部电影，是描写罗马尼亚古代社会的。公元前，这片土地上生活着达契亚人，这是罗马尼亚人的祖先，公元二世纪罗马人侵入这里，达契亚人开始了与罗马人的长期征战、融合。那片子的外景大约就在这沟里拍的，也是这树、这水和沟里尖顶的草房。武士们用笨重的铜剑格斗，声震山谷，尸横遍野。印象最深的一幕是：一支军队因败阵归来要执行军纪，处死一半，于是站成一列，一、三、五，单数点名，点到的人出列，伏首到前面的木墩子上，引颈等着巨斧劈下，遵命如流，视死如归。那曾经是一个多么野蛮又多么壮丽的时代。当时我坐在影院，被震慑得如痴如呆，忘乎所在。想不到今天能溯访此地。我停车路边，向深深的谷底、密密的林中眺望，希望那里能走出一两个腰围兽皮，握剑持盾的勇士。山风吹过，树森然不动，却抖落下一些纷纷扬扬的雪。

王宫坐落在山湾子里，公路在这里随山的走向回了一个圈，水好像也是在这里发源的。东面是一面斜伸上去的大雪山，凄迷的雪雾一直漫到天外，古树在雪线以下排着奇幻的方阵，忽出沟底，忽涌波上，森森然，如黛如墨，有时消失在远处的雪光中又如烟如织。王宫在山坡上临谷面南而立，这是一座石木结构的民族式宫殿，它本身就是一座巍然的小山，宫以厚重的花岗石起墙，越往上越层叠错落，挑出许多的尖顶，用橡木镶包成各种图案的门窗，衬着皑皑的白雪，掩映在常青松杉和还留着些红叶子的枫树林中，完全是一个童话世界。这王宫的第一位主人是一八六六年从德国来的卡罗尔国王。卡罗尔是中国宋徽宗、李后主式的人物，身为国王却酷爱艺术，这王宫是他亲自参与设计督造的，里面结结实实地收藏着各种艺术品。王宫一八七五年开始建造，一八八三年基本建成，到一九一四年全部完工时，卡罗尔也已去世了。

王宫共三层，一百六十间房。门向西开，进门就是一个通高三十多米的天井，中央是客厅，墙上垂下十八世纪的壁毯，厅内全套意大利硬木家具。上二楼，左边一武器库收藏着五世纪到十九世纪的武器，有阿拉伯的剑、中国的弓，还有一把关公刀，一副连人带马的骑兵铠甲，据说是全罗马尼亚唯一的了。右边是国王的办公室，室内桌椅的侧面、腿脚处、扶手上全是浮雕，椅子扶手的造型是四个坐着的小人，还都跷着一条腿；桌上的烛台分两层，上下层间有三个顽皮的小儿，头顶重物状，神色颇惹人爱。天花板是三寸厚的木浮雕花饰图案；另有一写字台，侧面浮雕一老人头像，他勇往向前，长发被风吹向后面，如呼啸的火车头，台角的废纸篓也是皮革精制，上面刺着花纹，墙上有伦勃朗的名画。再往前是天井式的藏书室，二层楼，橡木书柜，有旋梯可上下

写王宫的环境、外型，布局像童话一样，写王宫的建造过程，突出国王的艺术造诣，继续为写王宫做铺垫。

取书；桌上有信札箱，是皇后手绘的箱面。王宫里紧邻办公之地就有藏书室，大概是欧洲皇帝的习惯。沙皇冬宫里的藏书室也与这差不多，只是更大些。我在中国故宫没有见到这种设施，也许我们的皇帝不如他们爱读书，或者我们现在搞旅游的人不着意展示这些。藏书室后又有一小办公室，小办公室右拐，便开始出现了一大串的客厅。这客厅很类似我们人民大会堂以各省命名的大厅，不过它是以艺术类别或国家、地区命名，而分别收集各地艺术品。

第一个是音乐文学厅，国王在这里接见作家、艺术家。全套桌椅是印度国王送的，黑色硬木，镂空浮雕，据说用了三代人工才完成。还有日本的瓷器，一对中国的大双龙洗，直径约有半米。最可看的是墙上的四幅油画，全以一个少女为题，据说是王后的构思。第一幅代表春天，少女从花丛中走出，和煦的阳光照着她幸福的脸庞；第二幅代表夏天，阳光从浓阴中射出，她的纱裙飘动着幻化出一种热烈的向往；第三幅，色调转深，那女子低着头，一种秋的悲凉；第四幅，少女半裸着伏在一片雪地上，一片圣洁。这王后是国王上任后三年娶过来的，她也酷爱艺术，是一个作家、诗人，夫妻算是珠联璧合。可以想见他们每天在王宫里就是以这艺术的切磋来打发时日。没有听说过宋徽宗有什么擅画的妃子做伴。李后主的周后只是天生的美貌，他后来又纳了周后之妹，一个更美的美人，为她写了那首著名的"手提金缕鞋"词，却也未见二周有什么唱和，看来他们还是不如卡罗尔幸福。

音乐文学厅后是意大利厅，两侧立着米开朗琪罗的三个铜雕，墙上是六幅意大利名画；再前，威尼斯厅，两件拉斐尔复制伦勃朗的圣母像，原件已经失传，此复制件也就成绝响了；再前，阿拉伯厅，满是地毯、挂毯，最有趣的是那几个长枕头，一枕可十人共眠；再前，土耳其厅，然后右折是长廊，长廊尽头再右折是小剧院。到此已绕王宫一周，再下又是武器库了。一九一零年后这剧院又改成电影厅，舞台上刻有国王的一句话："一切艺术我都喜欢。"国王常在这里观摩演出，有时兴之所至还登台朗诵。这大概又类似我们的唐玄宗了，他亲自谱写《霓裳羽衣曲》，又做导演，又与宫人共舞。卡罗尔虽喜欢艺术，治国方面也没有出什么大错，这一点比宋徽宗、李后主、唐玄宗都强。

"一切艺术我都喜欢"，突出了国王的艺术造诣。

　　从王宫出来我又在周围的山坡林间徜徉了一会儿。除这座王宫外，旁边还有稍小一点儿的七八处宫殿，现在都做了旅游饭店。有一处就是我们昨晚睡的，内部设施极豪华。但最美的还是周围的白雪、绿树和沟里潺潺的流水，昨晚夜半醒来，皎月在天，雪光映窗，偶有一两声狗吠，或"喀嚓"一声雪压树枝的断裂声。要不是碍着外宾的身份我真想半夜出户作一回秉烛夜游了。现在再看这景虽没有昨夜梦幻式的朦胧，但还是一样的静、一样的美。我佩服卡罗尔国王，他用艺术家的眼光选中了这块上帝创造的王土内最美的地方，又用王的权力集中人力在这里创造了一座艺术宫殿。他的后辈尊重这创造，所以他一死，第二代国王就立即重建新宫，把旧宫做了艺术博物馆，直到今天。国王是有至高无上的权力，但权力再大也将随生命而止。可是当他乘有权之时，选择干一件国家民族永远记住的事，这权力便变成了永久的荣誉。卡罗尔选择了艺术，他知道艺术之河长流，艺术之树常绿，就如这佩莱斯的山和水。

　　由赞美国王艺术家的眼光，到称赞国王和他的后人善于利用王权。从而使本文有了更丰富深刻的含义，"当他乘有权之时，选择干一件国家民族永远记住的事，这权力便变成了永久的荣誉"。

阅读指导

作者撰文，精于构思。本文反复做"势"，一再铺垫。开篇由发下宏愿入手，点出受到邀请去游皇宫的窃喜，富有情趣，引人入胜。然后一写民居造型奇特，追求艺术性，二写山谷虚实结合，渲染气氛，三写王宫的外型与建造，四写国王的艺术造诣，反复为写王宫的艺术品作铺垫，正如"千呼万唤始出来，犹抱琵琶半遮面"。在反复铺垫的基础上，终于可以随作者的脚步去饱览各种藏品了。由赞叹艺术品，到赞美国王艺术家的眼光，到称赞国王和他的后人善于利用王权，从而使本文主旨更进一步，有了更丰富深刻的含义，要权为民所用，去干让国家民族永远记住的事，使权力成为永久的荣誉。短暂的游览，被作者组织得一波三折，含义隽永，可见作者构思文章的功力。

为方便读者理解，作者在介绍和评议时，较多地引用中国的人和事，作为衬托。一提"卡罗尔是中国宋徽宗、李后主式的人物"，读者就知道这位国王艺术造诣高。宋徽宗绘画水平高，但没有听说过有什么擅画的妃子做伴。李后主善于填词，也不见二周有什么唱和，以次衬托卡罗尔琴瑟相和的幸福。以唐玄宗自谱写《霓裳羽衣曲》又做导演又与宫人共舞，来模拟国王的"兴之所至还登台朗诵"，来衬托国王的艺术追求。并顺带指向政治，"卡罗尔虽喜欢艺术，治国方面也没有出什么大错，这一点比宋徽宗、李后主、唐玄宗都强"，批评中国皇帝因痴迷艺术而误国。看到王宫藏书，就想到在中国故宫没有见到这种设施，在赞扬这位国王的同时，顺带讽刺"也许我们的皇帝不如他们爱读书，或者我们现在搞旅游的人不着意展示这些"。

匠人与大师

在社会上常听到叫某人为"大师"，有时是尊敬，有时是吹捧。又常不满于某件作品，说有"匠气"。匠人与大师到底有何区别？

一、匠人在重复，大师在创造。一个匠人比如木匠，他总在重复做着一种式样的家具，高下之分只在他的熟练程度和技术精度。比如一般木匠每天做一把椅子，好木匠一天做三把、五把，再加上刨面更光，对缝更严等。但是就算一天做到一百把也还是一个木匠。大师则绝不重复，他设计了一种家具，下一个肯定又是一个新样子。判断他的高下是有没有突破和创新。匠人总在想怎么把手里的玩意儿做得更多、更快、更绝；大师则早就不稀罕这玩意儿，又在构思一件新东西。

二、匠人在实践层面，大师在理论层面。匠人从事具体操作水平的上限是经验丰富，但还没从经验上升到理论。虽然这些经验体现和验证了规律，但还不是规律本身。大师则站在理论的层面上，靠规律运作；面对一片瓜地，匠人忙着一个一个去摘瓜，大师只提起一根瓜藤；面对一大堆数字，匠人满头大汗，一道接一道地去算，大师只需轻轻给出一个公式；匠人在想怎么才能捏好一个泥人，大师则探讨宇宙和人；匠人常自恃一技，自炫于一艺，偶有一得，守之为本。大师则鲜花掌声过眼烟云，进取不竭，心忧难宁。

从生活现象入手，提出问题。

分论点置于段首，与以下两段成并列关系，观点鲜明，条理清晰。

由摘瓜、算数字等生活现象来阐释匠人与大师的区别，形象生动，对比鲜明。

所以你就明白为什么居里夫人会把诺贝尔奖章送给小女儿当玩具，但是接着她又得了一个诺贝尔奖。

三、匠人较单一，大师善综合。我们常说一技之长，一招鲜，吃遍天，这是指匠人，大师则不靠这，他纵横捭阖，运筹帷幄，触类旁通，举一反三。因为凡创新、创造，都是在引进、吸收、对比、杂交、重构等大综合之后才出现的。同样是碳元素，软时可为铅笔，硬时可为金刚石，盖因结构之变化。当匠人靠一技之长，享一得之利，拿人一把，压人一筹时，大师则把这一技收来只做恒河一沙，再佐以砖、瓦、土、石、泥，起一座高楼。牛顿、爱因斯坦成为物理大师并不只因物理，还有更重要的数学、哲学等。一个画家，当他成为绘画大师时，他艺术生命中起关键作用的早已不是绘画，而是音乐、文学、科学、政治、哲学等。同理，一个音乐、书法、文学、科学方面的大师也是如此。而一个社会科学方面的大师就要求更高，马恩是一部他们那个时代的百科全书，毛泽东则是当时中国政治、军事、文学的宝典。

这就是大师与匠人的区别。

我们研究这个区别毫无贬损匠人之意，大师是辉煌的里程碑，匠人是可贵的铺路石。世界是五光十色的，需要大师也需要匠人，正如需要将军也需要士兵。但是我们必须承认这个世界有层次之别，必须有起码的识别力，有一个较高的追求目标。拿破仑说不想当将军的士兵不是好士兵。将军总是在优秀的士兵中成长起来的。当他不满足于打枪、投弹的重复而由单一到综合，由经验到理性，有了战役、战略的水平时他就成了将军。鲁班最初也是一名普

列举名人事例来佐证，说服力强。

"研究这个区别毫无贬损匠人之意，大师是辉煌的里程碑，匠人是可贵的铺路石"，辩证分析，使论证更严谨，并自然过渡到下一论点，要有由匠人进取到大师的精神。

274

通木匠，当他在技术层面已经纯熟、不满足于斧锯的重复，而进军建筑设计、构造原理时，他就成了建筑大师。虽然从匠人而成为大师的总是少数，但这种进取精神是人类进步，社会发展的动力。古语言，法乎其上，取乎其中；法乎其中，取乎其下。要是人人都法乎其下呢？这个社会就不堪设想，地球就会停止转动。

我们可能在实际业绩上达不到大师水平，但至少在思想方法上要循大师的思路，比如力求创新，不要重复，不要窃喜于小巧小技，顾影自怜。对事物要有识别、有目标、有追求。力虽不逮，心向往之。在个人有了这样一种心理，就会有所上进，哪怕还不脱匠气，也是达到了纯熟的高等的技艺；在民族有了这样一个素质，就是一个生气勃勃的向上的民族；在社会有了这样一个氛围就是一个创新的社会。

"可能""在……上""但""至少"，注意这些词语利于表达辩证的认识。退一步有时可以使认识更全面。

最后指出讨论这一问题对个人、对民族、对社会的意义。

阅读指导

文章由社会现象入手，讨论了匠人与大师的区别。匠人在重复，大师在创造；匠人在实践层面，大师在理论层面；匠人较单一，大师善综合。以"大师是辉煌的里程碑，匠人是可贵的铺路石"的精妙比喻，进一步指出二者的关系（匠人是基础，大师是在匠人的基础上产生的），从而提出不要满足于当匠人，而要有大师那样不断进取的境界，人们应有一个较高的追求目标。全文按照"提出问题——分析问题——解决问题"的思路，逐层推进，深入论证。

论证方法多样。事例论证，有居里夫人的典型事例，有多人的列举事例。引用名言、古语，增强了说服力。

可以学习语段组织能力。以第四段为例，学习其论证过程。首先提出"匠人较单一，大师善综合"的观点，然后展开分析，具体阐明匠人和大师的区别，最后又举出牛顿、爱因斯坦、马克思、恩格斯和毛泽东等人的事例具体论证，有力地佐证前面提出的论点。这是一个基本的完整的议论语段。

有时为了使说理更全面，论证更严谨，需要进行辩证分析。从思路到用词，本文提供了一个样本。